KB269474

국사무쌍

사갈독심 퓨전 판타지 소설
FUSION FANTASTIC STORY

1

국사무쌍 1

사갈독심 퓨전 판타지 소설

초판 1쇄 찍은 날 § 2007년 5월 21일
초판 1쇄 펴낸 날 § 2007년 5월 31일

지은이 § 사갈독심
펴낸이 § 서경석

편집장 § 문혜영
편집책임 § 이재권
편집 § 서지현 · 심재영

펴낸곳 § 도서출판 청어람
등록번호 § 제1081-1-89호
등록일자 § 1999. 5. 31
어람번호 § 제1-0832호

주소 § 경기도 부천시 원미구 심곡1동 350-1 남성B/D 3F (우) 420-011
전화 § 032-656-4452 팩스 § 032-656-4453
http://www.chungeoram.com
E-mail § eoram99@chollian.net

ISBN 978-89-251-0713-4 04810
ISBN 978-89-251-0712-7 (세트)

1

[붉게 핀 무궁화]

사갈독심 퓨전 판타지 소설

국사무쌍

FUSION FANTASTIC STORY

VOLUME 1
contents

작가의 서문

2004년 이후 연수로 3년 만에 다시 새로운 글로 인사를 드리게 되었습니다.

지금으로부터 10년 정도 전일 겁니다. 존경하는 미국 작가 돈 펜들턴님의 〈킬러〉라는 소설을 본 건 말입니다.

몇 년 전, 다시 한 번 〈킬러〉를 읽을 기회가 있었습니다. 너무나 반가운 마음에 다시 처음부터 끝까지 다시 읽었습니다.

그런데 어째서일까요?

책을 다 읽고 나니 어딘지 모를 씁쓸한 미소가 입가에 남는 것은. 그리고 다시 몇 년 후 〈킬러〉를 접했을 때 제 입가에 남는 씁쓸한 미소는 더욱 짙어졌습니다. 뭔가 개운치 않은, 양치질 안 한 것 같은 느낌에 저는 건방진 생각이라며 고개를 흔들었습니다.

그런데 하루 이틀 시간이 지나면서 자꾸만 아쉬움이 제 가슴을 채웠습니다.

좋다. 내 식대로, 내 방식대로 한번 써보자!

기왕 칼을 뽑았으니 썩은 무라도 썰어보자는 생각에 국사무쌍이라는 거창한 이름까지 내걸고 글을 시작했고, 이렇게 책까지 나오게 되었습니다.

못난 아들, 조카 때문에 마음고생 하시는 부모님, 우리 고모님들, 그리고 에프월드, 판사모, 신광 면사무소 식구들, 이 책이 나올 수 있도록 도와주신 청어람 출판사의 여러분들께 다시 한 번 고개 숙여 감사의 인사를 하고 싶습니다.

아참, 그리고 이 책이 나올 동안 묵묵히 기다려 준 또 한 사람에게 고맙고 미안하다는 말을 전합니다.

저는 오늘도 '야, 이 자식아, 니가 하는 일이 뭐고?!' 라는 한 주사님의 악다구니를 들으며 글을 씁니다.

國士無雙

PART 1
싸우는 남자에게 어울리는 석양

비명의 전장!

그곳은 한 가닥 구원의 빛조차 오지 않는다. 하지만 구원의 빛이 오지 않는 건 총성과 포성이 있는 이곳만이 아니다. 소리없는 전쟁터 그곳에 울려 퍼지는 총성.

그것은 죽음의 달콤한 유혹인가,

아니면 희망의 빛인가?

아니면 지켜야 할 것을 잃어버린 파멸의 포효인가?

*　　　*　　　*

유찬과 같이 작전을 수행했던 용병들은 유찬에게 회색 늑대라는 별명을 지어주었다.

그는 눈 덮인 동유럽 벌판을 한 마리 늑대처럼 거침없이 질주해 적의 숨통을 끊어놓았다. 그렇다고 해서 유찬이 특별히 잔인하다거나 지나치게 과격한 성격이라는 것은 아니었다. 오히려 작전이 아닌 평상시에는 둥글둥글한 성격에 항상 미소를 띠고 있어서 팀원들 사이에서는 분위기 메이커로 통했다.

하지만 적으로 그를 마주하게 된다면 이야기는 완전히 달라졌다.

만약 적으로 유찬을 마주하게 된다면 그는 왜 자신이 유찬과 적이 되었는지 뼈저리게 후회해야 했다. 물론 살아난다면이라는 전제가 붙었을 때 말이다.

하지만 그것이 다가 아니었다. 그의 진가는 일개 용병이 아닌 지휘관으로 있을 때 더욱 빛을 발했다.

그는 우두머리로서의 천부적인 자질과 능력을 가지고 있을 뿐만 아니라 언제나 최고가 되기 위해 노력했다.

'위대한 이름을 기억하고 위대한 모범을 계승하는 것은 영웅의 유산이다.'

그가 입버릇처럼 항상 하는 말대로 그는 위대한 이들의 이름을 기억하고 그들의 모범을 계승했다. 작전이 없는 날이면 그는 고대와 중세, 그리고 현대에 걸쳐 벌어진 수많은 전쟁들에 대해 미친 듯이 파고들어 지휘관들의 전술과 그들이 벌였던 전략적 암투에 대해 연구해 나갔다.

그럴 때면 그는 용병이 아닌 전쟁사를 전공하는 학자처럼 보이기까지 했다.

155전 155승. 불패.

사십대 초반에 접어든 그가 이루어낸 대역사.

날고 긴다는 용병들이 모인 국제 용병 조직 세일룬에서도 그와 같은 대역사를 이루어낸 이는 전무후무했다.

철저한 자기 관리와 팀원들의 마음을 사로잡는 능력, 냉정한 상황 분석과 뛰어난 지략을 갖춘 그가 이끄는 팀 그레이울프는 무적이었다.

어느 날인가 잠도 제대로 자지 않고 독서에 열중하는 그에게 신입 대원 하나가 물었다.

"대장, 대장은 용병으로서 성공한 분인데 왜 이렇게까지 하시는 겁니까?"

유찬은 이제 막 세일룬에 입단한 그에게 한 고사를 들려주었다.

"옛날 어느 나라 왕이 학자들을 불러모아 놓고 성공의 비결을 쓰라고 지시했거든. 그래서 각자 나누어 썼는데, 다 쓰고 보니 12권 분량의 책이 되었어. 그런데 왕은 그 책이 너무 분량이 많다고 결국 단 한 줄로 줄였지. 그게 뭔 줄 아나?

그 용병은 궁금하다는 표정으로 유찬을 올려다보았다. 그런 그의 어깨를 세워주며 유찬은 사람 좋게 말했다고 한다.

"그 한 줄은 바로 '노력없이 되는 것은 없다' 였다는군."

그 말 그대로 그는 잠잘 시간까지 줄여가며 노력했고, 그와 그의 팀은 최고가 되었다.

그와 그의 팀이 지금껏 얼마나 많은 적들을 죽였는지 알려지지는 않았지만 공식 기록에 의하면 프랑스에서 사살한 테러범의 숫자만 70여 명, 중동 아시아에서 암살한 체첸 정규군 고급 장교 43명, 세르베인 반군과 장교 및 지도자 300명, 중동 지역에서 활동하던 검은 구월단 소속 반군 600명, 아프리카 내전 지역에서 사살한 정규군 장교가 40여 명, 그 휘하의 전투원 1,200명. 그중에는 악명 높은 국제 테러 조직 검은 구월단의 서열 3위인 알 베르테프도 포함되어 있었다.

그다지 많은 병력이 아니라고 생각될지도 모르지만 백에서 천여 명 단위의 적을 단 열 명이서 쓸어버리면서 지금까지 그레이 울프의 전사자 숫자는 세 명이 전부였다. 물론 부상을 입고 은퇴한 사람은 일곱이나 되었지만 어차피 목숨을 내놓고 일하는 직업이 용병이니 부상 후 은퇴는 어쩌면 축복이나 진배없었다.

'잔인해져라!'

사람 좋은 표정과는 달리 그는 언제나 이 말을 입에 달고 살았다. 용병들의 임무는 일반적인 전쟁과는 그 양상이 달랐다.

항공모함을 동원해 미사일을 미친 듯이 퍼붓다가 기갑사단이 대충 마무리하고 그 뒤에 보병들이 수거하는 '포병이 쏠고 보병이 수거한다' 는 식의 전투는 애초부터 존재하지 않았다.

잠수함도 구축함도 기갑사단도 없었고, 특별한 장소도 없었다. 번화한 도심가, 독거미가 우글거리고 불개미가 살을 뜯어먹는 밀림, 모래가 입으로 들어가 지독하게 씹히는 사막, 동상 때문에 발가락을 잘라내야 하는 동토, 극한의 상황과 악조건 속에서 그들은 싸워야 했고, 살아남아야 했다.

적에도 구분이 없었다. 사탕을 빨던 아이가 권총을 쏘고, 아이에게 젖을 물리던 여자가 자살 폭탄 공격을 감행하며, 배 밑에서 신음하던 창녀가 대검을 들이밀 때도 있었다. 언제 어디서 등 뒤를 찔릴지 모르는 상황. 그곳에서 살아남기 위해서 용병들은 잔인해져야 했다.

하지만 그의 진심은 그들이 손에 든 총과 칼을 버리고 집으로 돌아가 평범한 가정을 꾸리기를 바랐다. 이루어질 수 없는 꿈이라는 것을 알면서도 그것을 꿈꾸곤 했다.

비가 오는 날이면 평범했던 젊은 날을 회상하며 말보루 한 대 입에 물고 회상에 잠기는 버릇은 이룰 수 없는 그의 꿈에 대한 회한과 같은 것이었다.

대학에서 동북아 전쟁사를 전공하던 유찬이 특전사에 들어간 것은 아버지의 사업 부도로 가세가 기운 집안의 부담을 줄이기 위해서였다. 하지만 그가 제대했을 때 집안 사정은 더욱 악화되어 있었고, 복학을 포기한 유찬은 아르바이트와 막노동을 하며 집안일을 도왔다.

하지만 엎친 데 덮친 격으로 아버지가 위암으로 쓰러져 빚은 더욱 늘었고, 여동생은 대학 진학을 포기하기에 이르렀다. 이때 특전사 시절 선배의 소개로 국제 용병 조직 세일룬을 알게 되었고, 벼랑 끝에서 지푸라기라도 잡는 심정으로 앞뒤 가리지 않고 지원했다.

나름대로 자신도 있었다.

세계에서 수위에 꼽히는 대한민국 특전사 출신이 아니던가.

결국 그 자신감 하나만으로 집에는 중동으로 일하러 간다 말하고 발칸 반도로 향하는 비행기에 몸을 실었다. 아무튼 세일룬에 용병 등록을 마치자마자 그가 보내진 곳은 중동 지역에 위치한 외인부대였다.

세일룬에서는 막 들어온 신참 병사들은 외인부대로 보내져 2년 정도 경력을 쌓게 하는데, 반수 이상이 이곳에서 죽어나갔다. 나중에 안 사실이지만 외인부대는 옥석을 가려내기 위한 일종의 관문과 같은 것이었다.

각국에서 난다 긴다 하는 특수부대 출신들이 몰려와 있었지만 그들이 지금까지 배워온 전쟁의 상식이 통하지 않는 곳에서 그들의 재주는 무용지물에 불과했다. 그는 그곳에서 살아남기 위해 그동안 배운 전쟁의 규칙들을 깡그리 지워 버린 채 본능에 충실했다.

더욱이 유찬이 외인부대의 파견된 시기는 미국에 대한 이슬람권의 반감이 극에 달한 때, 하루에도 두서너 번씩 외인부대의 무기를 노리고 게릴라들의 공격이 이어지던 시기였다. 입가로 들어오는 모래에 씹어 먹으며 '알라'를 외치는 게릴라들에게 '몰라'를 외쳐 줄 정도가 되고 나서야 겨우 세일룬 유럽 지부에 들어갈 수 있었다.

유럽 지부에 들어간 유찬은 중간 규모의 팀인 아케론 팀에 배속되었다.

국제적인 용병 조직인 세일룬 내에는 여러 개의 팀이 있었고, 각 팀마다 담당하는 일과 특기가 달랐다. 아케론 팀은 약간 특수한 구석을 가진 팀으로 암살과 요인 경호라는 상반된 임무를 동시에 수행하는 팀이었다.

두 건의 요인 경호를 무사히 끝낸 유찬은 팀원들과 함께 아프리카로 보내졌다.

주어진 임무는 게릴라들에게 납치된 중국 재벌가의 아들을 죽이라는 것이었다. 청부를 한 것은 납치된 이의 동생. 게릴라에 납치된 형이 죽고 자신이 재산을 상속받을 줄 알았는데 의외로 협상이 잘돼 형이 풀려날지도 모른다는 생각이 들자 형과 인질들을 모두 죽여줄 것을 청부한 것이었다.

상식적으로는 받아들이지 않아야 할 청부였지만 돈만 준

다면 무슨 일이든 하는 것이 용병이었고, 찜찜했지만 상부에서 내려온 것이기에 당시 팀장이었던 릭 페린이 그 건을 받아들였다.

물론 그 과정에서 목표와 같이 잡힌 60여 명의 목숨에 대한 찬반 논의가 없었던 것은 아니었지만 청부금이 워낙 거액인 데다가 반군 게릴라들의 진형이 만만치 않았기 때문에 목표를 색출해 낼 시간이 없다고 판단, 그들의 목숨도 같이 희생시키기로 합의를 보았다.

작전의 개요는 아주 간단했다.

일단 60mm 박격포와 펌프 액션식 유탄발사기를 동원하여 적을 포격한 이후 놀라서 뛰어나온 적에게 F—401 섬광탄을 날려 전투 불능 상태로 만들고 소총으로 갈아버리는 단순하고 깔끔한 작전이었다.

하지만 유찬은 처음부터 이 작전을 반대했다.

상부로부터 전해진 정보가 너무 빈약했기 때문이다.

전해진 정보라고는 적의 위치와 건물의 배치도, 그리고 인질을 지키고 있는 적의 숫자가 20여 명이라는 것밖에 없었다. 팀원 전체가 각지의 전쟁터에서 수십 번의 전투에 참여한 뛰어난 베테랑들이라 20여 명 정도야 가볍게 상대할 실력들이었지만 유찬은 어딘지 께름칙함을 버릴 수가 없었다.

하지만 릭 페린은 이런 유찬의 의견을 무시하고 무리하게 작전을 강행했다.

작전이 시작되고 박격포와 유탄발사기가 불을 뿜고 건물에서 튀어나오는 게릴라들을 향해 섬광탄을 까 넣은 것까지는 좋았다. 하지만 거기서부터 작전이 꼬이기 시작했다.

섬광이 잦아든 후 돌격조가 소총을 들고 달려들어 갈겨 버려야 하건만 우르르 쏟아져 나오는 게릴라들의 숫자에 돌격조가 당황한 나머지 제때 공격을 퍼붓지 못한 것이다.

코딱지만 한 3층 건물 안, 도대체 어디에 처박혀 있던 건지 꾸역꾸역 AK 소총을 꼬나 쥐고 기어나오는 게릴라들의 숫자는 처음 예상했던 것보다 다섯 배가 많은 백여 명에 달했고, 그 기세가 마치 꼬챙이로 쑤셔 놓은 불개미집 같았다.

설상가상이라고 했던가?

겨우 정신을 차리고 총알을 퍼붓는 공격조의 머리 위로 놀란 포격조가 까 넣은 섬광탄이 휩쓸고 지나갔고, 연이어 적군 스나이퍼들의 저격이 시작되었다.

그 공격에 미처 대비하지 못한 팀원 두 명이 목숨을 잃었다.

AK 소총과 드라구노프 저격 소총으로 완전무장한 적군에게 달려든다는 것은 자살 행위나 다름없었다. 릭 페린은 급히 후퇴할 것을 명령했지만 그 순간 홀연히 날아든 드라구노프의 총탄이 그의 머리를 뚫고 지나갔다. 그의 전사로 지휘 체계가 무너진 아케론 팀은 공황 상태로 빠져들었고, 전멸할 위기에 놓였다.

이때 유찬이 릭 페린을 대신하여 아케론 팀을 최대한 안전하게 후방으로 철수시켰다.

그 와중에 일곱 명이 전사해 생존자는 아홉에 불과했다.

대장이 죽은 이상 바로 작전 지역을 이탈해야 했지만 그는 바로 빠져나가지 않고 일주일간 비트를 파고 그 속에 은신했다. 일주일 후, 적의 경계가 어느 정도 풀렸다고 생각되는 순간 그는 전투 가능한 여섯 명의 대원을 이끌고 공격을 감행, 30여 명의 보초병을 제거하고 적들의 무기고에서 찾아낸 TNT폭탄으로 건물 자체를 날려 버렸다.

작전은 성공리에 끝났고, 유찬은 공을 인정받아 팀원 만장일치로 해체 위기에 놓인 아케론 팀의 캡틴이 되었으며, 2년 뒤 팀의 명칭을 그레이 울프로 전환하였다.

같은 시기, 오랜 투병 생활을 하던 아버지가 돌아가셨고, 유난히 금실이 좋으셨던 어머니마저 그 충격을 이기지 못하고 몸져누우셨다가 채 1년을 넘기지 못하고 돌아가셨다. 한동안 유찬은 두 분의 임종을 지켜 드리지 못한 죄책감에 빠져들었고, 방황했다.

매일같이 삶과 죽음이 교차하는 전쟁터에 그가 서 있어야 할 이유가 없어졌기 때문이다. 하루에도 몇 번씩 한국행 비행기에 오르는 꿈을 꾸기까지 했다. 하지만 그는 한국행 비행기에 오르지 못했다.

'돌아갈 곳이 있을까?'

사선 위를 살아온 그에게 총성도 고함 소리도 없는 사회로의 복귀가 결코 쉬운 것이 아니었다. 인생의 반을 전쟁터에서 보낸 사람이 일반 사회에 적응한다는 것은 대단한 용기를 필요로 했고, 유찬에게는 그만한 용기가 없었다.

그래서는 그는 세일룬에 남았다. 그런 그에게 유일한 낙은 바로 동생의 편지였다.

동생 유미의 편지에는 언제나 따뜻한 애정이 깃들어 있었기에 그는 연애편지를 기다리는 고등학생처럼 동생의 편지를 기다렸다. 무사히 대학을 졸업한 그녀는 공무원이 되었고, 남자 친구가 생겼으며, 곧 청첩장을 보내왔다.

막 사시를 패스하고 검사가 된 동생의 애인은 유찬이 보기에도 건실했고, 동생을 매우 아끼는 것 같았다. 유찬은 자신이 없는 동안 동생을 돌봐준 그에게 감사하고 그들의 앞날을 축복해 주었다.

그리고 동생의 결혼식 날, 동생의 손을 잡고 식장으로 들어서며 눈물을 흘렸다.

그레이 울프 전원이 한국으로 날아와 그들의 미래를 축복했다.

그렇게 다시 10여 년의 세월이 흘렀고, 유찬과 그레이 울프는 세일룬의 전설이라 불리며 모든 용병들의 동경의 대상이 되었다.

그사이에도 한 달에 한 번 정도 동생으로부터 편지가 왔고,

두 달에 한 번 정도 통화를 했다. 그런데, 세 달 전부터 무슨 이유에서인지 편지도 없고 전화도 되지 않았다. 그는 불안한 마음에 즉시 정보 요원 하나를 한국으로 보냈고, 그는 유찬에게 충격적인 소식을 전해주었다.

동생 부부가 여행을 가다가 교통사고를 당했다는 것이다.

유찬은 정신이 하나도 없었다.

갑작스러운 동생과 매제, 그리고 조카들의 죽음 앞에 유찬은 기가 막혀 말이 나오지 않았다. 거기다 그 사고를 낸 상대 운전자 역시 죽었다고 한다. 머리가 하얗게 타 들어가는 기분이었다. 유찬은 서둘러 한국으로 귀국했다.

그것은 엄청난 비극이었다.

공항까지 마중 나온 강력계 형사로부터 동생 가족들의 죽음에 대한 상세한 설명을 들었을 때 그의 가슴은 갈기갈기 찢어지는 것 같았다.

동생과 가족들은 봄나들이를 위해 수원시 외곽으로 차를 몰고 가고 있었다고 한다. 그런데, 마주 오던 10톤 트럭이 갑자기 중앙선을 넘어 매제의 차를 덮친 것이다.

그들의 이야기를 들어보자면 운이 없어 일어난 단순 사고 같았다. 사건 현장을 담은 사진은 그때 그 사고가 얼마나 처참했는지를 말해주었다. 매제의 차는 갑자기 덮친 트럭을 미처 보지 못한 듯 심하게 망가져서 그 형체를 알아볼 수조차 없었다.

운이 없었던 사고였노라고 유찬은 애써 마음을 추스르려 했다. 가슴이 무너져 내렸지만 그동안 전쟁터에서 쌓아온 자신의 과오와 업이라고 생각하며 참으려 했다.

하지만 매제의 동료였다는 검사는 전혀 다른 말을 늘어놓았다.

그는 비밀리에 유찬을 찾아와 매제가 수사했던 사건에 대해서 말해주었다. 결혼식장을 비롯하여 몇 번 안면이 있는 그는 충분히 신뢰할 수 있는 인물이었다.

"기범이의 죽음은 아무리 생각해도 단순한 사고가 아닙니다. 기범이는 작년부터 M&S라는 그룹에 대해 추적해 왔습니다. M&S 그룹은 폭력 조직을 바탕으로 커나간 그룹입니다. 비록 지금은 재계 서열 4위의 대기업으로 성장했지만 그 배경에는 정경유착과 음지에서 불법적으로 벌어들이는 막대한 부가 있을 것이라는 것이 기범이의 생각이었습니다. 그리고 최근에는 저에게 확실한 정보를 얻었다는 말까지 했습니다. 그런데 갑자기 그렇게 사고를 당한 겁니다. 어딘지 이상하지 않습니까?"

그는 몇 가지 이유를 들어 매제의 죽음이 단순한 사고가 아닐 거라고 말했다.

그와 매제는 워낙 허물없이 지내던 사이라 웬만한 스케줄은 서로 알고 공유했는데, 그 전날까지만 해도 가족 여행에 대해서는 한마디도 하지 않았다는 것이다. 그 외에도 몇 가지 소소한 점들을 지적하던 그는 매제의 일기장을 주고 무엇엔가 쫓기는 사람처럼 황급히 사라졌다.

일기장을 펼쳐 든 유찬은 놀라지 않을 수 없었다.

일기장에는 그가 한때 장난 삼아 가르쳐 주었던 군사 암호가 빼곡이 들어차 있었는데, 그 내용이 실로 충격적이었다.

일기장에는 매제가 죽기 전까지 느꼈던 공포와 갈등이 구구절절하게 쓰여 있었던 것이다.

매제의 일기대로라면 재계 서열 4위의 대기업인 M&S가 뒤로는 일본과 중국을 잇는 마약 거래를 비롯한 더러운 이권 사업에 손을 대고 있을 뿐만 아니라 거대한 폭력 조직을 운용하고 있으며, 전국적으로 유통망을 형성하고 가짜 양주와 마약을 유통시켜 오고 있다는 것이었다.

또한 수사를 해나가면서 그들이 했던 협박에 대해서도 정확히 기록해 놓았다.

'죽일 놈들!'

유찬은 이를 부득부득 갈았다.

단순한 사고라고 하기엔 동생 일가의 죽음은 뭔가 석연치 않은 점들이 많이 남았다, 거기다 M&S라는 대형 그룹과의 마찰까지. 그들이 사고와 연관이 있든 없든 간에 목숨보다 소중한 동생 가족을 협박했다는 것 하나만으로도 유찬의 분노는 극에 달했다.

'만약 내 가족들에게 무슨 짓을 했다면 결코 용서치 않으리라!'

지금까지 단 한 번도 패하지 않은 불패의 신화를 가진 용병 회색 늑대는 하얀 이를 드러내며 태양이 은막의 대지 위로 숨어버린 빌딩 숲에서 사라졌다.

용산 전자상가 뒷골목.

온갖 잡동사니가 굴러다니는 이곳은 속된 말로 돈만 있으면 탱크도 구할 수 있다는 만물시장이었다. 유찬은 용산 전자상가 뒷골목을 누비며 누군가를 찾았다. 그가 찾아간 사람은 특수부대 시절 그의 선배이자 그를 세일룬에 소개해 준 조장혁 중사였다.

일명 좆중사로 통했던 그는 군에서 제대한 이후 불법 총기나 도검류를 들여다가 파는 무기상이 되었다.

"야, 이게 누구야?"

뒷골목을 배회하고 다니며 똘마니들로 보이는 몇 놈 두들기자 곧 그가 나타났다.

이제 오십 줄에 들어선 그는 아랫배도 넉넉하고 얼굴에 개기름이 줄줄 흘렀다. 전역한 지 20년이 지났음에도 여전히 탄탄한 근육질에 온몸으로 위험의 냄새를 풍기는 유찬과는 너무나도 다른 모습이었다.

"조 중사님, 오랜만입니다. 그동안 안녕하셨습니까?"

"나야 안녕하지. 그나저나 용병으로 성공했다는 소리는 들었네. 이곳엔 무슨 일이야?"

그는 잠시 조 중사를 바라보다가 입을 열었다.

"붉은 강을 위해 총탄은 날아드는 법이죠."

넉넉한 웃음을 짓던 조 중사의 얼굴이 딱딱하게 굳었다.

유찬의 말은 전쟁을 위해 이곳에 왔다는 것이다. 그가 알기로 유찬은 세일룬에서도 알아주는 톱클래스 용병. 처음 유찬의 사정이 딱해서 세일룬에 소개를 시켜줬지만 하루도 마음 편할 날이 없었다. 그나마 용병으로 성공했다는 소리를 들었을 때 한시름 놨었다.

그런데 20여 년 만에 갑자기 불쑥 모습을 드러낸 그가 전쟁을 뜻하는 암호를 말하니 조 중사가 놀라는 것도 당연했다.

"이, 일단 안으로 들어가세."

조 중사의 집은 뒷골목 반지하 방이었다.

벽에는 무기상답게 도검류와 엽총이 즐비하게 세워져 있었다. 일반인이라면 놀라서 눈이 휘둥그레졌겠지만 유찬으로서는 어이가 없을 따름이었다. 대전차미사일과 탱크를 무슨 액세서리와 자가용처럼 소개하는 무기상들을 많이 만나본 그에게 조 중사의 사무실은 초라하기 그지없었던 것이다.

냉장고에서 시원한 캔맥주를 꺼내 유찬에게 권한 그는 무거운 분위기를 띄우기 위해 여러 가지 이야기를 쏟아놓았다.

나이가 들면 허풍만 늘어난다고, 그의 이야기도 반쯤은 허풍이 섞여 있었다.

"지난달에 어떤 미친놈들이 군부대에서 K—2 소총을 훔쳐 냈잖아. 아, 그래서 형사 새끼들이 이 골목을 이 잡듯이 뒤지는 거야. …내가 말이야, K—1 탱크 파묻는다고 얼마나 고생한 줄 알아? 다 묻었는데, 막판에 포탑 그게 지랄 맞더라고. 그게 안 들어가는데 아주 미치는 줄 알았다니까?"

평소 잘 웃지 않는 유찬도 조 중사의 넉살 앞에서는 웃음을 지을 수밖에 없었다. K—1 전차라면 한국 기갑사단의 주력 무장인데, 그게 용산 바닥을 굴러다니면 어쩌자는 이야긴가?

"허풍은 여전하시네요, 조 중사님."

"이 사람, 내가 허언하는 것 봤나? 내가 말이야, 그 옆에 스커드 미사일도 파묻었다니까. 가서 보여줄까? 자네가 이 바닥을 몰라도 너무 몰라. 이곳은 돈만 있으면 뭐든지 구할 수 있는 도깨비시장이야."

조 중사는 자랑스럽게 가슴을 탕탕 쳤다.

성이 조 씨라 좆중사라고 불렸을 뿐이지 실제로 그 시기 1공수 특전사들은 대부분 조 중사를 좋아했다. 물론 저 대책 없는 허풍만 아니었다면 더 좋았을 테지만 말이다.

잠시 그를 바라보던 유찬은 가지고 온 007가방을 책상 위에 올려놓았다.

탈칵!

맑은 소성과 함께 가방이 열리고 가지런하게 쌓인 달러 뭉치가 모습을 드러냈다. 007가방 하나를 꽉 채웠으니 모르긴 해도 10만 달러에 가까운 거금이었다.

외환은행 비밀 계좌를 통해 들어온 돈이었다.

"뭐가 이렇게 많아?"

무기상으로 제법 큰돈을 많이 봤다지만 007가방에 꽉 들어찬 달러화를 보는 것은 처음이었는지 조 중사가 숨넘어가는 소리로 물었다.

"총기를 구하고 싶습니다."

"총기라면 저기 많이 있잖아?"

조 중사는 벽에 걸린 엽총들을 가리키며 말하자 유찬의 목소리가 올라갔다.

"지금 장난하십니까?"

"아, 알았네. 그런데 어디에 쓸 건가? 설마 한국에서 쓸 건 아니지?"

"당연히 이곳에서 쓸 겁니다. 안 그럴 거면 뭐 하러 조 중사님을 찾아왔겠습니까? 동남아시아 나라 중에 유일하게 총기 규제가 심하고 세일룬 지부가 없는 곳은 한국뿐입니다. 물론 엽총이나 전시해 놓는 무기상도 한국뿐이지만요."

"뭐, 그거야 그렇지만……."

가까운 중국에만 가도 한화 8천 원에 AK 소총을 구할 수 있었고, 야쿠자 놈들한테 자동권총이 10만 정 이상 풀린 곳이 쪽발이랜드다. 그리고 필리핀의 경우, 막말로 돈만 있으면 탱크와 대전차미사일도 구할 수 있고, 러시아에서는 BMW나 벤츠 한두 대 값에 핵탄두도 살 수 있었다. 어찌 보면 한국은 이런 면에서는 축복받은 나라였다.

"하지만 자네도 알잖아. 우리나라는 총기 규제가 워낙 엄격해서 총기 사건이 일어나면 그날로 특전사가 뜬다고. 건달 애들이 머리가 없어서 총을 쓰지 않겠나? 총을 사용하면 뒷감당이 안 되니까 그런 거 아니겠나?"

"저는 건달이 아니라 용병입니다. 그리고 이 정도 돈이면 조 중사님도 은퇴 자금으로 충분할 텐데요?"

"뭐, 그거야 그렇지만 도대체 무슨 사연인지 말해줄 수 있겠나?"

유찬은 잠시 조 중사를 바라보다가 자초지종을 털어놓았다.

잠시 유찬의 이야기를 듣고 있던 조 중사는 고개를 살래살래 흔들었다.

그가 생각했던 것보다 사태가 심각했다. 유찬이 겨누는 총 끝에 누가 있는지는 몰라도 거물이 분명했다. 잘못하다가는 자신의 목이 날아갈지도 몰랐다. 하지만 눈앞에 놓인 10만 달러는 도저히 포기할 수 없는 유혹이었다.

미화 10만 달러라면 말년을 편하게 지내고도 남을 돈이었다.

안 그래도 부산 쪽에서 새로 일을 시작한 젊은 놈들이 겁도 없이 치고 올라오고 있었고, 이제 그도 슬슬 은퇴할 나이가 되었기에 발을 뺄 수 있는 절호의 기회를 놓치고 싶지 않았다.

또한 무기상이라는 직업이 언제 어디서 칼을 맞거나 은팔찌 차고 딸려 들어갈지 모르는 직업이기도 했다.

'씨바, 못 먹어도 고다. 한번 해보는 거야. 모 아니면 도, 쪽박 아니면 대박 아니겠어?'

결국 그는 모험을 해보기로 하고 가슴을 탕탕 쳤다.

"좋아, 까짓 것! 해보는 거야! 그런데 내가 뭘 도와주면 돼지?"

"일단 쓸 만한 총 좀 주십시오. 당장 줄 수 있는 건 뭐가 있습니까?"

"뭐, 당장 쓸 수 있는 총기라면 38구경, 22구경 권총이 몇 정 있고, p99 자동권총이 두 정 , 그리고 자네도 알 거야. K—7 이라고, 공수 애들 쓰는 거 있는데, 뭘 줄까?"

"탱크랑 스커드 미사일은 없습니까?"

조 중사가 뚫어져라 노려보자 유찬은 식은땀을 흘리며 주문을 했다.

"p99 두 정을 주십시오. 아무래도 소총보다는 권총이 가지고 다니기도 편하고 보이지도 않을 테니 말입니다. 그리고……."

유찬은 말을 끊고 한쪽에 세워진 엽총 쪽으로 다가갔다.

그리고 몇 자루 엽총을 바라보다가 한 자루를 꺼내 들었다. 늘씬하게 뻗은 총신을 드러낸 총은 언뜻 보기에는 엽총 같지만 사실은 스코프만 제거한 라이플이었다.

"M40A1 22구경 5연발 레밍턴 소총. 한때 양키 놈들 제식 저격 소총으로 쓰였던 녀석인데, 이런 게 잘도 엽총들 사이에 끼어 있다니……."

"역시 보는 눈이 있구만. 그 녀석은 확실히 명품이지. 그게 아마 케네디 대통령을 암살할 때 쓴 그 모델일걸? 그걸 가져 갈 텐가?"

"정확히 케네디의 동생이죠. 아무튼 이 소총은 정말 좋군요. 손질도 잘돼 있고, 누가 길을 잘 들여놓은 것 같습니다."

그는 마치 소중한 무엇인가를 다루는 듯이 총신을 쓰다듬었다. 이 저격 라이플은 소음과 크기가 작은 데다 개조할 경우 3단 분리 조립해 사용할 수 있어 최적의 요인 암살용 라이플로 꼽히는 것이었다.

'이 녀석을 사용할지도 모르겠군.'

아직 모든 것이 명확하게 밝혀진 것은 아니었다.

하지만 그의 냉철한 육감이 이 일의 뒤에는 무엇인가 거대한 음모가 도사리고 있다고 말하고 있었다.

조 중사로부터 p99 권총과 파편수류탄 여섯 개, 그리고 여분의 탄창 네 정을 넘겨받은 유찬은 가죽 외투 안에 총과 수류탄을 찔러 넣고 몇 가지 필요한 것을 더 주문한 뒤에 용산 전자상가를 빠져나갔다.

M40A1도 가지고 가고 싶었지만 가늠좌와 영점도 조정하지 않은 상태인 저격용 소총을 무턱대고 가지고 나올 수는 없었다. 용산을 빠져나온 유찬은 택시를 타고 수원에 있는 한 개인병원으로 향했다.

삼성전자의 비롯하여 수많은 공장이 즐비하게 들어선 수원의 밤은 화려한 네온사인으로 불야성을 이루고 있었다.

삭막한 사막이나 죽음 같은 고요가 뒤덮은 밀림지대에서 반평생을 보낸 유찬으로서는 이런 도시의 번화함은 그저 단순한 머리 아픔일 뿐이었다. 하지만 매제와 동생의 사체를 검안한 공중보건의의 사무실이 이곳에 위치해 있었기 때문에 별수없이 번화한 도심을 걸어나갔다.

그에게 이 번화한 도시는 생전 처음 와보는 밀림 같았다. 심하게 비약하자면 콘크리트의 숲에 빠진 사자 같다고나 할까?

'동생을 검안한 공중보건의라면 뭔가 알고 있을 것이다. 그냥 사고였다면 좋겠지만 아니라면 놈은 뭔가 감추고 있을 것이다.'

사고가 생기고 사망자가 발생하면 법의관이 먼저 출동하는 미국과는 달리 한국은 경찰서 형사과의 과학수사계 수사관이 현장 감식을 맡는다. 이들은 경험은 있지만 전문 지식이 부족하기에 검시라는 제도가 생겨났다.

검시는 법의관의 입회 없이 검찰의 의뢰를 받은 공중보건의나 지역의 의사가 맡는다. 그들은 사인과 사망 시각 등을 추정한 의사의 시체검안서를 보고 부검 여부를 결정했다. 매제의 식구들 역시 수원시에서 지정한 공중보건의가 검안을 했다.

만약 매제 후배의 말대로 동생 일가족이 단순 교통사고가 난 것이 아니라면 검안 도중 무엇인가 나왔을 것이고, 부검까지 갔어야 했다. 하지만 공중보건의는 단순 교통사고로 결론을 내렸다.

정말 검안을 맡았던 공중보건의가 아무것도 발견하지 못했는지, 아니면 발견해 놓고도 발견하지 못했다고 한 것인지를 알아보기 위해 그를 만나볼 생각이었다. 물론 필요하다면 무력도 동원할 것이다.

한참 동안이나 건물의 숲을 헤매고 다닌 끝에 보건의의 사무실을 찾을 수 있었다. 아직 하루 일과가 끝나지 않았는지 3층 사무실에서는 불빛이 새어 나왔다. 야구 모자를 더욱 깊게 눌러쓴 유찬은 검은 가죽 장갑을 끼고 천천히 건물 안으로 들어갔다.

잠시 주위를 둘러보다가 계단을 올라간 유찬은 카운터에 앉아서 사무를 보고 있는 간호사가 고개를 숙이는 순간 빠르게 카운터로 다가가 그녀의 목 뒤를 수도로 내려쳤다.

"꺅!"

외마디 비명과 함께 잠시 부르르 떨던 그녀는 그대로 카운터에 엎어졌다. 최소한 세 시간에서 네 시간은 저 상태로 일어나지 못하리라.

잠시 그녀를 바라보던 유찬은 진료실의 문을 조용히 밀고 들어갔다.

책상에 다리를 올려놓고 신문을 보고 있던 사십대 중반의 의사는 갑자기 유찬이 들어오자 당황한 듯 얼른 신문을 접고 유찬을 바라보며 입을 열었다.

"진료 시간은 끝났습니다."

"진료받으러 온 게 아닙니다."

"그럼 무슨 일로 오셨습니까?"

유찬은 잠시 그를 바라보다가 품속에서 p99 권총을 꺼내 들고 그의 이마를 겨누었다. 하지만 그는 전혀 놀라는 기색이 없었다.

오히려 유찬을 미친놈 보듯 보며 전화기에 대고 간호사를 불렀다.

"하? 이보시오! 무슨 장난을 하는 거요? 어디서 그런 장난감을 구했소? 이 간호사, 여기 미친놈 들어왔어!"

“…….”

총기 범죄가 전무한 한국에서 총기, 그것도 경찰들이 쓰는 리볼버가 아닌 자동권총은 그저 완구사에서 나오는 프라모델이나 영화에서 나오는 것이 다였기에 공포감이 없었다. 막연한 상상의 물건인 총보다는 초장부터 군용 대검을 꺼냈어야 했다. 유찬은 한숨을 쉬며 품속에서 소음기를 꺼내 총구에 끼웠다.

픕! 푸카칵!

“으아아악… 컥!”

공이를 박차고 날아간 총알은 정확히 그가 들고 소리치던 전화기를 산산조각 내놓았다. 박살 난 전화기 파편이 이리저리 날리자 기겁한 그의 비명이 신음으로 바뀌는 데는 촌각도 걸리지 않았다. 바람처럼 달려든 유찬이 이소룡의 장기, 촌경을 때려 넣어버렸기 때문이다.

“커어어억! 커어으윽!”

“지금부터 개소리를 한 번만 더 하면 네놈 두개골과 총탄의 강도를 비교해 보는 수가 있다.”

“으으으윽!”

바닥 엎어져 데굴데굴 구르는 그의 가슴을 발로 밟고 그의 이마에 총을 댄 유찬은 위협적으로 으르렁거렸다. 입가에 게거품을 물고 굴러다니던 그는 이마에 차가운 총구가 닿자 정신없이 고개를 끄덕였다. 잠시 그가 정신을 차리기를 기다린 유찬이 물었다.

"김기범 검사를 알지?"

"크윽… 누, 누구를 말하는 거요?"

"얼마 전 일가족 전체가 교통사고를 당한 검사 말이다. 네 놈이 검시를 하지 않았나?"

그제야 생각난 듯 그는 열심히 고개를 끄덕였다.

"사인이 어떻게 되지?"

"그게… 생각을……."

"10초 주겠다"

철그럭!

유찬은 그가 들을 수 있도록 일부러 소리를 크게 내며 천천히 공이를 뒤로 당겼다. 공이가 뒤로 당겨졌다는 것은 살짝만 방아쇠에 힘을 줘도 총구가 총탄을 토해낼 수 있는 상태를 의미했다. 그것을 아는지 그의 얼굴이 백지장처럼 파랗게 질렸다. 그는 부들부들 떨리는 목소리로 말했다.

"예… 예, 아주 생생히 기억납니다. 무엇이든 물어보십시오."

"그들의 사인이 뭔가?"

"그… 그러니까 앞좌석에 탔던 남자와 여자의 직접적인 사인은 압사입니다. 차를 트럭이 덮쳤으니 당연한 것 아닙니까? 초, 총구 좀 치워주십시오. 그, 그리고 사내아이는 뇌출혈이 사망 원인이었고, 여자 아이는 출혈 과다로 죽었습니다.”

그는 애원하듯이 가족들의 사망 원인에 대해서 열거해 나갔다. 즉, 그의 말은 단순 사고사라는 것이었다. 유찬은 이마에 댄 총구를 떼어냈다. 순간 그는 안도의 한숨을 내뱉었다.

하지만 유찬은 이마에서 떼어낸 총구를 허벅지에 가져다 대며 진한 살기를 피워 올렸다. 그리고 말없이 그의 눈동자를 노려보며 차갑게 일갈했다.

“넌 나를 잘못 봤다.”

“네? 그게 무슨 말씀이십니까?”

“넌 나를 잘못 봤다고 했다.”

“그, 그게 무슨 말씀이십니까?”

유찬은 잠시 그를 내려다보며 더없이 차갑게 말했다.

“살아남으려니까 별걸 다 배우게 되더라고. 혹시 범죄심리학이라고 알고 있나?”

“……”

“모르고 있다면 설명해 주지. 우발적으로 살인을 저지른 범인이 말이다, 자기가 했던 범행을 생각할 때 눈동자가 어디로 돌아가는지 아나?”

“……”

알 턱이 없었다.

“오른쪽이다.”

“…….”

“세상으로부터 주목받고 싶어하는 어떤 미친놈이 하지도 않은 살인을 했다며 경찰서에 와서 증언할 때 눈동자가 어디로 돌아가는지 알고 있나?”

잠시 말을 끊고 그를 내려다보던 유찬은 입꼬리를 살짝 말아 올리며 말했다.

“왼쪽이다.”

유찬은 다시 말을 끊고 그를 노려보았다.

“그런데 말이야, 네 눈동자는 왼쪽으로 돌아갔다, 개자식아!”

그와 동시에 권총이 불을 뿜었다. 양쪽 허벅지에 총알 두 발이 파고들었다.

튜슈튜슈~!

“우어어어억! 어어억!”

그는 온몸을 허우적거리며 고통을 표시했지만 비명을 지르지는 못했다.

유찬의 구둣발이 그의 입을 틀어막았기 때문이다. 불판 위에 올려진 마른 오징어처럼 온몸을 부들부들 떨며 양팔을 허우적거리는 그를 죽음의 신이라도 되는 양 한참 동안이나 내려다보고 있던 유찬은 다시 이마에 총구를 겨누고 물었다.

“이제 제대로 이야기할 기분이 나셨나?”

“우어어, 예! 사실대로 말하겠습니다! 제발 목숨만 살려주십시오!"

그는 양손을 정신없이 비비며 살려달라고 애원했다.

"그럼 어디, 사실대로 말해보실까?"

그는 허겁지겁 자신이 알고 있는 것을 토해놓았다.

"그, 그러니까 남자의 경우는 줄로 목을 조른 흔적이 있었습니다. 그리고 여자의 경우에는 목에 칼로 그은 자상이 있었고, 아이들 역시 목을 조른 흔적이 있었습니다."

더 들어볼 것도 없었다. 누군가에 의해서 살해된 것이 분명했다.

"타살이군……."

"며, 명백한 타살입니다."

"그런데 너는 왜 부검을 요청하지 않았지?"

"그, 그게……!"

다시 한 번 총구가 그의 이마에 닿았다.

"히이익… 그… 그러니까… 단순사고로 처리해 달라는 부탁을 받았습니다."

"누구에게서?"

"그러니까… M&S의 증권 사장 비서라고 하던데 이름은 잘 기억이 안 나고… 1억 5천만 원을 주면서 단순 사고라고 해달라고 했습니다."

"네가 단순 사고라고 했어도 현장을 본 경찰들이나 형사들이 있을 텐데?"

"이미 이 사건을 수사했던 형사들이나 경찰들한테도 그런 식으로 청탁했다고 했습니다. 저만 눈감으면 된다고 해서… 자, 잘못했습니다. 지금이라도 부검을……."

"이미 화장을 해서 그 뼈로 무덤을 만들었는데 어떻게 한다는 건가?"

"히익? 죄, 죄송합니다. 저, 정말 잘못했습니다. 한번만 살려주십시오."

부르르.

이마에 겨눠진 총구가 부들부들 떨렸다. 그들은 자신의 이익을 위해 아무것도 모르는 동생과 아이들을 죽였다. 그리고 매제 역시도. 정의를 위해 죽었음에도 아무도 그것을 알아주지 않았다. 그들의 원혼이 울부짖는 소리가 들리는 듯했다. 죽는 그 순간 그들은 얼마나 억울했을까?

유찬은 핏발이 선 눈으로 그를 노려보았다.

지독한 살기 속에 공중보건의는 본능적으로 죽음을 예감했다.

"저, 저기, 검시할 때 몰래 찍어놓은 사진이 있습니다. 그, 그걸 드리겠습니다. 제, 제발 목숨만 살려주십시오."

"정말이냐?"

"무, 물론입니다. 앞쪽 캐비닛 안에 넣어두었습니다."

캐비닛 안에서는 몇 가지 사건 파일과 함께 하얀 봉투에 싸인 사진들이 나왔다.

동생과 조카들, 그리고 매제의 시체를 찍은 사진들이었다. 죽음 이후 난 사고였다지만 10톤 트럭에 깔렸던 시신들의 상태는 보고 있는 것조차 역겨웠다.

그가 어떤 전쟁터에서 봤던 시신들보다 끔찍한 모습. 그것은 그의 가족이고 존재의 이유였다. 유찬은 그들의 마지막 모습을 기억하기라도 하듯 하나하나 눈 속에 새겨 넣었다. 그의 말대로 매제와 아이들의 목에는 밧줄로 인해 쓸린 상처가 뚜렷하게 남아 있었다.

그리고 동생, 세상에 하나밖에 남지 않았던 혈육의 목에는 칼로 그은 것이 분명한 자상이 선명하게 나 있었다.

가슴속에 무엇인가 뜨거운 것이 울컥하고 숫아올랐다. 하지만 유찬은 애써 목구멍을 타고 넘는 그것을 삼키며 동생의 목에 난 자상을 한참 동안이나 매만져 보았다.

'전문가의 솜씨다.'

동생의 목에 난 상처는 유찬이 놀랄 정도로 깔끔한 것이었다.

아마도 동생은 고통조차 제대로 느끼기도 전에 숨이 끊어졌을 것이다. 사람을 목을 따는 것을 결코 쉬운 일이 아니었다. 칼을 제대로 쓸 줄 모르면서 괜히 목에 칼 들이밀다가 오히려 자기가 당하거나 목을 따더라도 마치 톱질해 놓은 것처럼 자상이 엉망으로 생기게 마련이다.

하지만 동생의 목에 난 상처는 자세히 보지 않으면 보이지 않을 만큼 얕게 들어가면서 한 방에 숨통을 끊어놓은 것이다. 번개같이 빠르고 강하며 치명적인 일격. 전문가의 솜씨가 분명했다.

'이 정도 실력이라면 특전사에서도 흔치 않다.'

잠시 유미의 목에 난 상처를 바라보던 유찬은 얼른 사진들을 품속에 쑤셔 넣고 공포에 부들부들 떨고 있는 공중보건의를 내려다보았다. 그는 죽음에 대한 공포로 바지에 오줌까지 지리며 애처롭게 떨고 있었다.

그는 살기 위해 그가 알고 있는 모든 것을 이야기해 주었다. 그중 하나는 바로 그가 검시했던 또 다른 시체, 즉 사고를 일으킨 트럭 운전기사의 시체에 관한 것이었다. 트럭 운전기사 역시도 그 자리에서 자살한 게 아니라 그 이전에 이미 죽어 있었다고 한다. 그 역시 한 편의 잘 짜인 연극을 위해 누군가에 의해 살해당했으리라.

시간이 정지한 듯 미동도 하지 않고 그를 내려다보던 유찬은 천천히 문으로 걸어갔다. 하지만 문을 나가기 직전 총구를 그의 이마에 겨누고 방아쇠를 당겼다.

"안 돼!"

탕!

외마디 비명을 지르는 그의 머리를 뚫고 지나간 총탄은 허공에서 피의 비를 쏟아 보냈다. 물론 유찬은 뒤로 몸을 날려 피의 비를 피했다.

"쓰레기에게 어울리는 최후로군. 걱정 마라, 너와 같은 쓰레기들은 계속해서 지옥으로 보내줄 테니."

잠시 그의 시체를 내려다보던 유찬은 말없이 몸을 돌렸다.

*　　　*　　　*

수원 시내 한복판에서 일어난 총기 살인 사건은 사건 발생 여섯 시간 만에 전국을 충격과 공포의 도가니로 몰아넣었다. 경찰뿐만 아니라 수방사 소속 군인들까지 동원되어 수원 시내를 이 잡듯이 뒤졌지만 범인에 대한 단서는 아무것도 나오지 않았다.

수십 번 사건 현장을 감식한 국과수 소속 감식반 역시도 혀를 내둘렀다.

범인이 남긴 것은 오직 피해자의 허벅지에 박힌 네 발을 포함하여 총 여섯 발의 9㎜ 파라블럼 탄환과 발사 위치로 추정되는 자리에 떨어진 탄피뿐이었다.

하지만 국내에는 개인 소유로 등록된 9㎜ 자동권총이 없을 뿐만 아니라 있다고 해도 수사기관이나 군부대에서 쓰는 것이 고작이었다. 덕분에 난데없이 홍역을 앓은 것은 9㎜를 사용하는 검찰과 경찰, 그리고 군부대의 장교들이었다. 더불어 전국의 총포사와 불법 무기 거래상들에게도 날벼락이 떨어졌다.

하지만 정작 이 엄청난 사건을 저지른 당사자인 유찬은 조 중사가 마련해 준 안전 가옥에서 세일룬의 정보팀인 레드옥스와 연락을 교신을 취하고 있었다. 동생의 몸에 난 자상을 면밀히 검토한 유찬은 상대가 전문적인 킬러라고 최종 결론을 내렸다.

범인이 군인이었다면 목을 팔로 감고 밖에서 안쪽으로 대검을 그었어야 했지만 처음 판단과는 달리 동생의 몸에 난 자상은 대검에 의해 생긴 상처가 아니었고, 군인이 요인을 암살할 때 쓰는 방법은 더더욱 아니었다.

상대는 장검으로 동생의 목을 좌에서 우로 깊게 베고 지나갔다.

마치 고대 전쟁터에서 검술을 익힌 무사가 적을 베는 듯한 움직임이었다. 중국이나 일본의 히트맨들 중에 아직도 고전적인 방법으로 대상을 처리하는 놈들이 있다는 것을 알고 있는 유찬은 그들을 범인으로 지목하고 그들의 수법과 동생의 목에 난 자상을 하나하나 비교해 나갔다.

하지만 유찬의 의뢰를 받은 레드옥스의 팀장인 제나는 더욱 빠르고 간단한 방법으로 범인을 추적했다. 유찬이 고전적인 방법으로 그들이 저지른 여러 사건 파일들을 하나하나 뒤져 가고 있는 동안 그녀는 그녀의 지휘를 십분 이용하여 효과적으로 일을 처리했다.

그녀는 자신의 휘하에 있는 세계 최정상 급 해커들을 총동

원하여 최근 M&S 그룹의 고위 인사들 중에 자금 유동이 많은 인사를 가려냈고, 그들이 이동시킨 자금 중 검은 자금의 총집합 장소인 스위스를 통해 거쳐 간 자금이 있는지 확인한 뒤, 다시 그 자금 중 킬러들에게로 넘어간 자금을 확인했다.

─일어나세요, 이빨 빠진 늑대 씨!

스피커를 통해서 제나의 음성이 들려온 것은 유찬이 일주일 동안 킬러들의 수법을 연구하다가 항복을 선언할 때쯤이었다. 세일룬에 있을 때는 가장 마주치고 싶지 않은 대상 중 하나였는데, 지금 들리는 제나의 목소리는 천상의 천사가 부르는 아리아처럼 들렸다.

"뭔가 알아낸 거야?"

급히 헤드셋을 고쳐 쓴 유찬은 범인을 취조하듯이 닦달했다.

─남이 일주일 동안 뒤져서 겨우 알아낸 정보를 날로 드시려고? 그게 어느 나라 도둑놈 심보야?

우드득!

유찬은 이를 부서져라 갈았다. 저 지독한 수전노 마녀는 틀림없이 돈을 바라고 저러는 것일 것이다.

─어머, 이 가는 소리가 여기까지 들리네?

"수전노 마녀 같으니!"

평소대로라면 제나와 협상을 벌여보겠지만 지난 일주일간 제대로 쉬지를 못해 그에게는 그럴 만한 기력이 남아 있지 않았다. 하지만 그런 그의 사정을 눈곱만치라도 고려해 준다면 그건 그가 알고 있는 제나가 아니라 제나의 도플갱어이리라.

─레이디한테 그게 무슨 무례한 말버릇이야?

"얼씨구? 붉은 여우가 레이디면, 이 세상 다른 레이디들은 다 얼어 죽었겠다."

─안 가르쳐 준다.

"장난 그만 하고, 원하는 게 뭐야?"

─거래 한두 번 해봐? 요즘 과도한 업무에 치어서 피부가 거칠어져서 말이지, 화장품도 좀 바꿔야 하고 향수도 좀 사야 할 것 같아서 말이야.

그는 기가 차서 말도 안 나온다는 표정을 지었다.

뭐? 과도한 업무?

물론 정보부에 전해지는 업무가 과도하다는 건 세일룬의 용병이라면 누구나 다 알고 있는 사실이다. 하지만 그건 어디까지나 정보부에 소속된 다른 용병들 이야기고, 정보 팀장인 제나에게는 해당 사항 없는 일이다.

유찬이나 되니까 제나에게 정보를 구해달라고 하지, 다른 용병이 그랬다가는 댓바람에 벌집 되기 십상이다. 미인은 잠꾸러기를 외치며 하루 열두 시간을 자면서 과중한 업무에 치어 피부가 상했다고 하면 누가 믿을까?

제나 클레스타인.

그녀는 세일룬의 정보부를 맡고 있는 여장부다. 열여섯 살

때부터 이 바닥에서 구른 그녀는 용병계의 큰누님으로 통했
으며, 베테랑 용병들도 고개를 살래살래 젓는 수전노였다.

뉴욕의 빈민가 출신인 그녀는 포주에 의해 이리저리 팔려
결국 세일룬에서 운영하는 창녀촌까지 흘러들어 오게 되었다.

우연히 창녀촌에서 도망치다 걸려서 죽지 않을 만큼 맞고
있는 것을 구해준 것이 인연이 되어, 약삭빠르고 꼼꼼한 성격
의 그녀를 눈여겨본 전대 정보팀장 조나단에 의해 발탁, 정보
부에 들어오게 되었고, 스물여덟에 정보팀의 팀장이 되었다.

그리고 나서 바로 그녀가 한 일이 세일룬의 우두머리인 미
스터 카펜터를 비롯한 고위급 용병들에게 한마디 해주는 것
이었다. 당시 막 고위급 용병들의 회의에 참석했던 유찬은 아
직도 그날을 잊을 수가 없었다. 스물여덟 살밖에 안 된 계집
애가 수많은 전쟁터를 누비며 수백 명을 죽인 살인 기계들이
나 다름없는 고위급 용병들의 면상에 삿대질을 하며 늘어놓
는다는 소리가,

'돈 내고 가져가!'

그 이후 한 성질 하는 몇몇 팀의 팀장들이 찾아가서 위협도
해보고 회유도 해보았지만 누구도 그녀가 가진 돈에 대한 집
착을 넘어서지 못했다. 권총으로 위협하면 바주카를 꺼내 들
며 어디 한 번 해보자고 날뛰고, 그 어떤 회유와 협박에도 굴
하지 않으니 참 여러 가지 의미에서 대단한 여자였다.

이런 제나의 성격을 잘 알기에 그는 본론부터 꺼내놓았다.

"흠, 얼마나 하지?"

―2만 달러는 줘야겠는데…….

"뭐라고? 지금 장난해? 2만 달러가 뉘 집 개 이름인 줄 알아?"

유찬이 터무니없는 가격에 항의했지만 그녀는 콧방귀만 뀔 뿐이었다. 아마도 책상머리에 앉은 그녀는 여유롭게 화장을 고치며 미소를 짓고 있을 것이 뻔했다.

―그럼 다른 데 가보든지. 뭐, 다른 곳에서 이 정보 구할 수 있으면 거기 가서 구하라고.

"이게 정말!"

하지만 아쉬운 쪽은 저쪽이 아니라 이쪽이었다.

"나 아니면 그 정보 살 사람도 없잖아! 내가 많이 쓴다. 1만 달러!"

―미친. 반값으로 깎는 사람이 어디 있냐? 19,999달러로 해주지.

"캑? 1달러 단위로 줄이다니."

오랫동안 용병 생활을 하면서 벌어놓은 돈이야 많다. 하지만 그렇다고 바가지를 쓰면서 정보를 사고 싶은 마음은 없었다.

"거참, 말을 못 알아듣네. 정말 지금 내 실력을 보고 싶다 이거야?!"

―구해볼 수 있으면 어디 다른 데 가서 구해보시지. 그리고

그곳은 범죄 네트워크의 황무지 한국이잖아?

말이야 바른 말이었다. 중국이나 일본만 대도 삼합회나 야쿠자들이 운용하는 정보상들을 통해서 어떻게든 알아보겠지만 한국은 1980년대 범죄와의 전쟁으로 거대 조직들이 사라진 이후 정보상들의 씨가 마르지 않았던가?

"조, 좋아 1만 5천 달러!"

—좀 더 쓰지? 1만 8천 달러.

"도… 독한 년!"

결국 유찬은 그 자리에서 스위스 은행 계좌를 열어 그녀의 계좌로 송금했다. 돈을 받은 그녀는 바로 자료를 전송해 왔다. 그녀가 보낸 자료에는 최근 M&S 그룹의 자금 유동 상황이 상세하게 나타나 있었다.

그중에서 스위스를 통해 중국 계좌로 보내진 돈이 있었다.

그 규모는 무려 15만 달러. 해외 투자 자금으로 교묘히 위장하기는 했지만 수취인은 다름 아닌 중국인 킬러로, 장루인이었다.

그 밑으로는 장루인에 대한 출신과 전적에 대한 기록이 함께 첨부되어 있었다.

"삼합회 출신인가?"

—아니. 특이하게 혼자서 활동하는 킬러야. 실력은 그 바닥에는 알아주나 보더라고. 이를테면 프로페셔널 정도? 대부분 중국 킬러들이 삼합회의 비호를 받으며 일을 하는 것과는

달리 이 친구는 혼자서 움직이는 바람에 골치가 아팠다고. 삼 일씩이나 삼합회 쪽을 뒤지면 삽질 좀 했지. 그러고 보면 청부자가 누군지는 몰라도 머리 좀 썼던걸? 나중에 뒤탈 생길지도 모르는 삼합회와의 거래보다는 혼자서 움직이는 킬러에게 청부를 한 걸 보면 말이야.

현재 동남아시아의 암흑시장을 지배하고 있는 것은 야마구치 조를 필두로 한 야쿠자와 홍콩 삼합회다.

하지만 이들과 거래를 하게 되면 나중에 뒤탈이 생기는 경우가 종종 발생했다.

그에 반해 범죄 네트워크인 블랙네트워크를 타고 홀로 움직이는 일인 킬러는 나중에 뒤탈이 없을 뿐만 아니라 토사구팽을 하기에도 좋았다. 하지만 이들도 세력을 불리고 히트맨들을 늘리려는 삼합회와 야쿠자의 끊임없는 회유와 협박에 하나둘 흡수되거나 제거되어 그 숫자가 확연히 줄고 있었다.

"확실한 건가?"

―살인 수법이나 모든 정황을 종합해 볼 때 맞아떨어지는 인물이야. 그의 장기는 당랑권, 그리고 무기는 채찍과 검을 쓰지. 그동안 이 녀석이 저지른 암살을 보면 칼로 목을 베거나 채찍으로 목을 졸라 죽였거든. 다수일 가능성을 가지고 조사해 보았지만 자상들을 분석해 본 결과 아무래도 이 자식이 맞는 것 같아. 거기다 지금 한국에 있어.

꾸깃.

깨끗하게 인쇄된 A4용지가 유찬의 손에 무참히 구겨졌다.

틀림없이 매제와 아이들의 목에 나 있는 자상은 무언가에 목을 졸린 듯한 상처였다. 만약 그가 손을 썼다면 채찍으로 목을 조르고 기도를 막았으리라. 거기다 동생의 목에 난 상처가 대검이 아니라 장검이라면 모든 것이 설명되었다.

"그 자식, 지금 어디 있지?"

—지금 한국호텔 특실 1604호에 있어. 그런데 꼭 한국에서 일을 벌여야겠어? 한국에서는 우리의 지원을 받기도 힘들고, 사고를 치면 이만저만 골치 아픈 게 아니라고…….

그녀는 곤란한 목소리로 말했다.

매일같이 경호나 암살 요청이 쏟아지는 중국이나 일본과는 달리 한국이라는 나라는 그 특성상 용병 단체인 세일룬이 나서기에는 걸리는 점이 한두 가지가 아니었다.

"제나, 세일룬에 누가 되는 일은 없을 거야."

—내 말은 그게 아니잖아. 네가 사고를 치면 특전사들이 출동할 거야. 물론 네 실력을 모르는 것은 아니지만 한국 특전사나 그 뒤에 가려진 특수부대의 실력은 아무리 너라도 혼자서는 감당하기 힘들어. 그레이 울프를 비밀리에 입국시키던가. 그거라면 내가 도와줄 수 있어.

"팀원들을 끌어들이고 싶진 않다."

—쳇, 끝까지 멋있는 척하겠다 이건가? 뭐, 어쩔 수 없지. 지금 다른 정보 보냈으니까 받아보도록 해.

잠깐 동안 쉬고 있던 프린터가 다시 용지를 토해놓았다.

거기에는 M&S가 거느린 지하 조직과 그룹과의 연계 관계가 상세하게 설명되어 있었다. 조직을 바탕으로 성장하여 기업을 이룬 경우는 많이 있지만 대부분 어느 정도 기업이 성장하면 조직과 기업을 분리하게 마련인데, 무슨 이유에서인지 M&S 그룹은 조직과 기업을 동시에 운영하며 조직의 인사들이 그룹의 중역으로 활동하며 막강한 권력을 휘두르고 있었다.

특히 M&S 증권의 고위급 간부들은 M&S가 거느린 조직 '청룡회'의 인사들로 이루어져 있었다. 자료에는 그 외에도 그룹이 지금까지 뒤로 저지른 비리와 로비 내역, 조직이 마약을 유통해 오는 루트까지 모든 것이 상세하게 나와 있었다.

검찰의 간부가 봤다면 입에 거품을 물고 넘어갈 굵직굵직한 정보들이 수두룩했다. 정신없이 서류를 읽어 내려가던 유찬은 혀를 내두르며 말했다.

"도대체 이런 정보들을 어디서 구하는 거야?"

—설마 남의 밥줄을 노리는 거야?

"뭐, 그건 아니지만, 아무튼 고맙다."

유찬은 진심으로 그녀에게 고마워했다. 하지만,

—어머, 날로 먹게? 네가 그걸 날로 먹고 무사할 것 같아? 내일 아침 대한민국 전역에 네 수배 전단이 걸리도록 해줄게.

"공짜, 아니냐?"

―세상에 공짜가 어디 있어? 설마 나한테 공짜를 바란 거야? 바랄 걸 바라야지 어떻게 나한테 공짜를 바라시나?

"하아?"

그럼 그렇지라는 표정을 지은 유찬이 한숨을 푹 쉬었다.

"얼마?"

―2천 달러!

"무, 무서운 년."

결국 이만 달러는 받아가겠다는 수작이다. 유찬은 할 수 없이 다시 2천 달러를 송금했다. 계좌로 돈이 들어온 걸 확인한 그녀는 어느 때보다 상냥한 목소리로 말했다.

―다음에 또 이용해 주세요, 고객님.

'이런 새도……!'

그녀가 보일 리 만무하건만 유찬은 모니터에 주먹밤을 먹여준 후 옷을 챙겨 입었다. 그리고 어느 순간, 조금 전까지 제나와 티격태격하던 장난스러운 유찬의 모습은 사라지고 냉혹하고 차가운 눈을 가진 한 마리 늑대가 하얀 이를 드러내고 있었다.

*   *   *

같은 시각, 터키의 세일룬 정보부 아지트.

책상 서랍에서 시가를 꺼내 든 그녀는 신경질적으로 이어

폰을 벗어 버렸다.

"쳇, 재미없는 아저씨 같으니."

그녀는 무엇이 마음에 들지 않는 듯 한참 동안이나 투덜거렸다.

'정말 잊어버린 건가? 무심한 사람.'

그녀는 열세 살 때 혼자가 되었다. 그녀의 아버지는 뒷골목 갱단 출신으로 매일같이 좀도둑질과 폭력으로 교도소를 들락거렸으며, 가족들에게도 서슴없이 폭력을 휘둘렀다. 열두 살 때 그녀의 부모님들은 교통사고를 당했고, 갱단 출신의 부모 밑에서 자란 그녀와 그녀의 동생에게는 미국의 잘난 사회보장제도도 아무런 도움이 되지 못했다. 두 달 만에 동생이 굶어 죽은 뒤 그녀는 거리로 내몰렸다. 추위와 배고픔에 떨던 그녀를 발견한 것은 인근 창녀촌의 포주였다. 따뜻한 밥과 예쁜 옷에 혹한 그녀는 결국 그를 따라갔고, 그 뒤 하루하루가 지옥이었다. 어린아이를 좋아하는 변태들은 하루도 그녀를 가만히 놓아두지 않았다.

또한 포주는 아직 어린 그녀의 성감을 깨우기 위해 마약을 복용시켰다. 머리가 터져 버릴 것 같은 쾌감에 사로잡힌 그녀는 자신도 모르게 약에 중독되어 갔다.

몇 번이고 그곳에서 도망치려 했다.

하지만 만 하루가 지나기 전에 찾아오는 마약의 금단 증상은 악몽처럼 다시 그녀를 지옥으로 향하게 했고, 정신을 차렸을 때는 정신없이 욕망을 갈구하고 있었다.

2년, 그녀는 그 악몽 같은 곳에서 2년을 보냈다.

누구도 그녀를 보듬어주려 하지 않았고, 그녀는 그저 더러운 욕망의 찌꺼기를 받아내는 욕망의 배설구에 불과했다.

웃음을 팔고 몸을 파는 동안 그녀는 아이에서 소녀로 성장해 갔다. 그리고 그녀의 마음속에 있던 저주와 분노 역시 같이 커갔다. 그녀가 커가는 동안 그녀를 통해 어느 정도 수입을 올렸다고 생각한 포주는 곧 다른 여자들을 사들였고, 그녀는 유럽으로 팔려갔다가 터키로 보내져 거친 용병들을 상대하게 되었다.

소녀가 된 그녀는 어떻게든 이 악몽 같은 곳을 탈출해야겠다고 생각했다.

포주 몰래 복용하는 마약의 양을 줄이고 상대하는 용병들로부터 도망치는 법을 배웠다. 참고 참으며 한 번의 도주를 위해 1년을 준비했다. 그리고 달이 없는 그믐날 밤을 틈타 도주를 시도했다.

하지만 그녀는 창녀촌을 빠져나가기도 전에 가드들에게 붙잡히고 말았다.

포주들이 가계의 안전을 위해 고용한 가드들은 대부분이 전, 현직 용병이었기에 어찌 어찌 포주는 따돌린다고 해도 제대로 훈련도 받지 않고 어깨 너머로 기술을 익힌 그녀가 가드들의 예리한 시선을 속인다는 것은 애초에 불가능했다.

도주한 지 한 시간 만에 붙잡혀 온 그녀에게 돌아온 것은 포주의 무시무시한 폭력이었다.

차고 때리고… 얼마 동안 구타가 행해졌을까?

불어로 욕설을 내뱉던 포주는 그래도 분이 안 풀린 듯 마치 개라도 되는 양 그녀의 옷을 벗기고 쇠사슬을 채워 거리로 끌어냈다. 그 순간 어디서 그런 용기가 났는지 그녀는 포주에게 달려들었다. 어설프지만 용병들에게 배운 수법대로 포주의 울대를 쳐 올렸다. 울대를 정통으로 맞은 포주가 그대로 뒤로 넘어가자 옆에 있던 가드가 워커발로 그녀의 복부를 걷어차고 포주를 일으켜 세웠다. 쓰러지기 전 그녀가 본 것은 무시무시한 눈으로 그녀를 노려보는 포주의 두 눈이었다.

쓰러진 그녀의 귀로 죽여 버리라는 포주의 고함 소리가 들렸다.

'죽는다.'

어차피 창녀촌에 속한 여자들의 운명은 포주의 손에 결정된다. 그녀는 그런 죽음을 수도 없이 보아왔다. 차라리 악몽 같은 삶을 살아가느니 죽는 게 나을 거라고 생각했다. 하지만 한참이 지나도 그녀의 몸에는 아무런 고통도 느껴지지 않았다. 대신 고함 소리와 비명 소리가 들리더니 조용해졌다. 천천히 눈을 뜬 그녀의 몸 위로 회색의 코트가 살포시 내리 덮이고 있었다.

"괜찮나, 여자?"

머리를 쓰다듬는 크고 따스한 손.

그녀의 앞을 가로막은 거대한 실루엣. 검은 머리와 회색의 코트가 유난히도 어울리던 고독한 사내. 그 사내의 등 너머로 그렇게도 두렵던 포주와 가드들의 모습이 보였다. 어디 한 군데씩 부서져 나간 듯 고통에 몸부림치는 그들을 사내는 차가운 눈으로 바라보고 있었다.

'그때 그 만남이 내 운명을 바꿔놓았지.'

잠시 몽롱한 표정을 지어 보이던 그녀는 무엇인가 생각난 듯 한참 동안 망설이다가 자판을 두드리기 시작했다. 곧, 수십 개의 메일 주소가 모니터에 나타났다. 그 모든 메일 주소를 한 번에 블록 지정 한 그녀는 일말의 망설임도 없이 메일 주소들로 하나의 파일을 보냈다.

"흥, 그래도 도와주고 싶은걸."

띠링~!

전송이 완료됐음을 알려주는 메시지가 뜨는 것을 확인한 그녀는 이번에는 음악 파일을 재생시켰다.

"I know, I know I've let you downI've been a fool to myself I thought that I could……."

Komm, susser Tod[달콤한 죽음이여, 내게 오라]의 잔잔한 멜로디가 흐르는 가운데, 그녀의 붉은 머리가 멜로디에 맞춰서 좌우로 천천히 흔들렸다.

*　　　　*　　　　*

중국계 킬러인 장루인의 작업 스타일은 간단했다

쥐도 새도 모르게 조용히 대상의 집에 들어가 대상의 목을 꺾어버리고 나오면 그만이었다. 총기가 난무하는 킬러들의 세계였지만 그는 채찍과 장검을 주로 사용했다. 소리도 없고 조용하기 때문이었다.

그동안의 작업 스타일을 생각해 볼 때, 이번 작업 대상은 상당히 까다로운 케이스였다. 위험 부담은 없었지만 한국이라는 나라의 특성상 번거로운 뒤처리를 만들어야 했기 때문이다. 하지만 그런 수고스러움쯤이야 15만 달러라는 거금에 비하자면 아무것도 아니었다. 의뢰인이 어떻게 손을 썼는지 뒤탈도 없었다. 여기까지는 그가 했던 어떤 작업보다 깔끔하게 처리되는 듯했다.

하지만 막판에 예상하지 못한 곳에서 일이 틀어져 버렸다.

일을 처리하고 홍콩으로 돌아가려 할 때 공항뿐만 아니라 배편까지 막혀 버렸다. 어떤 미친놈이 수도권에서 총질을 하는 바람에 한국 경찰이 눈에 불을 켜고 돌아다니고 있었다. 공항과 항만에 경비가 두 배로 강화되어 도통 빠져나갈 구멍이 없었다.

흔적을 없애기 위해 밀입국한 그로서는 난감한 일이 아닐 수 없었다.

빠져나가려고 한다면 빠져나갈 수도 있지만 그는 잠수를 택했다. 이런 시기에는 그저 몸을 사리는 게 좋다는 것을 오랜 경험으로 터득하고 있었기 때문이다. 재수없어서 꼬투리라도 잡히는 날에는 그대로 인생 종치는 수가 있었기에 오랜만에 휴가라고 생각하고 호텔에 눌러앉아 버렸다.

하지만 일주일 동안 호텔에 처박혀 있으려니 몸 여기저기가 쑤셨다. 한국호텔은 휘트니스 클럽과 대형 레스토랑, 그리고 극장까지 갖춘 최고급 호텔이었지만, 그것도 하루 이틀이지 일주일이 넘어가자 모든 게 시들해졌다. 거기다 여자 생각도 간절했다.

홍콩이었다면 콜걸을 불러 즐겼겠지만 이곳은 한국이다. 콜걸의 전화도 모를 뿐만 아니라 호텔 직원이나 고용주한테 콜걸 붙여달라고 할 수도 없는 노릇이었다.

"하암, 따분해 미치겠군!"

읽고 있던 책을 던져 버린 그는 늘어지게 하품을 한 뒤 룸서비스를 시킬 요량으로 인터폰을 향해 다가갔다. 그런데 그때 요란한 총성과 함께 카드 인식 시스템이 부착된 호텔 문이 박살이 나서 날아가고 요란한 폭음이 귀청을 때렸다.

"뭐, 뭐야?"

그는 급히 뒤로 몸을 피하면서 본능적으로 VIP룸 거실에 비치된 마호가니 의자들을 몽땅 발로 차 문 쪽으로 날려 보낸 뒤 소파 뒤로 숨었다.

투투투투!

문밖에서 총탄이 날아들었다.

"오 마이 갓!"

장루인은 품속에서 혹시 몰라 구해놓은 38구경 리볼버를 꺼내 들었다. 격발음을 들어보아 자동권총이 틀림없었다. 총탄이 날아오는 것도 문제였지만 방금 호텔을 뒤흔든 폭음은 파편수류탄이 터지는 소리였다.

'도대체 이게 무슨 난리야?'

수류탄에 자동권총까지. 그는 자신이 있는 곳이 한국이 아니라 일본이나 중국이 아닐까 생각했다. 중국이나 일본이라면 수류탄이 날아오든 소총이 불을 토해놓든 하등 이상할 것이 없었다. 하지만 이곳은 한국이다. 특급 호텔에서 수류탄이 터지고 총격전이 벌어질 만한 곳이 아니란 말이다.

투투투!

끊임없이 날아오던 총알이 끊겼다. 아마도 탄창을 가는 듯했다.

'지금이다.'

등을 기대고 있던 소파에서 일어나 사격을 퍼붓기 위해 몸을 일으켰다.

투툭!

하지만 몸을 일으킨 순간 뿌연 먼지를 뚫고 두 개의 둥근 물체가 방 안으로 들어왔다. 그것의 정체를 파악한 순간 장루인은 저도 모르게 소리쳤다.

"oh, shit!"

콰콰콰쾅!

한국호텔에 도착한 유찬은 경비 두 명을 가볍게 때려눕히고 뒷문을 통해 호텔 안으로 들어갔다. 서울시 외곽에 위치한 한국호텔은 총 세 개의 동으로 구성된 특급 호텔이었다. 유찬은 특실들로 이루어진 2동 안으로 들어가 아무도 모르게 엘리베이터에 올랐다.

이른 시간이라 투숙객들은 보이지 않고 호텔 직원들만이 분주하게 움직이고 있었다. 그들 중에는 야구모자에 회색 롱코트를 입은 그를 이상한 듯 바라보는 이들도 있었지만 수많은 사람들이 오가는 곳인지라 경계심없이 그를 지나쳤다.

아무것도 모르고 친절하게 몇 층을 갈 거냐고 묻는 엘리베이터 안내양들을 전원 기절시켜 버린 그는 모든 엘리베이터를 16층에 멈추게 한 뒤 수류탄을 까 넣었다.

쾅쾅쾅!

안전그립과 안전핀을 뽑고 수류탄을 던져 넣은 지 5초가 지나자 엄청난 폭발음과 함께 다섯 대의 엘리베이터가 폭발했다. 엘리베이터 폭발과 동시에 권총을 꺼내 든 그는 1604호

를 향해 무차별 사격을 퍼붓고 수류탄 두 개를 방 안으로 까
넣었다.

살상력을 최대한 높이기 위해 그립을 뽑고 3초간 쥐고 있
다가 던졌다. 수류탄은 허공에서 엄청난 폭음과 함께 폭발하
면서 방 안 전체를 쑥대밭으로 만들었다. 폭음이 가라앉기를
기다린 그는 탄창을 갈아 끼우고 방으로 진입했다.

타타타타탕!

방 안으로 뛰어든 그는 방 안에 있는 모든 것을 향해 총격
을 퍼부으며 테라스로 들어갔다. 테라스에서 탄창을 교환한
그는 방 안으로 들어오면서 다시 사격을 가한 뒤 소파 뒤로
몸을 숨겼다.

"젠장!"

파편 수류탄이 터지는 순간 침실로 몸을 날려 겨우 폭발의
반경에서 벗어난 장루인은 머리 위를 아슬아슬하게 스치고
지나가는 총탄에 기겁해 문 뒤로 몸을 숨겼다. 도통 정신을
차릴 수가 없었다. 갑자기 총탄이 쏟아지고 공중 폭파 수류탄
이 날아오는 것도 모자라 연이어 정체불명의 괴한이 뛰어들
어 무차별 사격을 가해왔다.

'설마, 그 자식들이 날 제거하려고……'

가끔 일을 시키고 킬러들을 죽여 입막음을 하는 경우가 있
었다. 하지만 그는 곧 고개를 세차게 저었다. 입막음을 한다

면 굳이 총기 규제가 심한 한국에서 할 필요가 없었다. 홍콩 삼합회에 연락만 하면 단돈 천 달러만 받고도 자신의 목을 따러 달려들 킬러들이 수두룩했다.

'나랑 원수진 놈인가?'

하지만 그것도 도통 모를 일이었다. 아무리 생각해 봐도 한국에서 수류탄을 까 넣고 무차별 사격을 퍼부을 개 똘아이 같은 놈과 원수 진 적이 없었다.

"도대체 뭐 하는 새끼야!"

"……!"

그는 발악하듯 고함을 질렀다.

그러나 그에 대한 대답은 총구를 박차고 날아온 9㎜탄이 대신했다.

"으악! 이 미친 새끼야!"

하마터면 총탄에 맞은 문이 지르는 비명의 합창에 자신의 두개골을 참여시킬 뻔한 그는 기겁하지 않을 수 없었다. 머리부터 발끝까지 소름이 쫙 돋았다. 잠시 숨을 고른 그는 발악하듯 뒤로 물러나면서 리볼버를 갈겨댔다.

탕! 탕! 탕!

'제법이군!'

급히 소파 뒤로 몸을 숨긴 유찬은 하얀 이를 드러내며 웃었다. 상대는 그가 생각한 것보다 실력이 좋았다. 압도적인 화력으로 몰아붙였음에도 아직 명줄을 끊어놓지 못한 걸 보면 말이다.

'이 좁은 공간에서 공중 폭파 수류탄을 피해내다니.'

공중에서 폭발한 수류탄의 파괴력과 살상력은 바닥에 떨어져 폭발하는 수류탄과는 비교할 수 없을 정도로 강했다. 특히 제한된 공간 안에서 공중 폭파 수류탄이 터질 경우 그 살상 범위는 공간 전체라고 할 수 있다.

운이 좋아 수류탄을 피한다고 해도 어느 정도 부상을 입었을 것이라고 생각했는데, 반격까지 해오는 것으로 보아 지금까지 모든 공격이 무위로 돌아간 것 같았다.

'응? 저건?'

다시 사격을 퍼붓기 위해 몸을 일으키던 유찬의 눈에 거실 구석에 고이 모셔져 있는 탄약 상자가 보였다.

'흥, 예비 탄약이 없다는 건가?'

인생의 대부분을 총성의 오케스트라 속에서 살아온 그는 총성만 듣고도 상대의 총이 무엇인지 알 수 있었다. 상대가 쓰고 있는 총은 38구경 리볼버. 이 총의 가장 큰 단점이라고 한다면 장탄수와 휴대가 불편하다는 점이다.

탕! 탕! 탕!

다시 세 번의 총성이 들린 이후 더 이상의 대응 사격이 없었다. 탄약이 떨어진 것이다. 먹이를 눈앞에 둔 맹수와 같은 미소를 지은 유찬은 두 주먹을 말아쥔 뒤 자리를 박차고 일어났다.

"oh, shit!'

현재 장루인의 상황은 유찬의 예상과 별반 다르지 않았다. 흥분한 나머지 마구 갈겨 버린 덕분에 장전되어 있던 여섯 발의 탄환은 야속하게도 모두 약실을 박차고 나가 버린 후였다. 그 여섯 발이 상대의 입에서 비명을 토해내게 만들었다면 좋겠지만 아무리 정확도가 높은 리볼버라고 해도 정 조준도 안 하고 마구 갈긴 총알이 목표를 명중시킨다면 그건 총알이 아니라 유도탄이라고 불러야 할 것이다.

'이대로 끝나는 건가?'

그가 아무리 수십 년 동안 당랑권의 고수라고 해도 매트릭스의 주인공이 아닌 이상 눈앞에서 날아오는 총알을 피해낼 수는 없었다. 하지만 그 순간 거짓말처럼 침실 안으로 뛰어든 것은 총알이 아니라 사람이었다.

방 안으로 뛰어든 유찬은 얼떨떨한 표정으로 자신을 바라보고 있는 장루인을 향해 달려들며 촌경을 때려 넣었다.

"이 자식이!"

장루인은 머리에서 김이 나는 듯했다. 상대는 두 자루 자동권총을 가지고 있다. 그럼에도 총을 사용하지 않고 주먹을 쓴다. 자신처럼 총알이 떨어진 것도 아닌데.

이것은 명백하게 자신을 무시하는 행동이었다.

그는 주저없이 당랑수를 말아 쥐고 원후보를 밟으며 빠르게 유찬을 압박해 들어갔다.

"천궁퇴(穿弓腿) 족불기(足拂技)!"

당랑권은 북파권법 중에서도 특히 실전성이 높은 18문파의 기술을 모아 만든 것으로, 북파권법의 집대성이라고 부른다.

근접전을 주체로 하며, 당랑수법이라고 하는 사마귀의 손 움직임을 모방한 동작으로, 공격을 할 때에는 점혈(급소)을 중심으로 공격하고, 방어를 할 때에는 상대의 공격을 받아 막는다. 이름 그대로 당랑(사마귀)이 먹이를 잡는 모습을 참고해 만들어진 권법이다.

보법 또한 독특해서 원후보법이라 불리는, 원숭이가 발을 교차시키면서 걷는 모양을 기본으로 한다.

원후보법을 써서 접근해 끊임없이 상대의 측면이 등 뒤로 돌아 들어가듯 움직이면서 당랑수에 의한 수기(손 기술)를 연속적으로 구사한다. 연속적이라고 하더라도 아무렇게나 하는 게 아니라 상하로 나누고, 그것도 언제나 급소를 노리는 것을 기본 전법으로 했다.

'들어갔다.'

한 방이면 상대를 지옥으로 보내 버릴 수 있었다. 하지만 그것은 유찬의 방어에 여지없이 무너지고 말았다. 유찬은 뒤로 물러서면서 가까이 몸을 붙이려는 장루인의 상체에 연속적으로 촌경을 때려 넣었기 때문이다.

당황한 장루인은 급히 뒤로 물러서면서 채찍을 휘두르려

고 했다.

하지만 유찬은 절권도의 풋워크를 이용해 용수철 같은 탄력을 받아서 장루인의 열린 가슴으로 파고들어 왔다. 장루인은 당랑수로 몸을 보호하려고 했지만 이미 유찬은 그의 방어선을 완전히 통과한 뒤였다.

"촌경!"

촌경은 이소룡의 장기로 1인치의 예술이라고 불리며, 반 푼의 힘으로 벽을 부술 만큼 위력적인 기술이었다. 촌경을 정통으로 얻어맞은 장루인의 몸이 잠시 정지했다가 폭발하듯 뒤로 날아갔다.

"크으윽."

그는 내상을 입은 듯 검붉은 선혈을 토해냈다.

그가 만약 선명한 붉은 피를 토했다면 가벼운 내상이겠지만 그는 검은빛이 많이 섞인 탁한 피를 울컥 쏟아내고 있었다. 내가권의 고수가 기공권을 정통으로 허용해서 기혈이 막혔을 때 흔히 나타나는 증상이었다.

장루인이 소매로 입가를 닦아내며 몸을 일으켰다. 그러나 일어나는 것조차도 힘든 듯 쉴 새 없이 비틀거리는 것으로 보아 제대로 맞은 촌경의 후유증이 결코 작지 않은 것이 분명했다.

"너 이 새끼, 대체 누구냐?!"

장루인이 독기를 품고 고함을 질렀다.

유찬은 그제야 장루인의 몸을 공중으로 날려 버린 촌경을
회수하며 웃는 얼굴로 말했다.

"나 말인가? 내 이름은 정유찬이다. 다른 사람들은 나를 세
일룬의 회색 늑대라고도 하지. 지금은 가족의 혈채를 받기 위
해 살아가는 복수자다!"

"세, 세일룬의 회색 늑대?"

장루인은 경악한 표정으로 유찬을 올려다보았다.

이 바닥에 있다 보면 이런저런 이야기를 자주 듣게 마련이
다. 특히 세계 최대의 용병 집단인 세일룬의 일이라면 삼합회
같은 거대 범죄조직은 물론이고 CIA 같은 각 나라의 첩보 기
관들도 귀를 세운다.

그중에서도 세일룬의 회색 늑대는 살아 있는 전설이나 마
찬가지인 존재였다. 지금까지 단 한 번도 의뢰에 실패한 적
없는 무적의 용병이 바로 눈앞에 있었다, 그것도 동료가 아닌
적이라는 최악의 설정을 가지고서.

'숨 막힌다.'

장루인은 찬찬히 눈앞의 유찬을 살펴보았다. 언뜻 보기에
는 별로 특이한 것이 없는 듯했지만 입가에 물린 차가운 미소
와 온몸에서 뿜어져 나오는 죽음의 냄새는 그를 압박하기 충
분했다.

"거, 거짓말. 내가 당신의 가족을 건드렸을 리 없잖아?"

장루인은 말도 안 된다는 표정으로 그를 올려다보았다.

“그럴까?”

“당연……!”

그 순간 그는 번뜩 뇌를 스치는 생각이 있었다. 한국에 와서 암살한 상대라면 한국인 검사 가족이었다. 그의 가족 프로필도 면밀히 조사했으나 그다지 이상한 것은 없었다. 단지 검사의 아내에게 오빠가 하나 있었지만 외국에 노동자로 나가 있다는 정도뿐이었다.

“서… 설마?”

“이제야 감이 좀 오시나 보군?”

그의 얼굴이 다양한 색깔로 변해가다가 끝에 가서는 하얗게 질려갔다.

“빌어먹을!”

장루인은 아직도 믿기지 않는다는 듯 더듬거리며 고개를 저었다. 그는 여전히 자신이 회색 늑대의 가족을 죽였다는 사실을 믿을 수 없다는 눈치였다.

‘빠져나갈 수 없다.’

운이 좋아 이곳을 빠져나간다고 해도 그를 기다리는 것은 죽음뿐이었다. 세계 최대의 용병 조직인 세일룬의 정보부는 CIA의 그것을 능가한다. 아무도 모르는 산속에 처박혀 야인이 되거나 어디 가서 콱 자살해 버리지 않는 이상 그들의 추격을 피할 방법은 없었다.

‘젠장!’

그는 이를 악물었다. 어차피 살아 나갈 방법은 없었다.

눈앞에 있는 이는 그가 죽었다 깨어나도 이길 수 없는 상대였다.

"만약 알았다면 절대로 이번 의뢰를 받아들이지 않았을 거요."

"……."

잠시 숨을 고르던 그는 당랑수를 말아 쥐었다. 그리고 허리에 차고 있던 채찍과 검을 바닥에 내려놓았다. 어차피 유찬을 상대로 채찍이나 검은 통하지 않는다.

'당랑수! 내 나이 여덟 살 때부터 익힌 이 권법으로 내 마지막을 건다.'

그는 삶에 대한 애착을 포기해 버렸다. 그 순간 그의 몸에서 조금 전과는 다른 기도가 뿜어져 나왔다.

"받아라! 이것이 당랑권이다!"

당랑권의 주무기이자 장루인이 평생을 수련한 당랑수가 침실 전체를 꽉 메우며 맹렬한 기세로 유찬을 에워싸기 시작하였다. 평생을 익혀온 기술답게 그의 기술은 빠르고 신랄했다.

'저기에 찔리면 아무리 나라도 무사할 수 없다.'

유찬도 이번만큼은 긴장하지 않을 수 없었다. 평생을 수련한 당랑수는 손가락만으로 충분히 위협적인 병기였다.

엄지, 검지, 중지 세 개의 손가락을 이용해 손끝으로 물건을 집듯이 뾰족이 내민 모양인 당랑수는 점혈을 찌르는 것 외에도 상대의 공격을 받아 흘리는 데도 사용할 뿐만 아니라 손가락 자체만으로도 무서운 병기가 되었다.

유찬은 가슴을 할퀴고 들어오는 장루인의 오른손 공격을 피하다가 그의 왼손이 전혀 다른 형태로 이어져 들어오는 것을 보고는 적지 않게 놀라고 말았다.

'쓰레기는 아니라는 건가?'

유찬은 번개같이 몸을 돌려 24반무예 권법보의 도삽세를 펼쳐 장루인의 왼손과 오른손을 동시에 막으려 했다. 하지만 그것은 그의 눈을 속이기 위한 허초였다.

손을 뒤로 돌린 장루인의 오른발이 무릎을 향해 날아왔다. 유찬은 급히 뒤로 물러나면서 촌경을 날렸지만 무섭게 따라붙은 장루인은 연속해서 유찬의 눈을 노리고 당랑수를 펼쳤다. 그리고 뒤로 물러났던 발도 사타구니를 걷어차기 위해 올라왔다.

'역시 당랑권!'

상대의 허를 한번 파고들고 나면 무서울 정도로 빠르게 틈을 벌려서 철저히 사각을 파고드는 권법이 바로 당랑권. 하지만 어느 정도 권이 단계에 오르면 이런 기본기보다는 자신의 기교에 치중하게 마련이었다. 그러나 삶에 대한 애착을 벌인 장루인은 기교보다는 그런 당랑권의 기본에 충실하며 유찬을 몰아붙였다.

"받아라!"

장루인이 일성을 내지르며 단전에서 혼신의 기운을 끌어 올리는가 싶더니 이내 그의 왼손이 대기를 가르며 급한 변화를 일으켰다. 장루인은 끌어올린 기운으로 팔 근육에 무리가 생길 정도로 빠르게 왼팔을 움직였다. 도삽세로 상대의 공격을 막아가던 유찬은 오른손을 쳐내는 순간 번개같이 날아온 왼손에 그만 가슴을 열어주고 말았다.

'이런!'

장루인의 동작은 상식적인 움직임을 크게 벗어난 공격이었기 때문에 미처 방어하지 못했다. 장루인이 전신의 공력을 끌어올려 구사한 회심의 일격 당랑수가 텅 빈 유찬의 가슴을 향해 날아갔다.

퍼퍽!

단단한 가슴뼈를 부술 듯한 요란한 소리가 거의 동시에 세 번이나 들렸다. 강철처럼 단련된 당랑수의 파괴력은 철판에 구멍을 낼 정도. 장루인의 입가에 미소가 걸렸다. 죽지는 않을지 모르지만 치명상은 입힌 것이다.

하지만 미소를 지으며 고개를 든 그의 얼굴 앞을 가득 메운 것은 유찬이 내지른 촌경이었다. 기겁하며 뒤로 물러난 장루인의 눈에 가슴을 쓸어내며 인상을 찌푸린 유찬이 들어왔다. 적지 않은 충격을 받은 듯했지만 치명상은 입지 않은 듯 주먹을 말아 쥐고 있는 모습에 장루인은 아연실색하지 않을 수 없었다.

"말도 안 돼!"

방금 세 번의 타격은 그냥 타격이 아니었다. 명치, 무수, 수혼의 삼대대혈을 노린 치명적인 일격이었다. 그런 일격을 받고도 멀쩡하다는 건 상식적으로 이해가 가지 않았다. 유찬은 가슴을 쓸어내리며 말했다.

"물론 너의 공격은 완벽했고 치명적이었으며, 내 허를 정확히 파고들었다. 하지만 너는 나를 과소평가한 것 같군. 당랑권을 상대할 때는 당랑수가 가드를 뚫고 들어오지 못하게 하는 것이 가장 중요하지. 그걸 알고 있는 내가 쉽게 당할 것 같은가? 그리고 권법의 고수들이 언제나 간과하는 것이 있지. 공격이 완벽히 들어갔다고 생각하는 순간 아주 짧은 시간 동안 상대의 움직임을 놓친다는 것. 그건 자신의 권에 자신이 있는 고수들일수록 더하지. 하지만 그 짧은 순간이 나에게는 천금 같은 시간이지. 몸을 약간 움직여 혈을 피하기에는 충분한 시간이니까."

"……."

장루인은 멍한 표정으로 유찬을 올려다보았다. 말이 쉽지, 당랑수가 유찬의 가드를 뚫고 들어가 유찬의 혈에 명중하기까지 걸린 시간은 불과 촌각에 불과하다. 그 촌각의 시간에 몸을 움직여 당랑수를 피한다. 그건 아무리 생각해도 불가능했다.

“그런 말도 안 되는!”

“종종 말도 안 되는 일이 일어나기도 하지. 이번엔 내 차례인가? 역시 설익은 절권도로는 자네를 상대할 수 없겠어. 그렇다면 나도 비장의 카드를 꺼내야 할 것 같군.”

유찬이 익히고 있는 무술은 특공무술 이외에도 절권도, 24반무, 그리고…….

“죽어!”

장루인은 발악하듯 유찬을 향해 쏘아져 갔다. 당랑수가 무서운 속도로 빠르게 유찬의 머리와 어깨를 노렸다. 절체절명의 순간 유찬의 손이 허공에서 원을 그렸다. 태극권의 태극을 그리는 듯 유연하게 움직인 그의 손은 너무나 손쉽게 장루인의 손을 잡아갔다. 비단을 쓸어내리듯 부드럽게 장루인의 손을 잡아챈 그는 그대로 그의 몸을 끌어들이기 시작했다.

‘태극권? 아니, 이건……?’

그가 미처 느끼기도 전에 유찬의 손이 그의 당랑수를 부드럽게 감싸며 몸 안쪽으로 끌고 들어갔다. 그와 함께 유찬의 왼발이 그의 오른발을 걸어 중심을 축을 무너뜨리고 바닥에 메다꽂을 듯 내리누르면서 부드럽게 꺾어버렸다.

뚜두둑!

그리 큰 힘을 주지 않은 것 같은데도 장루인의 양팔은 사정없이 으깨지고 있었다. 뼈마디가 몇 조각으로 부러지는 소리가 불규칙적으로 들렸다.

“으아아악!”

교차시킨 양손으로 뼈마디를 압박하는 유찬의 손가락은 점점 장루인의 팔을 360도로 돌리며 바닥으로 내리눌렀다. 이 때문에 장루인의 팔에서 나는 뼈 부서지는 소리도 점점 아래로 내려갔다. 손목부터 어깨까지 모든 뼈가 조각조각 부서졌다.

우두둑!

“으아아악!”

하지만 거기서 끝나는 것이 아니었다. 섬뜩한 파열음과 함께 이번에 부러진 것은 두 다리였다. 허공에 뜬 장루인의 다리를 향해 유찬의 양발이 번갈아 움직였기 때문이다. 로우킥과 비슷한 이 공격은 장루인의 정강이뼈를 완전히 부러뜨려 놓은 것도 모자라 골반 대부분을 부숴 버렸다.

“크으윽! 여, 영춘권이란 말인가?”

바닥에 메다꽂히는 순간 장루인은 자신의 손을 잡고 부러뜨린 권법의 이름을 드디어 생각해 냈다. 그의 팔을 부러뜨린 힘은 유찬이 준 힘이 아니었다. 그의 팔이 유찬의 가슴과 복부로 파고드는 순간 유찬의 두 손이 그의 양손을 공중에서 휘어 감아서 그의 힘을 역이용해서 내리누른 것이다.

종주국인 중국에서는 지명도가 낮아 이제 거의 찾아볼 수 없을 정도가 되어버린 절권도의 모태 영춘권. 불신과 경악으로 물든 그의 얼굴 위로 유찬의 내리찍기가 작렬했다.

"아, 안 돼!!"

퍽!

묵직한 군화의 타격음과 함께 그의 머리가 터져 나갔다. 마치 해머로 사정없이 내려친 듯 그의 두개골은 완전히 박살 나서 허연 뇌수와 함께 노란 뇌 조직이 사방으로 휘날렸다. 잠시 그것을 내려다보고 있던 유찬은 미련없이 몸을 돌렸다.

아직도 그에게는 받아야 할 혈채가 많았다.

몸을 돌리는 그 순간 유찬의 품에서 다섯 개의 수류탄이 침실로 날아들었다.

에에에엥!

그제야 요란한 사이렌 소리와 함께 기동타격대와 경찰관들이 호텔로 들어오고 있었다.

콰콰쾅!

하지만 그들을 맞아준 것은 완전히 박살 난 침실과 폭발에 휘말려 도저히 신원을 알아볼 수 없을 정도로 처참하게 망가진 한 구의 시신, 그리고 시트가 타 들어가면서 만들어낸 이글거리는 화마뿐이었다.

*　　　*　　　*

연달아 일어난 총기 사건으로 인해 대검찰청 중앙수사부에 비상이 걸렸다.

물론 불똥이 떨어진 건 비단 중수부만 아니었다. 강력부와 형사부까지 팔다리 다 걷어붙이고 이 사건에 뛰어들었다.

하지만 사건은 답보상태를 벗어나지 못했다.

지난달에는 군부대의 K-2 소총이 탈취당하더니 이번에는 수원 시내 한복판에서 총기 살인 사건이 일어났다. 그런데 그것도 모자라서 나라를 대표한다는 호텔인 한국호텔에서 수류탄까지 동원한 총격전이 벌어졌다.

용의자는 대담하게도 감시 카메라에 자신의 모습을 선명하게 남겼다.

검은 선글라스에 야구모자, 회색 롱코트라는 튀는 복장이기는 했지만, 문제는 아무나 붙잡고 회색 롱코트에 야구모자와 선글라스를 씌우면 누구나 그 얼굴이 그 얼굴 같아 보인다는 것이었다.

이미 특전사들이 곳곳에 검문소를 설치하고 검문검색을 강화했고, 곳곳에서 도로들을 차단한 채 기동타격대와 경찰 특공대가 수색 작업에 열을 올리고 있었지만 이번에도 용의자는 하늘로 솟았는지 땅으로 꺼졌는지 오리무중이었다.

"여기가 중동이야? 아니면 내전이라도 터졌어? 호텔에서 수류탄이 터졌어, 수류탄이! 그런데 용의자의 단서는 쥐꼬리만큼도 없어! 이게 말이 된다고 생각해?"

"……."

중수부 소속 검사들은 하나같이 책상에 머리를 박고 길길이 날뛰는 이종수 대검찰청 차장검사의 서슬 퍼런 질책이 자신에게 날아오지 않기만을 바랄 뿐이었다. 대검찰청 내에서 미친 사자로 통하는 이 차장에게 잘못 걸렸다가는 뼈도 못 추린다는 것을 잘 알고 있었기에 그들이 할 수 있는 것은 오직 '나 죽었소'를 복창하며 책상에 머리를 박는 것이었다.

'그래, 니들이라고 뭘 어쩔 수 있겠냐.'

솔직히 이 차장도 뾰족한 방법이 없기는 마찬가지였다. 뭐가 나와야 범인을 잡든 말든 할 것이 아닌가? 범인을 잡고 싶어도 이렇다 할 단서가 없으니…….

첫 번째 현장에서는 탄피만 달랑 남겨두고 사라졌고, 이번에는 사건현장과 사체를 수류탄으로 완전히 박살 내버렸다.

수류탄이 터지면서 발생한 화재로 인해 사건 현장에 처음 진입한 것은 형사들이 아니라 소방관들이었다. 덕분에 그나마 희망을 걸었던 DNA 역시 인산암모늄(분말 소화기 내용물)과 섞여 버려 감식반을 난감하게 했다.

결국 철야 근무를 한 감식반이 보내온 것은 시체의 연령대와 사인 정도였다. 하지만 그것도 사체의 손상이 심해 정확하지 않았다. 그 외에도 몇 개의 지문이 나오기는 했지만 손상 정도가 너무 심해 감식이 불가능했다.

마지막으로 CCTV를 바탕으로 만들어진 몽타주를 받은 이 차장은 동료 검사들을 쭉 훑어보며 한마디 했다.

"이걸 지금 몽타주라고 그려왔냐? 왜, 만화 캐릭터를 만들지 그래?"

얼굴 윤곽은 하나도 안 나오고 야구모자와 선글라스만 떡하니 그려진 몽타주는 없으니만 못한 것이었다.

"M&S 증권의 조 상무 쪽에는?"

이 차장검사가 마지막으로 희망을 건 것은 피해자인 투숙객이 M&S 증권의 상무이사 이름으로 체크인한 것이었다. 그러나 이 차장의 질문을 받은 장중원 검사는 고개를 가로저었다.

"자기들은 모르는 일이라고 딱 잡아떼던걸요."

"야이 등신아! 그래서 그냥 왔단 말이야?"

유일하게 이 차장의 질책에 장 검사가 억울하다는 표정으로 양손을 들어보며 말했다.

"그럼 어쩝니까? 영장이라도 발부해서 M&S 증권을 압수수색이라도 할까요? 아마 입에서 거품 물고 달려들 변호사와 언론이 한 트럭은 넘을 겁니다. 모른다는데 별수없지 않습니까? 아무리 총기 사건이라고 하지만 M&S 증권을 건드린다는 것은 M&S 그룹 전체와 싸우겠다고 선전포고하는 것과 다를 게 없습니다."

"크흠."

장 검사의 말대로 M&S 증권에 압력을 넣는 건 불가능했다. 아무리 막강한 권력을 가진 대검찰청 차장검사라고 해도 재계 서열 4위인 대기업을 상대로 확실한 증거도 없이 작업을 할 수는 없었다. 거기다 투숙객의 체크인 문제로 M&S 증권의 상무이사를 소환한다는 것은 그림 자체가 그려지지 않은 캔버스였다.

그가 한참 머리를 굴리고 있을 때 범죄정보담당관 중 한 명이 급히 회의실 문을 밀치고 들어왔다. 그는 순식간에 자신에게 쏠리는 검사들의 시선도 무시한 채 이 차장에게 달려왔다.

"이 차장님, 이것 좀 보십시오."

"뭐야? 지금 회의하는 것 안 보여?"

"지금 회의가 중요한 게 아니라니까요. 이것 좀 보십시오. 어제 누가 대검찰청 서버에 침투해서 거의 모든 컴퓨터에 이런 걸 남겨두고 갔습니다."

"뭐야? 이런 등신새끼들! 어떻게 서버가 뚫려!"

그뿐만이라 회의실에 있던 검사들 대부분이 아연실색, 자리를 박차고 일어났다.

대검찰청 서버에는 수많은 사건 기록뿐만 아니라 범죄자들에 정보와 전과 기록 전부가 남아 있었다. 그런 서버가 해킹이라도 당해서 범죄자들의 기록이 날아가 버린다면 이 나라의 사법권의 축이 무너질 수도 있었다. 하지만 범죄정보담당관은 답답하다는 듯이 소리쳤다.

"지금 그게 중요한 게 아닙니다. 이것 좀 보십시오."

"도대체 뭔데 그러는데?"

신경질적으로 소리친 그는 서류 뭉치를 내밀었다.

얼떨결에 서류 뭉치를 받아 든 이 차장의 얼굴은 한 장 한 장 서류를 넘겨갈 때마다 시시각각 변해가기 시작했다. 서류에는 M&S 그룹이 그동안 저지른 수많은 비리와 정관계 로비, 청룡회라는 불법 폭력 조직과 M&S 그룹과의 관계에 대해서 자세하게 수록되어 있었다.

'이… 이럴 수가?

만약 이 정보가 사실이라면 현 정계와 재계를 뒤흔들 엄청난 정보였다. 하지만 이 차장검사는 마음을 안정시키고 냉철하게 상황과 정보의 가치를 분석해 보았다.

'이건 엄청난 정보다. 하지만 이건 내 수준에서 처리할 게 아니다. 거기다 지금은 시기가……'

안 그래도 연쇄적으로 일어나는 총기 범죄로 인해 전국이 시끄러운 판에 M&S 그룹과 정계의 비리가 드러난다면, 거기다 서류에는 현직 여, 야당의 거물급 인사들의 이름이 수두룩했다. 이게 만약 어떤 경로를 통해서 언론에라도 흘러 나간다면 재계뿐만 아니라 정계에도 한바탕 피바람이 불 것이 뻔했다.

굉장한 매력을 가진 정보였지만 그의 수준에서는 감당이 불가능한 것이다. 하지만 그렇다고 묻어버리기에는 정보가 가진 매력이 너무나 컸다. 막말로 이것만 가지고 있으면 M&S를 상대로 노후자금을 뜯어낼 수도 있었다.

'아니야, 아니야. 이걸 보낸 인물에게도 목적이 있을 거야.'

누가 무슨 이유에서인지는 몰라도 이걸 보낸 이는 무엇인
가 바라는 것이 있을 것이다. 만약 뜻대로 되지 않는다면 이
정보의 원본을 가지고 무슨 짓을 저지를지 몰랐다.

'일단 이 일은 청장님께 보고한다.'

잠시 생각을 정리하던 이 차장은 회의를 파하고 급히 검찰
청장과의 독대를 신청했다.

'이번 사건에도 M&S의 이름이 거론되었다. 그런데 그 시
기에 M&S 그룹의 비리가 적힌 정보가 대검찰청으로 보내졌
다. 단순한 우연의 일치인가, 아니면……'

수십 년 동안 검찰 생활을 하면서 잔뼈가 굵은 이 차장의
육감은 이 두 개의 사건에는 모종의 연관성이 있다고 말하고
있었다.

'하지만……'

하지만 그 어느 것도 확실치 않았다. 단지 심증만으로 움직
이기에는 최근 일어나고 있는 사건들은 너무나 컸다. 그가 감
당할 수 없을 만큼…….

＊　　　＊　　　＊

호텔 사건이 있고 난 이후 수도권을 빠져나가는 길은 완전
히 막혀 버렸다.

1공수 여단을 비롯하여 거의 대부분의 공수 여단이 수도권

외곽으로 빠져나가는 도로에 배치되어 검문검색을 벌이고 있었기 때문이다. 덕분에 자잘한 범죄를 저지르고 도피 중이던 범죄자들만 날벼락을 맞았다. 사건에 대한 별의별 추측도 난무했다.

'야쿠자와 삼합회의 대립이다.'

'영화에서 본 암살자들 간의 대결이다.'

'드디어 마피아가 우리나라로 손을 뻗었다.'

그러나 정작 이 모든 사건의 원흉인 유찬은 깨끗한 정장을 갖춰 입고 한 손에는 서류 가방을 든 채 서울역을 나서고 있었다.

겉보기에는 평범한 회사원 같지만 그의 손에 들린 서류 가방에는 M40A1 저격 소총이 들어 있었다.

M40A1 성능은 정말 놀라울 정도였다.

이 라이플은 곰이라도 한 방에 쓰러뜨릴 만큼 강력한 파워를 가지고 있었다.

'쓰레기들한테 이걸 쓰기에도 아깝다.'

조 중사가 마련해 준 비밀 사격장에서 100, 110, 120야드의 거리를 두고 시험 사격을 하면서 스코프의 눈금을 확인했다.

결과는 아주 정확했다. 그리고 어제 미리 결행 장소에 가서 거리를 확인했다.

오늘은 한 달에 한 번 M&S 증권의 경영진들이 모이는 날이었다.

M&S 증권은 겉으로는 버젓한 증권회사지만, 놈들은 계열 사인 M&S 금융과 연계하여 금융을 키운다는 목적으로 증권과 금융을 동시에 운영하며 법의 허점을 이용하여 더러운 돈노름에 여념이 없었다.

이건 증권이 아니라 숫제 무슨 사채를 하는 수준이었다. 일이 뜻대로 이루어지지 않으면 놈들은 폭력도 아무 거리낌 없이 사용했다. 법은 이들을 어떻게 해볼 도리가 없겠지만 유찬은 할 수 있었다. 준비는 완벽하고 목표물의 확인도 끝났다.

주요 목표는 사장 조성진이다.

이 악당이 바로 M&S 증권의 책임을 맡은 청룡회의 상위 간부였다. 그와 함께 일이 있을 때마다 그림자처럼 붙어 다니는 놈들이 있었는데, 비서실장 조세진과 총무이사인 유민혁이 바로 그들이다.

조세진은 전형적인 조폭 출신으로 딱 보기에는 불량한 기가 팍팍 풍기는 주먹패였다. 세일즈맨 타입인 유민혁은 회계를 맡고 있는데 지독한 악질이다. 그다음이 고문변호사 겸 대주주인 정세찬 변호사와 홍보이사 유광재 이 두 사람이었다.

정세찬 변호사는 M&S 증권에 주식 7%를 보유한 대주주이기도 하지만 M&S 증권의 든든한 버팀목이기도 했다. 그의 사시 동기생들이 현직 판검사로 있으면서 M&S 증권을 대상으로 한 여러 가지 소송에서 그의 청탁을 받고 M&S 증권의 손을 들어주었다. 말 그대로 그의 손에서 법은 귀에 걸면 귀고리, 코에 걸면 코걸이에 불과했다.

그리고 유광재는 홍보이사라기보다는 청룡회의 행동대장쯤 되는 간부였다. 무력이 행사되는 일에는 항상 녀석이 참여했고, 강간과 사기 절도 등, 자질구레한 전과가 수두룩했다. 그런 녀석이 감방이 아니라 넥타이 매고 고급 승용차를 타고 다닌다고 생각하자 구역질이 몰려왔다.

이 다섯 악당은 평소에는 웬만하면 같이 다니지 않지만 주주총회가 있는 날이면 다른 주주를 압박하기 위해 수십 명의 덩치들을 대동하고 회사에 입성하곤 했다. 유찬으로서는 힘들게 하나하나 찾아다닐 필요 없으니 좋았다.

'네놈들과 그 허울 좋은 증권 회사를 오늘 박살 내주마!'

유찬은 대우빌딩 17층의 화장실에 자리를 잡고 문을 걸어 잠갔다.

어제 삼각 측정으로 거리를 쟀다. 오늘도 다시 확인했다. 이제 남은 일은 그들을 섬멸하는 일뿐이었다. 마치 소말리아에서 반란군의 장교들을 처리할 때와 비슷하다는 느낌이 들었다. 소말리아 내전 당시 그와 그의 팀이 받은 의뢰는 적진 한가운데서 창녀들과 놀아나다가 낙오된 미군 머저리들을 구해내는 일이었다.

그의 팀이 게릴라 이천의 진입을 소총으로 막아내는 사이 그는 정확히 게릴라군 장교 40여 명을 찾아내서 저격했다.

원샷, 원킬!

한 발에 한 명씩 지옥으로 보내는 신기에 가까운 그의 저격 솜씨에 놀란 녀석들은 우왕좌왕하다가 포위망에 구멍을 냈고, 그와 그의 팀은 미군 머저리들을 데리고 무사히 귀환했다.

그때는 완전무장한 게릴라들 사이에서 장교들을 찾아야 했다.

하지만 이번에는 그런 수고를 할 필요도 없다. 그저 아무것도 모르고 움직이는 녀석들의 뒤통수에 총알만 박아주면 되는 일이었다. 놈들이 도망칠 곳은 어디에도 없었다.

먼저 조성진을 쏜다.

첫 한 발을 쏘고 6초 안에 사방으로 흩어져 가는 나머지 놈들을 잡으면 된다. 실제로는 더 빨리 해낼 수 있을지도 모른다. 총을 맞아본 적이 없는 놈일 테니 놀라 어리둥절해하는 사이에 황천객이 되고 말 것이다.

철컥.

탄창을 끼워 넣고 죽은 듯이 시간이 지나가길 기다리면 된다.

오전 11시 20분.

하나둘 M&S 증권을 향해 고급 승용차들이 들어오기 시작했다. 25분이 되자 마치 약속이라도 한 듯 수십 대의 차량이 멈추어 섰다.

'시작이군!'

M3제식 스코프의 십자 점이 수많은 무리 중에서 타깃 다섯을 확인했다.

'심판의 시간이다!'

유찬은 천천히 방아쇠를 당겼다.

퉁!

그와 함께 육중한 반동이 유찬을 덮쳤다. 하지만 유찬은 그 육중한 반동을 온몸으로 눌러 무마시키며 스코프에서 눈을 떼지 않았다. 라이플 계열의 어마어마한 반동을 이딴 식으로 무식하게 견뎌내는 사람은 아마도 세상에서 유찬뿐이리라.

퍽!

총구를 박차고 나간 총알은 정확히 조성진의 목을 관통하고 들어갔다. 시뻘건 피가 허공으로 확 뿌려지며 M&S 증권 앞은 순식간에 아수라장으로 변했다.

'뭐야?'

스코프로 타깃들의 위치를 찾고 총구를 돌리던 유찬은 어이가 없었다.

가을날 메뚜기 뛰듯 도망쳐도 시원찮을 놈들이 오히려 쓰러진 조성진 주위로 우르르 몰려들고 있었다. 아마도 저격이라는 것을 당해보지 않은 놈들이라 저격수가 있을 때는 어떻게 해야 하는지 모르는 것 같았다.

'오히려 나한테는 고마운 일이지!'

신중히 다시 스코프를 겨눈 그는 느긋하게 네 번 더 방아쇠를 당겼다. 총구를 박차고 날아간 네 발의 총알은 정확히 다른 표적들을 명중시켰다.

어리둥절한 표정으로 멍하니 서 있던 조세진은 가슴을 부여잡고 쓰러졌고, 그런 조세진에게 다가가던 유민혁은 좌측 두개골에 총탄을 맞고 머리가 터져 버렸다. 그제야 사태를 파악하고 비명을 지르던 정세찬과 급히 도망가려던 유광재는 각각 안면과 뒤통수에 사이좋게 탄환을 선물로 받고는 처참한 모습으로 쓰러졌다.

그들 다섯 명의 피로도 동생의 영혼을 위한 진혼제를 지낼 만큼의 피가 모이지 않았다. 유찬은 천천히 노래를 불렀다. 동생을 위한 진혼곡을…….

"아들아, 왜 그리 무서워하며 얼굴을 가리느냐? 아버지, 저 마왕이 보이지 않으세요? 관을 쓰고 소매를 끄는 마왕이 안 보이세요?…(중략)…신음하는 아이를 양팔에 안고서 가까스로 자기 집에 도착해 보니 팔 안에서 아이는 숨져 있었네."

슈베르트의 마왕을 흥얼거리던 유찬은 바닥에 떨어진 다섯 개의 탄피를 주워 들어 창가에 가지런히 세워두었다. 차갑게 가라앉은 눈, 음산한 마왕의 가락이 흘러나오는 붉은 입술, 눈을 타고 흐르는 한줄기 눈물, 그것은 마왕의 손에 자식을 잃은 아버지가 흘린 눈물과 같았다.

아버지는 자식을 잃고도 마왕에게 복수를 하지 못했다. 하지만 그는 복수할 것이다.

동생을 빼앗아간 마왕을 철저히 무너뜨리고 고통받게 할 것이다. 설령 그 길의 끝에 파멸이 있다고 해도 말이다.

유찬이 사라진 화장실.

덩그러니 남은 다섯 개의 탄피가 다섯 개의 죽음을 담아 진혼의 노래를 부르고 있었다.

＊　　　＊　　　＊

"이 새끼!"

이종수 차장검사는 화장실 창턱에 주르륵 서 있는 다섯 개의 탄피를 보며 길길이 날뛰었다. 그놈은 여기서 사람 다섯 명을 쏴 죽이고 마치 이곳이 저격 장소였음을 광고라도 하듯 탄피까지 세워두는 여유를 보였다.

탄피에서 지문을 채취하려던 감식반원들이 끝내 고개를 떨어뜨렸다. 지문은 고사하고 머리카락 하나 나오지 않았다. 거기다 그들이 왔을 때는 막 청소하는 아줌마가 화장실을 청소하기 위해 유한락스를 뿌려대고 있을 때였다. 혹시 남아 있을 수도 있었던 증거는 자기 직무에 너무나 열성적인 청소부 아줌마 덕에 날아가 버렸다.

"미치겠구만! 윽!"

순간 뒷골이 띵하면서 머리가 멍해지고 정신이 하나도 없었다. 안 그래도 고혈압으로 고생하는 그에게 총기 사건을 일으키는 범인은 재앙이나 다름없었다.

"이 차장님!"

"차장님!"

뒤로 넘어가기 직전에 수사관들의 부축을 받아 겨우 정신을 차린 이종수 차장은 품속에서 담배를 하나 꺼내 입에 물었다. 사건 현장에 진동하는 락스 냄새와 아직은 희미하게 남아 있는 화약 냄새, 범인이 남긴 탄피 다섯 개. 도저히 어디서부터 사건을 풀어가야 할지 도저히 감을 잡을 수 없었다.

'유일한 실마리는 M&S 그룹뿐인가?

지난 호텔 사건도 그랬지만 이번 저격 사건까지 모두 M&S 그룹과 밀접한 관계가 있었다. 시내 한복판에서 M&S 증권의 간부들이 저격 소총에 맞고 쓰러진 이상 M&S 그룹도 더 이상 나 몰라라 발을 빼지는 못할 것이다. 잠시 생각을 정리하던 이 차장은 이리저리 시약을 뿌려보고 있는 과학수사반의 조 반장을 불렀다.

"뭔가 나오겠나?"

"……."

그러자 조 반장의 얼굴이 눈에 띄게 어두워졌다.

"검사님이 보시기에는 뭐가 나올 것 같습니까?"

"아무것도 나올 게 없는가?"

"죄송합니다."

"아니야. 어쩔 수 없는 것 아닌가? 그럼 사채의 부검에 힘써주고. 이봐, 장 부장!"

그는 조 반장에게 시체의 부검을 지시하고 이리저리 사건 현장을 둘러보고 있는 수사 1과 장중원 부장검사를 불렀다.

"네, 차장님!"

"그렇게 둘러보면 뭐가 나와?"

"그건 아니지만……."

"이제 남은 건 M&S 그룹뿐이야. 자네, 이번에 죽은 피해자들 중심으로 그들의 행적에 대해 조사해 봐. 그들이 원한 살 만한 일이 있는지, 그들이 평소 뭘 즐겨 먹었고 화장실은 하루에 몇 번 가는지까지 하나도 빼놓지 말고 조사해! 그리고 M&S 그룹의 주요 간부들과 임원들에 대해서도 철저하게 모두 다 파악해!"

"진심이십니까?"

검찰이 M&S 그룹의 중요 간부와 임원들에 대해서 파악하기 시작한다면 M&S 그룹이 가만히 있을 리 없었다. 그것은 검찰과 M&S 그룹 사이에 전쟁이 선포된다는 말과 같았다.

"레이스 무서워서 캐리어 못 날리면 병신 소리 들어! 어차피 자네나 나나 이번 사건 해결하지 못하면 다들 모가지야! 밥줄 놓기 싫으면 M&S 그룹에 대해서 모든 걸 알아내란 말이야! 뭐라도 나와야 저기서 난리 치는 기자들이 무능한 경, 검찰이라고 괴발개발 써 갈기지 않을 거 아냐? 이 사건은 M&S

그룹과 연관되어 있어! 필요하다면 영장을 찍어내서라도 알아내! 그리고 일단 내가 영장 발행해 줄 테니까 M&S 증권부터 뒤져!"

"알겠습니다."

장 부장은 곧 수사팀을 이끌고 사라졌다.

M&S 그룹도 이번에는 발뺌할 수 없을 것이다. 어깨 위에 놓인 물건이 장식품이 아닌 이상에야 그들도 범인이 노리는 것이 자신들이라는 것쯤은 눈치 챘을 것이기 때문이다.

'도대체 무슨 일이 일어나고 있는 거지?

어제저녁 그를 은밀히 불러낸 권용광 검찰청장은 그에게 은근히 주의를 주었다.

"이것은 못 본 걸로 하게."

"그게 무슨 말입니까?"

"잔말 말고 이것은 못 본 걸로 하게. 그게 자네나 나에게 좋을 테니까."

"이런 정보를 그냥 묻어두자는 겁니까?"

"묻어야 하네, 살아남고 싶다면."

누군가에게 협박이라도 당한 듯 청장의 얼굴은 하얗게 질려 있었다. 검사들 사이에선 줏대없는 대머리라 불리지만 명색이 검찰의 우두머리다. 그런 그를 공포에 질리게 만들 정도의 상대라면 그리 흔치 않았다. 거기다 연이어 일어나는 총기 사건까지, 모든 것이 미궁에 빠져들고 있는 것만 같았다.

'도대체 무슨 비밀이 숨어 있는 걸까?

천천히 품속에서 M&S 그룹 비리에 관한 서류를 꺼내 든 그는 깊은 한숨을 내쉬었다.

*　　　*　　　*

국정원.

"놓쳤습니다."

이만수 국정원장은 정보팀 조대진 팀장의 보고를 들으며 인상을 썼다.

"도대체 일을 어떻게 처리하는 거야!"

이만수 원장은 현 대통령인 차정원 대통령의 오른팔이라고 불리는 사내였다.

그는 차 대통령의 국회의원 시절부터 견마지로를 마다하지 않고 차 대통령을 보필해 온 충복 중의 충복으로 최근에는 나는 새도 떨어뜨린다는 세도를 부리고 있을 뿐만 아니라 다음 대 대권 주자 중 한 명으로 거론되기도 했다.

그런 그에게 최근 일어나고 있는 총기 사건들은 악재 중의 악재였다.

검찰청장에게 최대한 빨리 범인 잡고 국민들을 안심시키

라고 했더니 도리어 이틀 전 폭탄을 가지고 그를 찾아왔다. 차 대통령 정권과는 떼려야 뗄 수 없는 그룹 M&S의 비리가 잔뜩 기록된 정보 파일 앞에 그는 혼비백산하지 않을 수 없었다. 이게 밖으로 새어나가면 차 대통령뿐만 아니라 차 대통령에게 충성을 다해온 동지들의 정치 생명에 치명타가 될 것이 분명했다. 아니, 잘하면 대통령 탄핵이라는 최악의 사태가 다시 한 번 펼쳐질 수도 있었다.

어떻게든 이 정보의 출처를 파악해서 정보를 완전 파기하고 정보를 본 자들을 제거하는 것이 좋았다. 하지만 검찰청은 멍청한 소리만 늘어놓았다.

"저, 그게, 해커가 남겨두고 같습니다."

낙하산으로 청장 자리에 앉았다는 오십대의 무능한 작자는 눈만 멀뚱멀뚱 뜨고 이렇게 말했다. 생각 같아서는 청장이고 뭐고 확 받아버리고 싶었다. 그에게 정보의 공개를 막는 한편 국정원 정보팀들을 동원해 해커의 흔적을 역추적해 나갔다. 하지만 자신만만한 얼굴로 해커를 추적해 가던 정보팀 조대진 팀장은 만 하루가 지나기도 전에 죽는소리를 했다.

정보의 출처가 야후를 비롯한 대형 인터넷 포털 서버를 경유해서 들어왔기 때문에 부득이하게 그들의 서버를 해킹하면서 방화벽과 치열한 접전을 벌여야 했고, 설상가상 해커의 꼬리는 미국 국방성 메인 서버 속으로 쏙하고 숨어버렸다.

웬만한 나라의 서버도 해킹할 자신이 있다고 외치던 조재진 팀장이었지만 방화벽은 기본이요, 온갖 트랩과 함정으로 도배된 미국 국방성이라는 거대한 아성 앞에서는 두 손 두 발 다 들 수밖에 없었다. 외벽까지 어찌어찌 들어갔다가 그곳에 진 치고 있던 해커들에게 걸려 죽다 살아 나온 것이 한두 번이 아니었다.

보고를 듣고 있던 이만수 원장은 빽 소리를 질렀다.

"미친! 그럼 미국 국방성이 이런 짓을 했단 말이야?! 뭐 주워 먹을 게 있어서 코쟁이들이 이런 짓을 한단 말이야?! 그게 상식적으로 말이 된다고 생각해?!"

"……."

화가 머리끝까지 난 이 원장은 조 팀장의 얼굴을 향해 서류를 집어 던졌다.

"뭐? 한국 최고의 프로그래머? 이름이 운다, 울어! 에라이! 나가 죽어라!"

"면목없습니다."

"젠장! 면목없다는 소리를 듣자고 그러는 게 아니잖아! 그건 그렇다 치고, 그 미친 새끼에 대해서 알아낸 것은 없어?!"

이만수 원장이 말하는 '그 미친 새끼' 란 바로 최근 수도권 일대에서 총기를 난사하며 사람을 죽이고 돌아다니는 놈을 말하는 것이었다. 하지만 검찰이 엿 먹고 있는 상황에서 그들이라고 별다른 정보가 있을 리 만무했다.

각 지역으로 최대한 많은 정보원을 풀고 의심되는 무기상들과 폭력조직들을 뒤져 나가고 있었지만 이렇다 할 건수가 올라오지는 않고 있었다. 덕분에 검찰뿐만 아니라 국정원의 수사도 계속 답보 상태를 거듭했다.

"죄, 죄송합니다."

"조 팀장, 요즘 들어서 계속해서 죄송합니다라는 말만 반복하는군! 앵무새 고기라도 삶아 먹었나?! 내가 듣고 싶은 것은 자네의 그 면목없습니다, 죄송합니다라는 소리가 아냐! 이 미친 것들의 이름이 뭔지, 그 뻔뻔한 상판이 어떻게 생겼는지 야!"

흥분한 이 원장은 흥분해서 길길이 날뛰었다.

'씨발, 그럼 네가 한번 해보던가?'

조 팀장은 속으로 수십 번도 더 넘게 이 원장에게 불평불만을 쏟아놓았다.

사실 답답하기로 따지면 이 원장보다 그가 더했다.

국정원의 정보를 실질적으로 총괄하는 정보팀의 팀장이라는 이름은 결코 허울 좋은 껍데기가 아니었다. 막말로 그가 마음먹고 정보를 조작하면 국정원장뿐만 아니라 대통령까지도 골탕먹일 수 있었다.

하지만 이번 사건 앞에서는 그런 그도 두 손 두 발 다들 수밖에 없었다.

대낮에서 수도권에서 총을 빵빵 쏴대는 똘아이는 미친놈이니까 그렇다 치더라도 M&S의 비리를 담은 투서를 역추적하는 과정에서 그는 심한 허탈감을 느껴야 했다.

미 국방성 서버가 자기 집 안방도 아닐진대 어떻게 그렇게 파고든 것인지 도통 알 수가 없었다.

독하게 마음먹고 미 국방성을 해킹해 보려고 했지만 곧 그만두었다. 해커 하나 때문에 미국 국방성 서버를 해킹하다가 걸리기라도 하는 날에는 국제 문제로 비약될 수 있었기 때문이다. 그것은 빈대 한 마리 잡자고 초가삼간 다 태우는 격이었다.

엎친 데 덮친 격이라고, 서울 시내를 쑥대밭으로 만들던 미친놈이 결국에는 서울 시내 한복판에서 고성능 저격 라이플을 사용해서 M&S 증권의 간부들을 쏴 죽인 것이다.

그 순간 하늘이 노래졌다.

이미 국정원에서는 한국호텔에 투숙 중이던 투숙객이 중국계 킬러라는 것을 파악하고 있었고, 그 킬러와 M&S 그룹의 관계를 어느 정도 알고 있었다. 심지어 처음 보고를 받았을 때 M&S 그룹의 뒤처리 도중 생긴 사건이라고 생각했을 정도다.

하지만 이제 그것도 아니라는 결론이 나왔다. 상대는 무슨 이유에서인지 서울 시내 한복판에 M&S 증권의 간부들을 향해 테러를 자행했다.

"저기, 아무래도 M&S 그룹과 관련이 있는 것 같습니다. 검찰 쪽의 시선도 이상해지고 있고, 무엇보다 이번 저격 사건으로 인해 언론들이 들끓고 있습니다. 알고 계시겠지만 M&S 그 룹은 뒤가 많이 구린 기업입니다. 잘못 터지기 전에 손을 쓰셔야 합니다.”

“젠장! 먹고 체할 돈은 처음부터 안 받았어야 했는데!”

“그게 중요한 게 아닙니다. 지금은 어떻게든 범인을 찾아내고 M&S 그룹이 쥐고 있는 패를 소진시켜야 합니다. 그렇지 않으면 각하께 누가 될 수 있습니다.”

“으음……."

조 팀장은 더욱더 이만수 원장을 졸랐다.

“만약 언론에서라도 M&S를 파고든다면 더 큰 화를 부를 수 있습니다. 정보를 통제하는 것도 한계가 있습니다.”

“그렇지. 뭔가 조치가 필요한데…….”

안 그래도 언론은 M&S 그룹을 좋게 보지 않았다. 대한민국에서 국정원 다음으로 빠른 정보력을 가진 언론이다. 지금까지야 어떻게든 압력을 행사하고 방송위원회 위원들을 매수해서 막아왔지만 더 이상은 무리였다.

‘그들과는 손을 잡지 말았어야 했어! 아무리 승산이 없었다고 해도 차라리 다음 대권을 노리는 일이 나았을지도 몰라. 그들의 지원만큼은… 휴우.’

차정원 대통령이 막 한국당의 공천을 받아 대통령 후보자로 등록했을 때 그와 야당 후보인 민정당 최대훈 후보와의 지지도는 30%라는 큰 차이를 보였다.

군사 독재 아래에서 홀로 투쟁한 민주 투사로 알려진 최대훈 후보는 이 시대의 마지막 양심이라는 타이틀을 내걸고 이미 10여 년부터 대권에 대비, 철저한 준비를 해온 강적이었다. 거기다 차정원 대통령이 군인 출신이라는 것이 치명적인 아킬레스건으로 작용했다.

박정희, 전두환, 노태우를 거치면서 군사 정권이라면 치를 떠는 국민들이 비록 예편을 했다고는 하지만 육군 준장 출신인 차정원을 대통령을 곱게 볼 리가 없었다. 그런 차정원 대통령이 개표에서 8만 5천 표라는 근소한 표 차이로 최대훈 후보를 따돌리고 대통령에 당선된 것은 알게 모르게 이어진 M&S 그룹의 지원 덕분이었다. 물론 최대훈 후보를 지지하는 기업이 없었던 것은 아니다.

하지만 M&S 그룹은 다른 기업들이 할 수 없는 일을 해냈다.

그들은 자신들이 거느리고 있던 조직을 이용해 여론을 조장하고 상대 후보에 대한 비방을 흘렸다. 그것은 아무도 신경 쓰지 않는 밑바닥 지하에서 철저히 조작되고 실행되었기에 선거관리의원회도 속수무책이었다.

어둠 속에서 서서히 퍼지기 시작한 상대 후보들의 악성 루머는 결국 선거의 판도마저 바꿔놓았다. 솔직히 그들의 힘이 그렇게 대단할지는 그도 예상하지 못한 것이었다. 또한 그들은 보고도 하지 않고 곳곳에서 폭력을 행사했다. 그들은 수단과 방법을 가리지 않았고, 그들의 이런 노력 덕에 오늘날의 차정원 대통령이 있었다.

오는 것이 있으면 가는 것이 있는 세상 이치에 따라 그들의 공을 인정한 차정원 대통령은 그동안 M&S 그룹에 많은 특혜를 줬다. 국책사업의 3분지 2를 M&S 그룹에 몰아준 것은 말할 것도 없거니와 그들이 하는 일에 수많은 편의를 제공해 왔다.

그 덕에 재계 서열 8위이던 M&S 그룹은 2년 사이에 재계 서열 4위로 뛰어올랐다.

'뒤탈이 없을 거라고는 했지만 믿을 수야 없지.'

대선 당시 그들에 의해 저질러진 부정은 한두 건이 아니었다.

그리고 알았든 몰랐든 간에 지금의 대통령은 그 부정을 바탕으로 지금의 자리에 앉아 있었다. 만약 그 비리들이 터져 나온다면, 생각만 해도 끔찍했다. M&S 그룹이 뒤탈이 없도록 일을 처리하겠다고 했지만 그는 그걸 곧이곧대로 믿는 머저리가 아니었다. 그만한 비리라면 대통령의 목줄을 잡은 것이나 다름없는데 누가 그걸 버린단 말인가?

"알았네. 조치를 취하겠으니 나가보게."

"알겠습니다."

조 팀장이 나간 이후 거대한 원장실에 홀로 남은 이 원장은 아무 말도 하지 않았다. 무겁게 가라앉은 눈은 그저 전방을 바라보고 있을 뿐이었다.

'눈에 보이는 적이라면 그나마 상대할 방법이 있다. 하지만 보이지 않는 상대라면 애초에 상대를 할 수가 없지.'

그는 조용히 입술을 깨물었다. 딱딱하게 굳어진 표정의 그는 신경질적으로 품속의 담배를 찾아 입에 물었다.

*　　　*　　　*

터키의 세일룬 정보부 아지트.

"호오, 이거 봐라?"

붉은 머리가 인상적인 세일룬의 정보부장 제나는 육감적인 몸매가 그대로 드러나는 검은 가죽옷에 채찍까지 들고 흥미롭다는 표정으로 모니터를 바라보고 있었다. 그녀의 컴퓨터에는 국정원의 메인 서버가 떡하니 떠 있었다.

"역시 슈퍼컴퓨터가 좋긴 좋다니까."

이번에 그녀는 천문학적인 예산을 들여 스위스 암시장을 통해 슈퍼컴퓨터 세 대를 정보부에 들였다.

속칭 마기, 마리, 마미로 이름 지어진 세 대의 슈퍼컴퓨터를 기존에 있는 슈퍼컴퓨터 팬텀과 투드에 연결시켜 초당 1만 8천 테라바이트의 정보를 처리할 수 있었다.

아직도 사람 뒷조사와 아날로그 카메라의 위력을 믿고 있는 국정원의 메인 컴퓨터 서버를 해킹하는 일쯤은 이제 누워서 식은 죽 먹기였다. 무슨 쇼핑몰을 쇼핑하듯이 그녀는 필요한 정보를 마음대로 뽑아갔다.

국정원의 멍청이들이 그녀가 서버를 헤집어놓은 것을 알았을 때쯤이면 그녀는 유유히 미 국방성에 들어가서 미 국방부 소속 프로그래머들과 개와 고양이 놀이를 하고 있을 것이다.

"뭐야, 이 자식들! 사람이 애써 보내준 자료를 왜 썩히는 건데?"

토르르륵!

그녀는 신경질적으로 휠 마우스를 돌려댔다.

기록에 의하자면 국정원 원장은 검찰청장으로부터 M&S 그룹에 대한 비리를 보고받았다. 하지만 무슨 이유에서 그 중요한 정보를 그대로 묻어버렸다.

'이런 경우는 두 가지밖에 없는데…….'

첫 번째는 재계 서열 4위의 기업이 무너지면서 만들어낼 경제적인 파급 효과를 고려한 것, 두 번째는 뭔가 구린 데가 있는 것. 현재 한국의 경제 사정은 그다지 나쁜 편이 아니었다. 물론 재계 서열 4위의 기업이 무너져 내리거나 타격을 받는다면 한국 경제 시장에 타격이 오지 않을 수야 없겠지만 그래도 이렇게 아무 일도 없었다는 듯이 싹 묻어버리는 것은 어딘지 모르게 석연치 않았다.

'아니면 뭐가 구린 데가 있다는 건데… 어디 보자, 이만수

원장이라…….'

그녀는 잠시 동안 컴퓨터를 두들겨서 곧 이만수 원장에 대한 정보를 찾아냈다. 잠시 동안 원장의 프로필을 읽어나가던 그녀는 인상을 썼다.

'God Dam! 대통령의 오른팔이군. 자기 비리도 아닌데 이렇게 묻으려고 했다면 틀림없이 대통령이 이 M&S 그룹에 뭔가 약점을 잡혔다는 소리인데…….'

벌레를 한 움큼 씹어 먹은 듯한 표정으로 모니터를 노려보던 그녀는 한숨을 쉬며 뒤로 고개를 돌렸다.

'현재 내가 해줄 수 있는 것은 여기까지. 그럼 우리 늑대씨가 어떻게 나오나 확인해 볼까?

그녀는 뭐가 그리 재미있는지 살포시 미소 지으며 모니터를 바라보았다.

*　　　　*　　　　*

수원 외곽에 위치한 거대한 별장.

M&S 그룹 회장인 조병철 회장은 생긴 그대로 호전적인 사내였다. 언뜻 보기엔 백발 노인이었지만 그가 뿜어내는 기운은 왕년의 암흑가를 주름잡던 그 모습 그대로여서, 이곳에 모인 모든 사나이들을 압도하고 있었다.

개중에는 수십 년 동안 암흑가를 누비며 칼밥을 먹어온 사내들이었지만 조 회장 앞에서는 고양이 앞에 쥐처럼 숨소리조차 내지 못하고 있었다.

그의 세력 범위 안에 있는 가족들은 빠짐없이 모여 있었다.

그들의 이름과 직업을 나열한다면 상공회의소 명부를 열람하는 것과 다를 바가 없을 정도가 될 것이다. M&S 그룹 본사와 계열사 등에서 사장, 이사라는 자리를 차지하고 있는 이들도 있었지만 아직도 일선에서 형님 소리를 들으면 조직을 관리하는 이들도 수두룩했다.

조병철 노회장은 그들 모두에게 신과 같은 존재였다.

전두환 정권 때 범죄와의 전쟁이 시작되면서 거대 조직들은 경찰의 대대적인 체포 작전에 하나둘 역사의 뒤안길로 명멸해 갔다. 당시 삼대조직이라 불리던 칠성파, OB파, 양은이파가 모두 쓰러지는 가운데, 그의 수완이 빛을 발했다.

이미 그것을 예상하고 있던 조병철 회장은 전두환 정권 초기, 자금을 일부 끌어다가 건설업체를 세우고 합법화시켰다. 물론 음지로는 갖은 더러운 짓을 했지만 적어도 겉으로는 아무 문제가 없어 보이게 한 것이다. 덕분에 그 살벌한 시절도 무사히 넘겼고, 삼대조직이 사라진 무주공산에서 그들을 당할 조직은 없었고, 지금까지도 그랬다.

패밀리가 다 모인 것을 확인한 조병철 회장은 손을 들어 그들의 시선을 하나로 모았다.

"얼마 전 끔찍한 사건이 발생했다. 알고 있나?"

그는 진지한 표정으로 말을 이어 나갔다.

"솔직히 나도 놀랐다. 너희들은 60년대와 70년대를 살아보지 못해 잘은 모르겠지만 그때는 조직들 간의 싸움에서 죽어 나가는 조직원들이 허다했지. 하지만 이번처럼 총 맞아 죽는 일은 없었다. 우리의 적은 아마 미친놈일 것이다."

그는 잠시 말을 끊고 장내를 훑어보았다.

숨소리조차 들려오지 않는 무거운 침묵이 장내를 내리눌렀다. 몇몇 간부들은 올 것이 왔군이라는 표정으로 고개를 숙였다.

"그런데 그 미친놈의 행보보다 내가 더 마음에 안 드는 건 너희 쥐새끼들이다. 적을 찾을 생각은 안 하고 경호원을 늘리지 않나, 유리를 방탄으로 바꿔?"

조병철 회장은 온몸을 부들부들 떨며 장내에 모인 이들에게 삿대질을 했다.

'이런 쓸모없는 것들!'

M&S 금융에 있던 조직 간부들이 회사 앞에서 저격을 당해 죽었다는 이야기를 들었을 때 그는 어이가 없었다. 하지만 그를 더욱 어이없게 한 것은 조직의 간부라는 놈들이 보인 행동이었다. 마치 회칼에 가죽 벗겨진 장어처럼 우왕좌왕하며 정신을 못 차리고 있었다.

어떤 놈은 아예 외국으로 출국 준비까지 했다. 한국에서 총을 쏘는 놈이 다른 나라라고 총을 쏘지 않을까.

"적이 나타났으면 싸울 생각들을 해야지 도망부터 가려고
하느냐, 이 나약하고 무능한 놈들아! 너희들이 오늘날 이렇게
안락하게 지낼 수 있는 것은 바로 너희들의 선배들이 적과 싸
우고 또 싸워 기반을 다져 놓았기 때문이야! 이제 그 기반이
흔들리는데 싸울 생각은 하지 않고 도망부터 가려고 해!"

그때 그의 큰아들이자 M&S의 그룹의 모태라 할 수 있는
M&S 건설의 사장인 조현재가 나지막한 목소리로 입을 열었
다.

"시대가 변했습니다, 아버님."

잠시 어이없다는 표정으로 큰아들을 바라보던 조병철 회
장은 버럭 고함을 쳤다.

"그래서? 시대가 변해서 미국행 비자를 신청하고 도주 가
방 싼 거냐?"

"단지 여행을 다녀오려고 한 것뿐입니다."

"뭐, 이놈이 터진 주둥아리라고 말은 잘하는구나!"

"아, 아버님, 정말 그런 게 아닙니다."

"그래도 이놈이!"

조현재 사장은 조병철 회장의 눈치를 살피며 말꼬리를 내
렸다.

현재 조직 내에서 노회장 다음으로 강한 영향력을 가진 그
였다. 하지만 오너인 노회장이 아직도 팔팔하게 조직에 관여
하고 있는 이상 그는 언제나 2인자일 수밖에 없었다. 비록 아

버지이지만 이제 그만 물러나 줬으면 하는 것이 그의 솔직한 바람이었기에 말을 꺼냈다가 본전도 찾지 못했다.

"그래도 이놈이 뚫린 주둥아리라고 나불거리는구나! 이놈아, 그냥 여행을 가려는 놈이 왜 뉴욕 계좌로 돈을 송금하라고 지시했느냐?!"

"그건……."

조 사장은 꿀 먹은 벙어리가 되어 입을 다물었다. 그런 그의 눈에 뭐가 그리 좋은지 고개를 처박고 시시덕거리는 두 동생의 모습이 눈에 들어왔다.

'저것들이?'

현재 조직의 후계자 구도는 아직 완벽하게 확립된 것이 아니었다. 조병철 노회장이 눈을 부라리고 있는 상태에서는 누구도 함부로 후계자에 관해 입에 담지 않았다.

비록 큰아들이라는 이유로 조직 내에서 가장 큰 지지를 얻고 있는 것은 사실이었지만 나름대로 세력을 가진 동생 두 명이 연합한다면 그라고 해도 승리를 장담할 수 없었다.

생각 같아서는 상을 뒤집어 버리고 싶었지만 초인적인 인내력으로 꾹꾹 눌러 참았다.

아직은 아버지 조병철 회장의 눈 밖에 나서는 안 된다. 조직 내에는 아직도 조 회장에게 맹목적인 충성을 바치는 원로들이 많았고, 조 회장의 눈 밖에 나게 되면 그들과도 등을 돌리게 되는 최악의 결과가 초래될 수도 있었다.

지금은 고개를 숙일 때였다.

하지만 고개를 숙이기 전 고개를 처박고 있는 동생을 한번 노려봐 주는 것은 잊지 않았다. 한편, 의자에 고개를 박은 조 회장의 둘째 아들 조세광은 동생인 조준에게 말했다.

"아버지가 저렇게 화를 내는 건 5년 만에 처음이군."

조준이 속삭였다.

"저렇게 흥분하면 몸에 해로우실 텐데……."

조세광이 걱정스럽게 대꾸했다. 그러나 그의 시선은 테이블 저쪽 끝에 고개를 숙이고 있는 큰형에게로 고정되어 있었다. 그들 역시도 큰형을 경계하고 있었던 것이다.

'이것들이, 이 시점에서도 서로 경계한단 말인가!'

조병철 회장의 눈썹이 역팔 자로 휘어졌다.

수십 년 동안 청룡회와 M&S 그룹을 이끌어온 그였다. 아들들 사이에 오가는 기류를 읽지 못할 리가 없었다. 조직의 최대 위기라 할 수 있는 일이 닥쳤음에도 아들들은 밥그릇 싸움에 여념이 없다. 조직을 경영함에 있어 완벽에 가까웠던 조병철 회장. 하지만 자식 농사만큼은 흉작 중의 대흉작이었다.

'허허허, 그 시절로 돌아가고 싶구나. 그래도 그 시절에는 젊음과 의리만 있으면 못할 것이 아무것도 없었거늘…….'

오늘따라 세월의 무게가 더욱 절실하게 느껴지는 조병철 회장이었다.

＊　　＊　　＊

품속에서 담배 한 개비를 꺼낸 유찬은 무심한 시선으로 저 멀리 보이는 운치있는 고택을 바라보았다. 오늘 아침 조 중사로부터 M&S 그룹의 명예회장인 조병철 노회장이 M&S 그룹의 간부들을 모두 소집했다는 정보를 받자마자 무기를 챙겨 들고 이곳으로 달려왔다.

'일일이 찾아다니는 수고스러움을 덜어주는 건 고마워해야 할 일이군.'

하루 내내 조사한 결과 천여 평에 달하는 고택 주위에는 경비원들이 진을 치고 있었다.

'허점투성이군!'

경비원들의 배치 상태와 교대 등을 완벽하게 확인한 유찬은 코웃음을 쳤다.

'기다리기 지루하군. 시작해 볼까?'

나름대로 경호에 신경을 쓰고 있었지만 암살과 경호의 프로페셔널이라는 그가 보기에는 허점투성이였다. 목표물들이 들어간 지 두 시간. 밤이 어두워진 뒤 작전을 시작하고 싶었지만 기다리는 것이 지루해졌다. 이미 그가 파악한 대로라면 저 고택 안에는 M&S 그룹의 고위 간부란 간부는 죄다 몰려와 있었다.

찰칵!

언제 빼 들었는지 그의 손에는 티타늄으로 코팅된 p99 자동권총이 들려 있었다.

권총 두 자루에 모두 소음기를 채운 유찬은 바람처럼 몸을 날려 고택으로 향했다. 어둠을 등진 유찬은 고택 뒤로 천천히 접근했다. 고택의 뒷문을 지키고 있는 것은 검은 양복을 입고 불량기가 팍팍 풍기는 네 명의 건달은 손칼을 꺼냈다 넣었다 하며 주위를 경계하고 있었다.

고택이 내려다 보이는 언덕에 도착한 유찬은 등에 차고 있던 가방에서 무엇인가를 꺼내 능숙한 솜씨로 조립했다.

촤르륵!

탄띠가 풀리는 소리와 함께 가방 속에서 거대한 유탄들이 쏟아져 나왔다.

중량—226gr , 전장—9.9㎝의 40㎜ 유탄이 사라지는 석양 아래 수줍은 듯 살포시 미소를 지었다.

"조 중사, 어디서 이런 걸 구했는지……."

이 물건은 그가 안가에서 쉬고 있을 때 조 중사가 가지고 온 것이었다. 미 8군으로부터 빼냈다는 이 무기를 건네주며 그는 제발 자제할 것을 부탁했다. 하지만 이미 고삐 풀린 망아지 같은 그의 눈에는 보이는 것이 없었다.

그의 손에 들린 것은 M19 AGL(Automatic Grenade Launcher) 자동 유탄발사기였다.

보통 험비라고 불리는 작전 차량이나 진지 방어를 위해 삼

각대 위에 올려두고 쓰는 것이었다. 구경 40㎜, 길이 1028㎜, 무게 35㎏, 최대 사정거리 1,600m에 달하는 괴물이 포신을 서서히 고택 쪽으로 돌렸다.

'자, 너희들에게도 심판의 시간이다. 50발. 이 정도 고택을 날려 버리기에는 충분하지.'

원래 이 유탄발사기는 분당 350~400발을 토해내지만 그는 50발만을 준비했다. 유탄에 의한 폭사. 그는 그들에게 그런 편안한 죽음 따위를 내릴 생각이 없었다.

'사랑채를 제외한 모든 건물을 폭파시킨다.'

유찬이 파악한 대로라면 M&S 그룹의 간부들은 대부분 사랑채에 몰려 있었고, 나머지는 고택의 경비를 서거나 주차장에서 대기 중이었다. 첫 번째 타깃은 경비병들과 고택 주차장에 모여 있는 행동대원들이었다. 레이저 측정기가 거리를 측정하자마자 유찬은 주저없이 방아쇠를 당겼다.

"받아라!"

펑!

요란한 폭음과 함께 40㎜ 유탄이 허공을 가르며 고택 주차장을 향해 연속적으로 날아갔다. 유탄들은 허공에서 연속해서 터져 나가면서 그 밑에 있는 행동대원들을 쓸어버렸다.

"크아아악!"

"으아악!"

처절한 비명과 함께 거대한 불길이 주차장 전채를 뒤덮었다. 유찬이 발사한 유탄은 AHEAD 시한신관을 탑재한 공중 파열탄으로 그 파괴력은 상상을 초월했다.

끼리릭!

포신이 빙글 돌면서 연속적으로 유탄을 토해놓았다.

건물 하나 당 다섯 발씩 날아간 유탄은 건물들을 완전히 부숴놓았다. 아마도 건물 안에는 조직에 관련되지 않은 여자나 아이들이 있을 것이다.

유찬도 그것을 알고 있었다. 하지만 그들을 배려할 수는 없는 노릇이었다.

전쟁 교과서에는 전쟁터에서 여자와 아이는 보호해야 할 보호의 대상이라고 가르치고 있지만 실상 전쟁터에서 아이와 여자는 가장 경계해야 할 경계의 대상이다. 여자의 미모에 홀려, 또는 아이의 순진한 미소에 속아 목숨을 잃는 경우가 허다하기 때문이다.

'나는 너희에게 하나도 미안하지 않다. 나를 용서하지 마라. 나 역시도 너희들에게 용서를 바라지 않으니까.'

철컥!

순식간에 오십 발의 유탄은 포신을 박차고 날아가 고택에 직격했다.

사랑채를 제외한 모든 건물이 부서졌고, 부상당한 이들의 비명이 메아리쳤다. 수원시 외곽에 위치한 아름다운 고택은 순식간에 아수라 지옥이 되었다. 천천히 자리에서 일어난 유찬은 유탄발사기를 내려다보다가 수류탄의 그립을 뽑아 끼워 놓고 천천히 고택 쪽으로 몸을 옮겼다.

쾅!

수류탄이 터지면서 물경 수백 달러나 하는 유탄발사기가 고철 덩어리가 되었지만 유찬은 전혀 아까운 표정이 아니었다.

"……."

살기로 반개한 눈동자는 어느새 먹이를 찾는 야수의 그것처럼 이글이글 타오르고 있었고, 그의 손에는 언제 꺼내 들었는지 P99 자동권총이 들려 있었다.

튜튜튱!

"크아아악!"

소음기를 통해 살포시 모습을 드러낸 파라블럼 탄환은 정확히 하나의 목숨을 끊어놓았다. 이미 40㎜ 유탄이 훑고 지나간지라 고택은 거의 폐허나 다름없었다.

부서진 건물들 사이에서 용케 목숨을 건진 부상자들의 신음 소리가 귀곡성마냥 울려 퍼졌고, 개중에는 운 좋게 폭발을 피해 자잘한 상처만 입고 살아남은 사람도 있었다. 하지만 그들은 차라리 유탄에 맞아 죽는 편이 나았다. 왜냐하면 유찬이 친절히 그들 하나하나를 찾아다니며 숨통을 끊어주었기 때문이다.

'의외로 민간인이 많군.'

고택 안에는 유찬이 예상했던 것보다 많은 수의 여자와 아이들이 있었다. 아마도 M&S 그룹의 간부들이 조병철 회장에게 인사시킨답시고 데리고 온 가족들일 것이다.

'나를 원망해라!'

유찬이 고택이 들어와서 처음 쏴 죽인 사람은 댕기머리를 곱게 묶고 한복을 차려입은 소녀였다. 소녀는 무너지는 기둥에 깔려 의식을 잃고 있었다. 고통으로 잔뜩 구겨진 이마와 홍건한 피, 그대로 놔둬도 출혈 과다로 죽을 게 뻔했다. 잠시 소녀를 내려다보던 그는 소녀를 편안하게 보내주었다.

"꺄아아악!"

하필 왜 그때였을까?

누군가의 이름을 부르던 여인이 머리가 터져 나간 소녀를 보고 비명을 지른 것은. 믿을 수 없는 현실에 경악으로 물든, 그것이 무엇인지 유찬은 너무나도 잘 알고 있었다. 자식을 잃은 부모의 눈, 삶의 가장 큰 이유를 빼앗긴 박탈당한 자의 눈.

잠시 그녀를 바라보던 유찬은 천천히 총구를 그녀에게 돌렸다.

탕!

무정한 총알 한 방이 다시 하나의 생명을 끊어놓았다.

'사랑할 사람이 없는 세상에 남겨지는 것만큼 슬픈 일은 없을 테니까.'

처절한 고통!

사람을 죽인 자는 죽은 자의 업까지 가슴에 지고 살아가야 한다고 누가 말했던가?

그 역시 예외일 수 없다. 그는 자신이 죽인 자들의 업을 등에 지고 천천히 걸었다. 생명이 끊어지기 전 그녀의 눈에서 보았던 원망과 저주의 감정들이 유찬의 마음속에서 증오의 소용돌이가 되어 그의 어깨를 내리눌렀다.

'처음부터 각오하고 있던 일이다.'

복수는 또 다른 아픔과 절망만을 낳는다. 그는 누구보다 그것을 잘 알고 있었다.

보스니아에서, 체첸에서, 시베리아에서, 아프리카에서, 콜롬비아에서, 그리고 중동에서 질릴 만큼 끝없이 보아왔다. 복수가 낳는 새로운 복수라는 이름의 괴물의 실체와 그 괴물이 먹어치우는 사람들을 수 없이 봤었다.

자신에게 만약 그런 일이 일어난다면 모든 것을 용서하리라 다짐도 해보았다. 하지만 그 모든 것은 무지와 오만이 부른 자만심에 불과했다.

그들이라고 왜 그것을 몰랐을까?

그 길에 파멸만이 있음을 진정 몰라서 그 길을 갔을까?

몰랐을까?

알면서도 갈 수밖에 없는 길. 그것이 바로 복수라는 이름의 혈로였다.

'나는 성자가 아니다. 나는 인간이다. 아파할 줄 알고 가슴

을 부여잡을 줄 아는 평범한 인간이다. 그래서 나는 이 길을 간다. 저주할 테면 얼마든지 해라.'

원수를 용서하고 가슴속에 치솟는 분노의 불길을 잠재우는 것은 복수라는 괴물을 만들어내는 것보다 수백 배는 힘든 일이다.

세상에 단 하나밖에 없는 혈육을 잃은 늑대. 늑대는 가족을 죽인 원수를 절대로 용서하지 않는다. 숨통을 끊고 그 살을 씹지 않으면 늑대의 분노는 가라앉지 않는다.

'얼마든지 원망해라! 얼마든지 저주해라! 너희의 분노를 너희들의 원망과 저주를 모두 받아주마! 그리고 너희들의 분노가 나보다 작다면 그 분노마저 태워주마!'

탕탕탕!

벌써 준비해 온 예비 탄창 대부분을 소진해 버렸다.

몽둥이를 들고 달려드는 사내의 가슴에 총알을 박았으며, 뒤돌아 도망치는 여자의 등 뒤에서 방아쇠를 당겼다. 백여 발이 넘는 총성이 폐허가 되어버린 고택 안에 울려 퍼졌고, 그만큼의 죽음이 만들어졌다.

서서히 서산으로 기울어가는 태양 아래 그는 마치 사신이라도 되는 양 그렇게 미친 듯이 죽음의 유희를 계속하며 사랑채로 다가갔다

쾅!

사랑채 문을 박차고 들어간 유찬은 적이 매복해 있을 것 같

은 장독과 문지방을 향해 트릭샷을 가하며 번개같이 벽 뒤로 숨었다. 그 순간 쩌렁쩌렁한 노성이 유찬의 고막을 때렸다.

"그만 하게!"

"……."

사랑채 문이 열리고 조병철 노회장이 모습을 드러냈다.

그리고 그 뒤를 따라 M&S 그룹의 간부들이 하나둘 고개를 내밀었다. 그들은 하나같이 공포에 질려 있었다. 비록 방 안에 숨어 있었지만 고택을 울리는 총성과 비명은 아직도 귓전에 생생했다.

잠시 그들을 바라보던 유찬은 총을 집어넣고 마치 자기 집 마당을 산책이라도 나온 듯 느긋한 발걸음으로 사랑채 마당 중앙으로 나아가 조병철 회장을 바라보았다.

파지직!

조 회장과 유찬 사이에 불꽃이 튀었다.

한 치의 양보도 허락되지 않는 기세 싸움. 한국의 암흑을 지배하는 제왕과 용병의 전설이라고 불리는 유찬의 기세 싸움은 그만큼 암중에서 치열하게 전개되었다.

'무서운 젊은이다.'

조 회장은 은연중 침음성을 삼켰다.

'그동안 수많은 도전을 받아왔지만 이런 눈은 처음이다.'

육십 평생을 전쟁 같은 삶을 살아온 그였다. 사선에 선 것이 몇 번이며 옆구리에 칼이 박힌 것이 몇 번이던가? 그의 목을 가져가겠다고 외친 이는 또 몇이었던가?

하지만 그 누구도 그의 눈빛을 유찬처럼 당당하게 받아내지 못했다.

'저런 눈을 가진 자는 결코 쓰레기가 아니다.'

유찬이 보기에 조 회장은 일세는 풍미한 거인이었다.

그동안 수많은 이들을 만나고 수많은 이들을 죽여온 그인지라 눈빛 하나만 보고도 그 사람의 사람됨을 알 수 있었다. 식지 않은 열정과 잔인함을 가졌기에 더없이 위험한 인물이 바로 조병철 회장이었다.

"그동안 있었던 일은 자네가 벌인 것인가?"

유찬은 묵묵히 고개를 끄덕였다.

"그렇군. 왜라고 물어본다면 그 이유를 알려주겠나?"

"정유미."

"정유미라… 그게 누군가?"

"내 동생이요."

"으음……."

유찬은 긴 말을 해서 무엇을 하겠냐는 표정을 지었다.

조 회장도 긴 대답을 바란 것은 아니었기에 그 이름 하나면 충분했다. 유찬 같은 이가 아무 이유도 없이 이런 일을 벌였을 리가 없다. M&S 그룹의 누군가가 그와 척을 진 것이 틀림없었다. 그는 천천히 뒤를 돌아보며 간부들을 바라보았다. 그 이름을 아느냐는 듯 한 눈빛에 간부들을 모두 고개를 저었다.

모르는 것이 어쩌면 당연했다.

그들이 원한 대상은 유찬의 동생이 아니라 매제였고, 동생은 어쩔 수 없이 딸려 들어간 거였으니까. 잠시 간부들을 바라보던 조 회장은 유찬을 돌아보며 무겁게 입을 열었다.

"아는 이가 없구만. 그런데 죽었는가?"

"당연한 거 아니요? 안 그랬다면 내가 이곳에 있을 이유도 없겠지요."

조 회장의 귓가에 최후의 선이 무너지는 소리가 들렸다.

"그게 우리 때문인가?"

"물론."

"돌이킬 수 없단 말인가?"

그 순간 뒤에서 유찬을 바라보고 있던 조현재 사장이 소리쳤다.

"거짓말! 우리가 뭐 하러 그런 여자를 죽인단 말이야!"

그 순간 유찬의 눈꼬리가 올라갔다.

"내가 자신있게 보장하는데, 한 번만 더 내 동생을 그런 식으로 부르면 네놈을 죽지도 살지도 못하게 만들어주지."

"이… 이익!"

유찬은 무시무시한 눈으로 그를 쏘아보았다.

숨 막힐 듯한 기도가 장내를 내리눌렀다. 수많은 전쟁터에서 적군을 공포로 떨게 했던 늑대의 기운은 고작해야 조폭 나부랭이인 그가 받아낼 수 있는 차원의 것이 아니었다.

그때 가만히 이야기를 듣고 있던 조 회장이 그의 앞을 가로막고 나섰다.

"너는 가만있거라!"

"아버지!"

"가만있으라 하지 않더냐! 이야기를 더 들어보기로 하자. 그 이름 하나 가지고는 도저히 알 수가 없군. 자세한 사정을 설명해 주겠나?"

유찬은 잘라내듯 냉정한 어조로 입을 열었다.

"내 동생은 모를 수 있지. 하지만 서울지방검찰청 수사 3과 김기범 검사를 모른다고 하진 않겠지?"

"……"

순간 몇몇 간부들의 얼굴이 참혹하게 일그러졌다. 유찬은 모르고 있었지만 그들 사이에서 수사 3과 김기범 검사는 미친개라고 불리고 있었다.

김기범 검사와 처음 악연을 맺은 곳은 M&S 그룹의 모태인 M&S 건설이었다.

건설업의 특성상 이리저리 담당 공무원에게 향응하는 것은 오랜 관행임에도 불구하고 입찰에서 패한 상대 업체에서 그 일을 문제 삼고 나온 것이다. 하지만 한두 번 당하는 일도 아니었기에 처음에는 대수롭지 않게 생각했었고, 관행대로 담당 검사를 찾아가 돈을 건네는 고전적인 수법을 사용했다. 하지만 그들은 상대를 잘못 봐도 한참 잘못 보고 말았다.

당시 수원지청 검사로 있던 김기범 검사는 일언지하에 찾아갔던 그룹 간부를 쫓아내고 M&S 건설에 벌금을 먹였다. 하지만 악연은 거기서 끝이 아니었다.

무슨 원수를 졌는지 중앙지검으로 자리를 옮긴 김 검사가 M&S 그룹의 사업장들을 이리저리 쑤시고 다니더니 급기야는 M&S 그룹 산하 청룡회를 압박하기 시작했다. 몇몇 간부들은 김 검사에게 자택과 사무실이 압수 수색을 당한 경험도 있었다.

"그는 바로 내 매제지."

"서, 설마?!"

"그럴 수가?"

그제야 어느 정도 사정을 알아차린 간부 몇 명이 헛바람을 삼켰다.

특히 조현재 사장의 얼굴은 시커멓게 죽었고, 조병철 회장은 다 틀렸다는 표정으로 한숨을 쉬었다. 자세한 것은 알지 못했지만 그도 언젠가 들어본 적 있는 이름이었다. 캐서는 안 될 것을 캐고 다니는 골치 아픈 검사 하나가 있다는 말. 그 뒤로 까맣게 잊고 있었는데 아마도 아들들이 손을 쓴 모양이다.

"상대를 보는 눈을 키우라고 했거늘, 눈앞의 상대에 신경 쓰느라 그 뒤에 있는 자네를 보지 못했나 보군."

조병철 회장의 입에서 장탄식이 터져 나왔다.

하지만 차남인 조세광 부사장은 오히려 손가락질을 하며

목소리를 높였다.

"아닙니다, 아버지! 저놈이 거짓말을 하는 겁니다! 그자라면 제가 잘 압니다! 그자는 고아고 그 아내도 고아나 다름없었습니다!"

"……."

그때 가만히 이야기를 듣고 있던 삼남 조준 부사장이 형을 가로막으며 말했다

"형, 틀림없이 보고서에 김 검사의 아내에게 오빠가 있다고 나와 있었던 걸로 기억하는데……."

"하, 하지만 그 오빠는 중동에 근로자로……."

조세광 부사장의 얼굴이 하얗게 탈색되어 갔다.

"도대체 일을 어떻게 한 거야?!"

"그, 그런……."

유찬은 그들을 차갑게 쏘아보며 중얼거렸다

"얼간이들, 세일룬은 자신의 가족을 절대 밖으로 노출시키는 법이 없지"

"헉!"

"그, 그럴 수가?! 세일룬이라니?!"

용병을 고용할 일이 없는 한국이지만 그래도 암흑가에 발을 담근 자라면 누구나 한 번쯤은 들어보았을 이름이 바로 세계 최대의 용병 조직 세일룬이다. 세일룬의 용병들은 누구 하나 가볍게 볼 수 있는 상대가 없었다. 세일룬 최하급 용병들

이라도 최소한 어느 나라 특수부대 출신은 기본이었다.

'세일룬이라면 모든 것이 설명된다.'

전장에서 목숨을 걸어야 하는 용병들에게 개인 신변의 안전과 가족의 안전은 무엇보다 중요하다. 세일룬에서는 용병들의 신변을 철저히 보호하고 정보 조작을 통해 그들과 가족을 완전히 분리시켰다. 또한 만약 세일룬의 일로 인해 가족들이 피해를 받는다면 수백 배로 보상해 주거나 상대를 지옥 끝까지로 쫓아가 죽였다.

그런 세일룬의 정보부가 손을 댄 이상 그들이 아무리 조사를 해도 유찬에 대해 자세히 알 수 없었던 것은 당연했다.

"내가 알고 있는 세일룬이 자네가 말하는 세일룬이 맞는가?"

"이 세상에 세일룬의 이름을 쓸 수 있는 곳은 오직 한 곳뿐이오!"

"그래, 그렇지. 감히 누가 있어 세일룬의 이름을 사칭하겠는가? 그럼 혈채를 받으러 온 것인가? 아니, 물어보는 것 자체가 바보 같군. 당연히 받으러 왔겠지."

이윽고 무겁게 입을 연 조병철 회장은 잠시 주위를 둘러보다가 굳은 표정으로 입을 열었다.

"세일룬이 우리를 제거하기로 한 건가?"

"세일룬은 내 복수에 끼어들지 않소. 이것은 내 개인적인 복수에 불과하오."

"그나마 다행이군……."

조 회장은 뭔가 결심한 듯 결연한 표정으로 말했다.

"나 하나로 끝내주겠나?"

순간, 장내는 죽음보다 무거운 침묵에 휩싸였다. 조병철 회장은 자신의 죽음을 남의 일처럼 담담하게 말했다. 유찬은 조회장의 태도에 순간 움찔했다.

"회, 회장님!"

"아버지, 안 됩니다! 저놈은 혼자입니다! 거기다 곧 경찰도 옵니다! 그러니까 아버지는 몸을 피하시지요!"

하지만 조병철 회장의 의지는 단호했다.

"너희들은 나서지 말거라! 피는 피로 갚는 것이 이 세계의 규칙이다! 설령 경찰이 와서 오늘 하루 목숨을 구한다고 해도 저 친구와 세일룬이 사라지지 않는 이상 우리는 어차피 죽은 목숨이다."

아들들과 간부들을 다독인 조병철 회장이 다시 한 번 유찬을 바라보며 말했다.

"염치없는 부탁이지만 그리해 주겠는가?"

"……."

그는 후대를 위해 목숨을 걸려 하고 있었다. 하지만 유찬은 가만히 고개를 저었다.

거인의 목숨.

그의 목숨은 하나였지만 결코 작은 것이 아니었다.

어쩌면 저기 모여 있는 쓰레기들보다 조병철 회장 한 사람의 목숨이 더 큰 의미를 가질지도 모른다. 하지만 유찬은 그것을 거부했다.

차라리 조병철 회장을 제외한 다른 이들의 목숨 모두라면 고개를 끄덕였을지도 모른다.

"결국 피를 보겠다는 건가?"

"당신이 아니라 당신 뒤에 있는 쓰레기들 모두의 목숨을 준다면 생각해 보지."

"허허허. 젊은 친구, 무리한 것을 요구하는군."

조병철 회장은 잠시 입맛을 다시며 말했다.

"자네, 가장의 도를 아는가?"

"……?"

"모른다면 말이야, 내 알려줌세. 가장은 가족을 위해 목숨을 걸며 삶을 위해 가족을 버리지 않는다네. 그것이 바로 가장의 도라는 것이네."

또 한 번 침묵이 흘렀다.

그런 무거운 침묵이 싫어서일까? 어디선가 밤벌레 우는 소리가 요란하게 들려왔다.

"나는 가장의 도를 지키고 싶다네."

"그럼 죽음뿐입니다."

"설령 죽음 이외의 다른 길이 없다 해도 나는 이 길을 택하겠네."

"그럼 죽어주십시오."

그 순간 청룡회 출신 간부 몇 명이 몸을 날렸다.

"어디서 개수작이야!"

"조져!"

제법 훈련을 많이 한 듯 체계적인 빠른 공격이었지만 유찬이 보기에는 어설프기 그지없었다.

'총알도 아깝다!'

그들을 상대로는 총을 꺼낼 필요도 없었다.

유찬의 왼팔이 허공에서 원을 그리며 움직인다고 생각되는 순간, 가장 먼저 달려든 사내의 얼굴을 스쳐 지나갔다. 그러자 사내는 비명을 지르며 얼굴을 감싸 쥐었다. 입속으로 손을 집어넣은 유찬이 볼살을 잡고 찢어버린 것이다.

"주, 죽여!"

사내들이 품속에서 사시미를 들고 한꺼번에 달려들었지만, 유찬의 간단한 몇 번의 동작에 모두 구석으로 처박혔다. 물론 목이 돌아가고, 머리가 완전히 부서진 그들은 미동도 하지 않았다.

즉사!

그들은 모두 유찬의 한 수에 즉사한 것이다. 유찬을 향해 달려들었던 조직원은 모두 열두 명. 그들 모두를 죽이는 데 걸린 시간은 채 1분이 걸리지 않았다. 꺾고 비틀고 치는, 가볍고 단순한 동작들로 그들 열두 명을 지옥으로 보내 버린 유찬을 M&S 그룹의 간부들은 두려운 눈으로 바라보았다. 하지만 정작 유찬은 그들에게 하등 관심이 없었다.

'눈빛 하나 변하지 않았다.'

조직원 열둘의 목숨을 끊어놓으면서도 그의 눈은 조병철 회장에게로 향해 있었다. 그의 다음 행동을 지켜보기 위해서였다.

무심.

유찬이 조직원 열둘을 죽이는 동안에도 조병철 회장은 조금의 미동도 하지 않았다. 오히려 담담한 눈으로 그들을 죽음을 지켜볼 따름이었다.

"자네에게 한 가지 제안을 하지."

그들의 죽음을 담담히 지켜본 조병철 회장이 입을 열었다.

"누가 그들의 죽음을 원했는지 알고 싶지 않나?"

'이것이었나? 역시 한국 암흑가를 지배하는 밤의 제왕답군!'

유찬은 자신도 모르게 반응을 보이고 말았다. 유찬이 그의 부하 열둘을 죽이는 동안 그는 유찬과 협상을 벌일 카드를 생각하고 있었던 것이다.

유찬의 반응을 본 조 회장은 자신감이 찬 표정으로 입을 열었다.

"자네가 알고 있는 것은 어디까지인가?"

"죽음을 앞에 두고 잔머리를 쓰시겠다는 건가요?"

"이 상황에서 말인가? 뭐, 자네가 그렇게 생각한다면 별수 없지. 하지만 나와 여기 있는 사람들이 죽어버리면 자네는 영원히 그 이유를 알지 못할 텐데?"

이대로 방아쇠를 당겨도 그에게는 손해날 것이 없었다. 하지만 빌어먹을 육감이라는 놈이 끈적끈적하고 위험한 음모의 냄새를 귀신처럼 맡아낸다는 게 문제였다.

"지금 저한테 조건을 제시할 입장이 아니실 텐데요?"

"그럼 별수없이 죽는 수밖에……."

조 회장은 마치 죽일 테면 죽여보라는 식으로 나왔다.

"거래 조건이 뭡니까?"

"다 살려주기를 바라는 것은 아니네. 그럼 내가 너무 염치 없는 사람이 되지 않나? 나 한 사람으로 끝내주게. 그럼 되네."

그의 조 회장은 자신의 목숨을 담보로 걸었다.

그 자신의 영달보다는 자신을 따르는 사람들을 먼저 생각하는 대인. 유찬은 잠시 동안 조병철 회장을 올려다보았다. 적으로 마주하지 않았다면 나이 따위는 초월해서 친구로 사귀고 싶은 노년의 신사가 거기 있었다.

또한 그는 한 시대를 풍미해 온 거인이기도 했다.

"일단 들어보기로 하죠."

"고맙네."

잠시 생각을 정리하던 조 회장은 천천히 입을 열었다.

"나는 자네 매제에 대해 자세히 알지 못하네. 내가 기억하기로 자네 매제는 우리 기업을 한참 동안 들쑤시고 다녔네. 아이들이 상당히 골치 아파했거든. 하지만 이 나라에서 일개 검사가 뭘 할 수 있겠나? 그저 좀 귀찮은 존재 정도라고 할까? 자네도 상식적으로 생각을 해보게. 검사 한 명이서 우리 그룹을 어찌해 볼 수 있을 거라고 생각하나?"

할 수 있을 리가 없다.

서민에게 검사라는 이름은 하늘 위의 이름 같지만 힘이 있는 이들에게 검사라는 자리는 그저 권력을 잡기 위해 거쳐 가는 징검다리 정도에 불과했다. 그것도 가장 고달픈…….

"맞네. 우리 입장에서는 귀찮기는 하지만 피를 흘려가며 제거할 필요는 없는 상대지. 그런데 우리가 왜 그를 제거했을까라는 의문이 들지 않나?"

조병철 회장은 잠시 말을 끊고 유찬을 바라보았다.

유찬은 묵묵히 이야기를 듣고 있었다. 그때 지금까지 뒤에 물러나 있던 조준 M&S 무역 부사장이 앞으로 나서며 말했다.

"다음부터는 아버님께서도 자세히는 모르실 테니 내가 말해주도록 하지. 이리저리 우리를 찌르고 다니던 그 친구가 어디서 냄새를 맡았는지 지난 대선에 관해서 캐고 다니더군. 우리로서는 참 곤혹스러울 수밖에 없었네."

"대선?"

"그가 중점적으로 캐고 다닌 지역은 전라도 일대였네. 원래 그곳은 재야 인사들에게 몰표가 나오던 곳이지. 그런데 지난 대선에서는 야당 후보와 현 대통령의 표 차가 근소했지. 그리고 그것이 현 대통령을 당선시킨 결정적인 이유가 됐고. 만약 예전처럼 그곳에서 야당에 대한 몰표가 나왔다면 지금 대통령은 다른 이겠지. 이쯤 되면 어느 정도 눈치 챘으리라 생각하네. 그곳에서 그 정도의 표가 나온 것은 우리 때문이지. 우리는 그곳에 정말 막대한 돈을 뿌렸네. 재계 8위였던 그룹 자체가 흔들릴 정도 말이야. 그런데 그 친구가 그걸 캐고 다니니 우리로서는 어찌할 바를 몰랐지.”

잠시 말을 끊고 입맛을 다신 조준 부사장은 유찬의 표정을 살피다가 말을 이었다.

“그런데 우리보다 더 당황한 곳이 있었지. 거기가 어딜 것 같은가?”

“대통령인가?”

“물론 대통령도 대통령이지만 우리와 직접적으로 거래를 한 사람은 현 국정원장이거든. 그도 나름대로 이리 쑤시고 저리 쑤시며 그 친구를 막아보려 했던 모양이야. 하지만 그 친구 인맥이 좋아서 그것도 쉽지 않아지자 결국 만만한 게 우리라고 우리에게 압력을 행사하더군. 거기다 덩달아서 구린 데가 있는 의원들이 가만히 있어야지. 여당, 야당 가릴 것 없이 찾아와서 들들 볶아대더라고. 결국 우리라고 어쩌겠나.”

뒷말은 더 이상 듣지 않아도 알 수 있었다.

“그래서 죽였단 말인가?”

“어쩔 수 없었네.”

조준 부사장은 그의 시선을 애써 외면하며 말했다. 잠시 분을 삭이던 유찬의 회색 코트가 펄럭였다.

고오오!!

지옥의 사신처럼 음울하고 위험한 살기가 하늘 높이 파공치기 시작했다.

“그래서 너희들은 잘못이 없다는 건가?”

“그, 그건 아니지만 이 모든 게 우리의 잘못만은 아니라고 말하고 싶은 거네.”

“웃기는군! 개소리 집어치워!”

분노로 온몸을 부들부들 떨며 유찬이 소리쳤다.

이에 질린 M&S의 간부들은 화들짝 놀라 뒷걸음질을 쳤지만, 오직 조병철 노회장과 조준 부사장만은 그 자리에 그대로 서서 그를 바라보고 있었다.

“모든 일에는 시작과 끝이 있는 법, 당신들이 시작하지 않았다면 애초에 내 매제가 끼어들지 않았을 테지.”

유찬의 눈빛은 이미 그들에 대한 증오로 가득 차 있었다.

“거액을 투자하셨다고 했나? 그 거액을 투자한 대가로 재계 서열 8위가 모든 이권 사업을 독점하면서 재계 서열 4위로 올라섰지. 그 발판에 이 나라의 국민이 있고, 내 매제도 있었겠지.”

잠시 그들을 바라보던 유찬은 시체들 쪽으로 다가가 한 사내의 품을 뒤지 시작했다. 시체를 뒤지고 있음에도 유찬의 표정은 담담하기 그지없었다. 그는 쓰러진 사내의 주머니에서 담뱃갑을 꺼내 여유있게 불을 붙이고는 한 모금 빨아들였다. 그리고는 조 회장에게도 한 대 권했다.

"한 대 피우시겠소?"

"……."

그가 권하는 담배는 거절할 수 없는 선물과 같았다. 조 회장은 어쩔 수 없이 담배를 잡았다. 조준 부사장이 얼른 담뱃불을 켰다. 하지만 조 회장은 독하고 쓴 담배를 한 모금도 빨지 못했다.

"입에 맞지 않으십니까?"

"……."

"그러실 겁니다. 고급 시가나 연초만 태우시던 분이 이런 싸구려 담배가 입에 맞지 않으시겠지요."

다시 한 모금의 담배를 빨아들인 유찬은 느긋한 어조로 말했다.

"그런데 말입니다, 제 매제는 이 싸구려 담배가 뭐가 맛있다고 이것만 피웠단 말입니다. 저도 군에 있을 때는 팔팔을 좋아했지만 그래도 외국 나가 살다 보니 양담배를 피게 되던데 말입니다. 지금 생각하면 저도 무슨 맛으로 이런 걸 피웠는지 잘 모르겠어요."

“……”

“그런데 말입니다, 당신과 당신의 썩어 빠진 부하들이 비싼 시가와 연초에 불을 붙이고 있을 때 집에도 못 들어가고 수사 일지에 파묻힌 채 싸구려 담배를 피우던 매제와 그런 매제를 기다리던 동생은 이제 이 담배마저 없을 곳으로 가버렸습니다.”

끈적끈적하고 위험한 살기가 맹렬히 파공 치기 시작했다.

“당신들에게 그들의 삶을, 그들의 행복을 파괴할 권리가 있었을까요? 있다면 그 권리는 누가 부여해 준 걸까요?”

“……”

그들은 아무 대답도 하지 못했다.

“있을 리가 없을 테죠! 있다면 나에게도 너희의 행복을 파괴할 권리가 있겠지!”

유찬의 처절한 고함이 허공으로 갈랐다. 그리고 찾아온 무거운 침묵. 담배 한 대가 다 사라질 동안 아무도 입을 여는 사람이 없었다. 유찬이 필터만 남은 담배를 손가락으로 튕기는 순간 조 회장이 힘겹게 입을 열었다.

“약속을 지켜주기 바라네.”

“……”

그 순간 유찬의 몸이 번개같이 움직였다. 한 걸음에 사랑채 마루 위로 뛰어오른 유찬은 오른손을 말아 쥐었다. 힘줄이 튀어나오고 오른손에 근육이 파도치듯 물결쳤다.

펑!

소가죽으로 된 북을 치는 소리가 들림과 함께 조 회장의 노구가 앞으로 천천히 숙여졌다.

"커어억!"

조 회장은 고통에 겨워 배를 움켜쥐었지만 유찬은 거기서 멈추지 않았다. 조 회장의 복부 깊숙이 박힌 주먹이 살짝 뒤로 움직이는 듯하다가 다시 뱃속으로 파고들었다. 유찬의 장기인 촌경이었다.

우드득!

뼈가 부서지는 소리와 함께 조 회장의 입에서 핏줄기가 뿜어져 나왔다.

영화에서나 책에서 1인치 펀치, 촌경을 본 사람을 많을 것이고, 그것이 실제 촌경이라고 생각하는 사람도 많을 것이다. 하지만 그것은 촌경의 일종에 불과했다. 순식간에 팔, 배, 등, 어깨에 연결된 일곱 개 근육을 순식간에 100% 발경시켜 상대방과의 조금마한 차이만 있어도 몇 미터 밖으로 날려 보내는, 아니, 팅겨 보내는 그런 엄청난 기술이었다.

하지만 조 회장은 팅겨 나가는 대신 유찬 쪽으로 몸이 숙여졌다.

촌경이 조 회장의 몸에 작렬하는 순간 유찬이 조 회장의 배를 움켜잡았기 때문이다. 이로 인해 몸속으로 침투한 엄청난 충격은 뒤로 날아가면서 상쇄되지 않고 그대로 조 회장의 몸으로 침투하여 내부의 장기를 몽땅 부숴 버렸다.

"야… 약속을 지켜주기 바… 바라네."

유찬의 몸에 얼굴을 기댄 조 회장이 힘겹게 말을 이었다. 하지만 그가 들은 마지막 대답은 유찬의 비웃음 섞인 조소였다.

"전 약속한 적 없습니다."

"뭐… 뭐, 뭐야?"

"들어보겠다고 했지 살려주겠고 한 적은 없습니다."

조 회장의 몸이 급속도로 떨리기 시작했다. 간신히 붙잡고 있던 생명의 기운이 정신적 충격과 함께 빠져나가기 시작했다. 유찬의 그의 귀에만 들리도록 조롱 섞인 어조로 말했다.

"누구를 바보로 아십니까, 아니면 순진하신 겁니까? 화가 될 싹은 일찌감치 잘라 버려야지요. 저들을 살려두면 제가 피곤해집니다."

"나… 나를 속이다니!"

"약자에게 지켜줘야 할 신의는 없습니다. 안 그렇습니까? 암흑가에 몸담으신 분이라면 알고 계실 텐데요. 그런 세계 아니던가요?"

"무… 무서운 놈!"

재계 서열 4위의 그룹 M&S의 회장이자 대한민국의 어둠을 지배하는 밤의 황제 조병철 회장이 천천히 쓰러졌다. 그 명성을 생각하면 참으로 어이없는 죽음이 아닐 수 없었다.

"아버지!"

"회장님!"

그제야 사태를 파악한 조 회장의 아들들과 간부들이 조 회장에게 다가오려고 했다. 하지만 그보다 먼저 유찬이 꺼내 든 p99의 총구가 그들을 반겨주었다.

"이… 이봐, 우리를 살려준다고 하지 않았나?"

그들은 황급히 뒤로 물러서며 소리쳤다.

"미안. 거짓말이었어."

튜튜튜튜튜!!

말이 끝남과 동시에 p99 자동권총이 작지만 무서운 총성을 토해 놓았다. 그들의 죽음을 알리기 위해서…….

"한 가지 약속하지. 너희들의 윗대가리 그들 역시 무사하지 못할 거라는 것을 말이야."

마지막에 숨이 끊어진 조준 부사장만이 유찬이 한 약속의 증인이 될 수 있었다. 물론 0.1초 동안만이었지만 말이다. 서서히 회색으로 물들어가는 조준 부사장의 눈동자를 바라보며 유찬은 한동안 말이 없었다. 차갑게 식어버린 눈동자였지만 조준 부사장이 마지막에 느꼈을 원망과 분노의 감정은 고스란히 전해졌기 때문이다.

그의 눈을 잠시 바라보고 있던 유찬은 서재 안으로 들어갔다. 잠시 주위를 둘러보던 그는 곧 원하는 것을 찾아냈다.

서재에는 총 세 대의 컴퓨터가 놓여 있었는데, 한 대는 모

모델이 선전한 최신형 무선 인터넷 노트북이었고, 또 한 대는 랜 선과 이어진 데스크톱, 그리고 마지막 한 대는 언젯적 모델인지 기억도 나지 않는 구형 컴퓨터였다.

잠시 컴퓨터들을 바라보던 그는 구형 컴퓨터를 향해 다가갔다. 파워를 켜자 구형 모델의 시끄러운 하드디스크 돌아가는 소리와 함께 컴퓨터가 켜졌다.

'역시……'

컴퓨터를 부팅시키고 주변 기기들을 둘러보던 유찬은 고개를 끄덕였다. 구석진 자리에 놓여 있었고, 오래된 상표를 붙이고 있었지만 다른 두 대의 컴퓨터의 자판에는 사람의 손자국이 남아 있지 않은 반면 이 컴퓨터의 경우, 오랫동안 사용한 손때가 묻어 있었다.

'이게 뭐야?'

윈도우 안에는 알 수 없는 수많은 부호들이 가득했다. 아마도 수많은 비밀 장부들을 이런 식으로 보관한 것일 것이다.

컴퓨터를 정리하던 유찬은 황급히 주변 기기들을 살폈다. 교묘하게 벽 쪽으로 이어지고는 있었지만 수많은 선들이 본체와 이어져 있었고, 랜 선도 있었다. 거기다 드라이브는 C, D, E드라이버를 합쳐 200GB나 되었고, C드라이버와 D드라이버의 경우 처음 보는 프로그램으로 작성된 알 수 없는 암호문으로 가득 차 있었다. 그나마 가장 용량이 큰 E드라이버도 반 이상이 그런 프로그램 언어였다.

'호오? 이것 봐라?'

국내와 국외의 모든 조직과 M&S 관련 그룹은 모두 조 회장의 컴퓨터에 등록되어 있었다. 사소한 부주의나 유도 수사에 의해 안전이 위협받는 일이 없도록 조직과 횡령 배임 등의 모든 범죄는 모두 코드화되어 컴퓨터에 등록되어 있는 것이다.

예를 들면 M&S 그룹이 아닌 청룡회의 마약 거래의 경우 '개인 암호 시스템'이라는 항목으로 등록되어 있었다. 그리고 그러한 특정 데이터를 위한 프로그램의 견출이나 분류의 지시, 데이터의 인출 같은 것에는 모두 비밀 부호가 사용되고 있었다.

'난감하구만!'

잠시 프로그램을 살펴보던 유찬은 고개를 흔들었다.

프로그램을 배우기는 했지만 고작해야 그렇고 그런 프로그래머 수준인 그가 200GB에 달하는 엄청난 용량을 전부 해석해 낼 수는 없었다.

에에엥~!

거기다 그에게는 시간이 없었다.

요란한 패트롤카의 사이렌 소리가 들려왔기 때문이다.

'빨리도 출동하는군!'

잠시 고민을 하던 그는 컴퓨터의 본체를 뜯어내듯이 들어 올려 어깨 위로 올렸다. 아예 컴퓨터를 통째로 들고 가버릴 심산이었다. 사랑채를 벗어나기 직전 그는 품속에 가지고 있던 파편 수류탄 다섯 개를 동시에 사랑채로 까 넣었다.

콰콰쾅!

결국 마지막까지 그 형체를 유지하고 있던 사랑채도 수류탄의 폭발력을 이겨내지 못하고 서서히 무너져 내렸다. 유찬이 고택을 막 벗어나고 있을 때 멀리서 패트롤카의 윤곽이 희미하게 보이기 시작했다.

'수고하라고!'

그들이 볼 수 있을 리도 없지만 그들을 향해 조롱 섞인 거수경례를 한 유찬은 서서히 지는 석양 속으로 몸을 돌렸다. 유난히 그에게 잘 어울리는 석양이 그의 뒤를 따랐다.

國士無雙

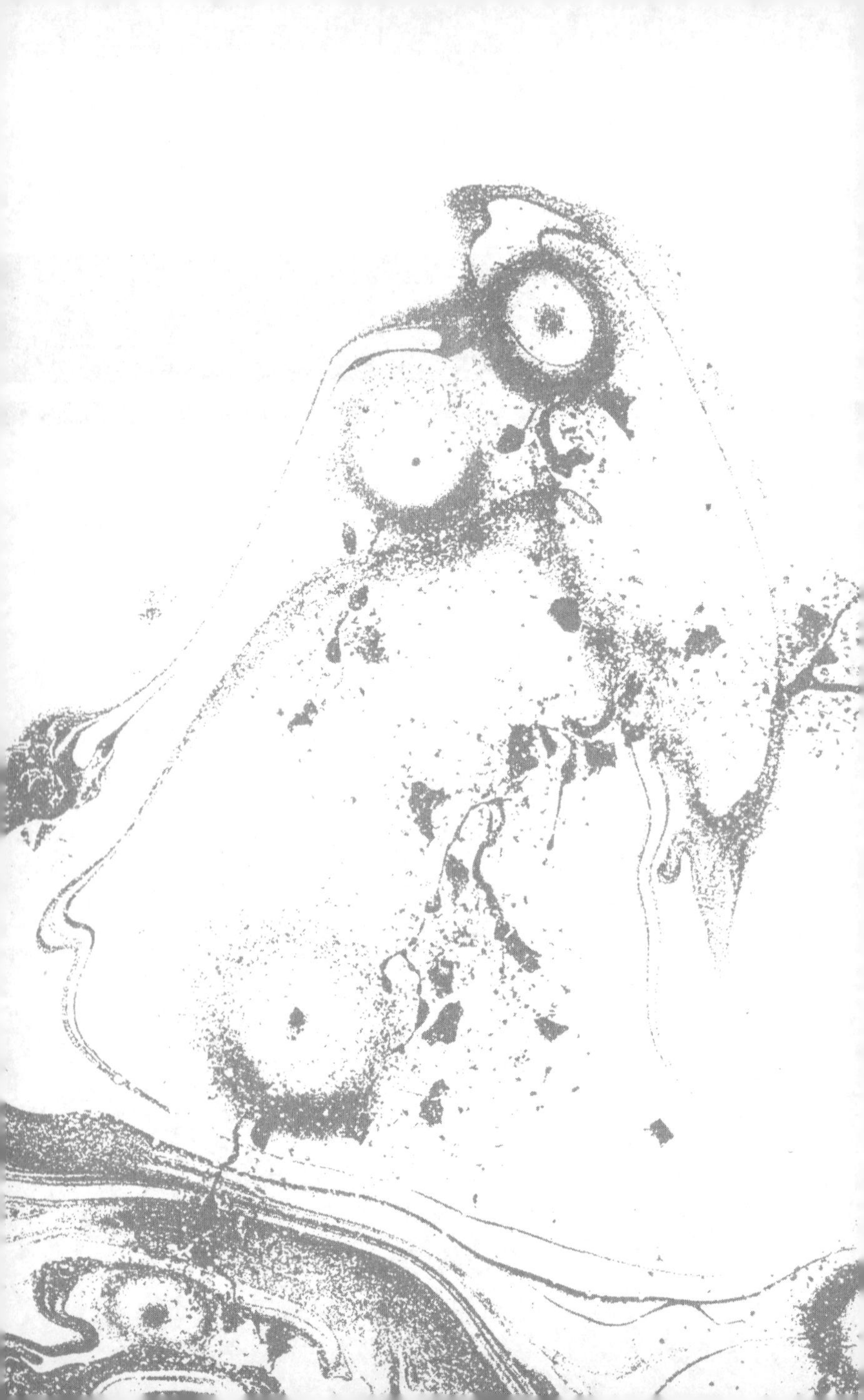

PART 2
무궁화 꽃이 피었습니다

이종수 차장검사는 벌어진 입을 다물지 못했다.

처참하게 파괴된 고택과 여기저기 널려 있는 시체들, 지난 십 일간 제대로 쉬지도 않고 사건을 수사해 왔는데 또다시 이런 악몽이 재발한 것이다.

사건 현장은 말 그대로 아수라장이었다.

시체 타는 냄새가 코를 찌르는 가운데, 한쪽에서는 어떻게든 현장의 사진을 담으려는 취재진들의 악다구니와 그들을 방패로 밀어내며 쏟아놓는 전경들의 욕설이 뒤섞여 웃지 못할 한 편의 촌극이 펼쳐지고 있었고, 다른 한쪽에서는 수사관들의 거센 고함 소리, 그리고 소방대원들과 구급대원들의 절박한 외침으로 귀가 멍할 정도였다.

"차장님!"

그때 수사관들을 지휘하던 장중원 부장검사가 지친 표정으로 그에게 다가왔다. 그의 얼굴에도 당혹스러움이 역력하다. 이 차장은 힘없는 목소리로 물었다.

"자네 몰골이 말이 아니군."

"차장님도 남 말할 처지 아닙니다. 도대체 우리는 지난 십일 동안 뭘 한 겁니까?"

그나 장 검사나 지난 십 일 동안 숙면을 취한 시간은 채 열 시간을 넘지 못했다.

어떻게든 범인의 단서를 잡아보겠다고 퇴근할 생각도 하지 않고 사건에 매달렸으나 그 결과가 이것이라니 허탈하기까지 했다.

"도대체 이곳에서 무슨 일이 있었던 건가?!"

하얀 천에 덮여 구급대원들의 손에 줄줄이 들려 나오는 시체들을 보며 이 차장은 신경질적으로 소리쳤다.

"자세히 저도 잘 모르겠습니다. 하지만 중화기가 사용된 것 같습니다. 몇몇 수사관이 그러는데 자동유탄발사기 같다고 합니다."

"허허허."

자동유탄발사기가 사용되었다는 말에 그는 허탈한 웃음을 지을 수밖에 없었다. 사건의 스케일은 더 이상 그들이 감당해

낼 만한 수준이 아니었다. 막말로 자동유탄발사기까지 가져
다 쏟아 붓는 범인 앞에 그들이 무엇을 할 수 있단 말인가?

시체 하나 더 늘려주지나 않으면 그게 다행이었다.

그때 떨떠름한 표정으로 그를 바라보고 있던 장 부장이 품
속에서 증거 봉투 하나를 꺼내 그 앞에 내밀었다.

"이게 뭔가?"

"젠장, 보면 알 거 아닙니까?"

증거 봉투 안에는 다섯 개는 9㎜ 탄환이 들어 있었다.

"보나마나 그놈이겠지."

"정확한 건 총탄의 흠집을 조사해 봐야 하겠지. 대한민국
땅에서 이런 짓 할 놈이 누가 또 있겠습니까? 보나마나 그 새
끼입니다."

총구를 빠져나갈 때 총알은 그 빠른 속도 때문에 총구를 감
고 있는 강선들에 의해 상처를 입는데, 이 상처의 크기나 모
양이 모든 총마다 다르지만 같은 총에서 빠져나온 총알이라
면 당연히 같은 흠집이 남게 마련이다.

이미 지난 수원시 검시의 살인 사건과 한국호텔 살인 방화
사건의 범인이 같다는 것은 모두 이 방법을 통해서 입증되었
다. 이번 건도 보나마나였다.

'처음 죽은 검시의, 그리고 한국호텔에서 살해된 정체불명
의 남자, 연이어 M&S 증권 앞에서 저격당한 다섯 사람, 그리
고 이곳… 이 사건은 단순한 미친놈의 살인 사건이 아니다.

M&S라는 거대한 틀을 두고 벌어지는 범죄 알고리즘이다. 뭔가, 무엇인가 우리가 놓치고 있는 그들 사이에 연결 고리가 있다. 진작 M&S를 수사하게만 해줬어도 이런 불상사는 막을 수 있었잖아? 도대체 뭘 숨기고 있는 거야?

그동안 몇 번이나 검찰총장을 찾아가 M&S 그룹을 수사할 것을 종용했으나 그때마다 거절당했다. 그는 이를 악물고 자리에서 일어났다. 오늘은 옷을 벗는 일이 있어도 꼭 M&S 그룹에 관한 수사권을 따내고 말리라!

발길을 돌리던 그가 문득 생각난 것이 있어서 물었다.

"사망자는?"

"대략 200여 명 정도로 추정됩니다."

엄청난 사망자 숫자에 입이 떡하고 벌어졌다.

"뭐? 설마? 조 회장의 저택에 200명이나 모여 있었단 말이야?"

"그게… 아마도 뭔가 회의를 하기 위해 모여 있었던 듯합니다. M&S 그룹 고위 간부들이 대부분 소집되었습니다. 일부는 가족을 데려오기도 한 것 같습니다."

"가족?"

"아내나… 자식들 말입니다."

보고를 하는 장 부장의 목소리가 떨려왔다.

"생… 생존자는?"

한참을 망설이던 장 부장이 어렵게 입을 열었다.

"전무합니다."

"뭣?"

"전무하단 말입니다. 그 새끼는 사람도 아닙니다. 아이, 여자 할 것 없이 다 죽였습니다. 학살이라고요, 학살! 가서 보십시오! 검찰 생활 15년 만에 이런 건 정말 처음입니다."

말을 끝낸 장 부장은 품속에서 담배를 꺼내 들어 입에 물었다. 잠시 멍한 표정으로 장 부장을 바라보던 이 차장은 얼른 사건 현장으로 향했다.

"네놈, 꼭 잡아서 죽여 버리겠다!!"

잠시 뒤 사건 현장에는 이종수 차장검사의 다짐과도 같은 절규가 메아리쳤다.

그의 눈앞에는 이마에 관통상을 당한 모녀의 시신이 가지런히 놓여 있었다.

*　　　*　　　*

충격과 공포!

대한민국 전역은 테러라는 공포의 도가니 속으로 빠져들었다.

경찰들과 같은 시간에 사건 현장에 도착한 기자들로 인해 사건 현장은 대부분 공개되었고, 시체들이 여기저기 널려 있는 모습이 모자이크 처리도 되지 않은 채 인터넷에 퍼져 나갔다.

곧 각 대형 포털 사이트들에서 이번 사건에 대한 자료를 무단으로 올리는 것을 금지했지만 이미 볼 만한 사람들은 모두 본 상태였고, CNN과 NHK를 비롯하여 이름만 대도 알 수 있는 수많은 외신들이 연일 이 사건을 헤드라인 뉴스로 다뤘으며, 여러 우방국의 정상들도 우려를 표시했다.

국외도 문제였지만 사건의 파장은 당연히 국내에 일파만파로 커져 갔다.

일부 정치인들 사이에서는 계엄령을 내리고 대규모 군대를 동원하여 범인을 색출해야 한다는 소리가 나왔고, 서울 근교인 인천, 부평 등에 주둔하던 공수 여단뿐만 아니라 전라북도 익산시 금마면에 주둔 중이던 7공수 여단과 천리행군 훈련 중이던 11공수 여단까지 서울 근교로 올라와 거리마다 배치되었다.

하지만 범인의 흔적은 이번에도 역시 나오지 않아 오히려 불안감만 더욱 가중되었다.

대통령이 부랴부랴 긴급 각료 회의를 소집하고, 일주일 후 테러 특별방지법과 함께 대국민 성명을 발표할 것이라고 했지만 전국을 뒤덮은 테러의 공포는 쉽사리 가시지 않았다. 거기다 한술 더 떠서 재계 서열 4위의 대기업인 M&S가 휘청거리기 시작하자 주식 시장을 비롯한 경제 시장 전반이 흔들렸다. 고위 경영진들의 증발로 휘청이던 M&S는 사건 발생 삼

일 만에 부도설까지 나돌았다.

몇몇 이사진이 들끓는 주주들을 진정시키고 그룹을 정상화하기 위해서 애를 쓰고는 있었지만 지금까지 막강한 조씨 일가의 권력 아래 억눌려 있던 문제들이 하나둘 불거져 나오면서 M&S 그룹은 사상누각처럼 와르르 무너져 내릴 준비를 하고 있었다.

테러의 공포로 인해 외국 자본까지 급격한 속도로 빠져나가기 시작하면서 내수 경기도 하루가 다르게 얼어붙어 갔다. 이에 화들짝 놀란 정계는 사건 발생 세 시간 만에 내무부 장관을 경질시키고, 검, 경 양대 총장들을 반 강제로 사퇴시켰으며, 고위 각료 중 몇몇 사람들이 연달아 책임을 통감한다는 명목 하에 자리를 내놓았지만 모두 밑 빠진 독에 물 붓기로 끝났다.

"뭔가 대책이 없는 거야?"

하지만, 이 원장의 물음에 대답하는 이는 아무도 없었다.

쾅!

"무슨 말들을 좀 해보시오, 말들을!"

조개처럼 입을 다물고 있는 국정원 간부들을 보다못한 이만수 원장은 탁자를 내려치며 고함을 질렀다. 하지만 역시나 그들에게서는 숨소리조차 새어 나오지 않았다.

지금 이 원장은 사면초가의 위기에 처해 있었다.

국가 최고의 정보기관인 국정원이 테러리스트에 대한 정

보 하나 수집하지 못하고 있다며 벌써부터 여, 야의 합동 공격이 쏟아지고 있었다. 거기다 대통령도 하루빨리 범인을 색출하라며 그를 닦달했다.

거기다 총장을 잃은 검찰은 이를 갈며 이번에는 어떤 지시를 내려도 M&S 그룹을 수색하겠다고 일방적으로 통보해 오고 있었다. 조 회장이 그렇게 허술하게 정보를 남겨두지 않았을 테지만 만에 하나 검찰의 수사에서 비밀 장부라도 걸리는 날에는 상상하기도 싫은 사태가 벌어질 게 불을 보듯 뻔했다.

그때 제3조사팀을 맡고 있는 류형곤 차장이 침통한 어조로 입을 열었다.

"솔직히 지금으로써는 손을 쓸 수가 없습니다. 대부분 테러의 경우 무엇인가 원하는 목적이 있어서 벌어집니다. 그리고 테러범은 사전에 자신이 원하는 것을 밝혀오게 마련입니다. 하지만 이 사건의 범인은 일반적인 테러의 패턴과는 거리가 멉니다. 테러가 자행된 이후에도 왜 테러를 했다는 말도 없습니다. 단서도 증거도 자료도 없는 상태에서 정보의 수집은 불가능합니다."

"그래서 지금 이대로 당하고만 있자는 말인가?"

이 원장이 마음에 안 든다는 어조로 물었다. 하지만 류 차장은 고개를 흔들었다.

"이대로 당하고만 있자는 것은 아닙니다."

"그럼?"

"무에서 유를 창조하고 이가 없으면 잇몸으로 씹는 법 아닙니까? 그래서 사건을 테러에서 다른 곳으로 고개를 돌려보았습니다. 총기 사건이라고 해서 테러라고 볼 수만은 없지 않습니까?"

"그럴 수도 있지."

이만수 원장은 흥미롭다는 듯 고개를 끄덕였다.

"범인에 대한 단서는 전무합니다. 시체에서도 이렇다 할 단서가 나오지 않았지요. 그렇다면 저희에게 남은 게 뭐가 있을까요?"

원장뿐만 아니라 회의실에 모인 국정원의 간부 모두가 그의 이야기에 귀를 기울였다. 모두의 시선이 류 차장의 입으로 모아졌다. 그 시선이 어색한 듯 헛기침을 한 번 한 류 차장은 계속해서 말을 이어나갔다.

"바로 사건 현장입니다. 증거를 못 찾았을 때는 '사건 현장이 증거다' 라는 말이 있습니다. 즉, 첫 번째 사건인 수원시 검시의 살인 사건, 그다음 한국호텔 신원 미상의 남자 살인 방화 사건, 그리고 M&S 증권 저격 사건, 그리고 이번 수원시 조 회장 저택 학살 사건. 이 네 곳의 사건 현장 중 수원시 검시의 살인 사건을 제외한 나머지 살인 사건에는 공통되는 공통 분모가 있습니다."

"……."

잠시 생각을 정리하던 이 원장이 고개를 끄덕이며 말했다.

"M&S 그룹인가?"

"그렇습니다. 바로 M&S 그룹입니다."

그때 가만히 이야기를 듣고 있던 수사과 2팀 김하성 차장이 이해할 수 없다는 듯이 말했다.

"하지만 첫 번째 수원시 검시의 살인 사건의 경우 M&S 그룹이 연결되지 않지 않았습니까?"

"좋은 지적입니다. 물론 겉으로는 수원시 검시의 살인 사건은 M&S 그룹과 연관이 없습니다. 하지만 과연 그럴까요?"

입꼬리를 말아 올린 류 차장은 득의한 표정으로 모두를 바라보았다.

몇몇 간부들이 마음에 안 든다는 시선으로 그를 바라보았지만 이미 모든 것을 확실하게 준비한 류 팀장은 이만수 원장만을 바라보며 입을 열었다.

"바로 이 수원시 검시의 살인 사건이 모든 사건의 시발점이자 이 범죄 알고리즘을 풀어줄 가장 중요한 단서인 것입니다. 이 살인 사건과 M&S 그룹과의 연관성이 있습니다."

그는 준비해 온 서류를 탁자 위에 올려놓으며 자신에 찬 어조로 말했다.

"이 검시의와 M&S 증권의 간부 간에 상당한 액수의 뒷거래가 이루어졌음을 알아냈습니다. 그리고 두 번째 사건인 한국호텔 살인 방화 사건의 피해자는 중국인으로 이름은 장루인, 직업은 청부살인업자. 즉, 킬러입니다. 그리고 최근에

M&S 증권 스위스 계좌에서 그의 계좌로 상당한 액수의 돈이 빠져나간 것이 확인되었습니다. 현재까지 확인된 것은 이 정도이지만 한국호텔에 묵고 있던 킬러와 검시의, 그리고 M&S 증권을 묶는 무언가를 찾아낸다면 범인이 누구인지 대충이나 윤곽을 가려낼 수 있지 않을까 합니다."

"킬러와 검시의, 그리고 M&S 증권이라……. 뭔가 있는 것 같군. 그 이상 알아낸 것은 없나?"

"알아낸 것은 없고, 몇 가지 가설을 세워보기는 했습니다."

"가설이라……."

적어도 류 차장이 저렇게 자신한다면 그 몇 가지 가설 중 답이 있을 것이다.

이미 서울 시내에는 1공수부터 11공수까지 거의 모든 공수부대가 배치 중이었고, 범인도 워낙 큰 사건을 저질렀기에 한동안 잠잠할 것이다. 이 원장은 선선히 류 차장에 손을 흔들어주었다.

"삼 일 만에 가능한가?"

"삼 일이면 범인이 누군지, 목적인 무엇인지 밝혀집니다."

"좋아, 그 건은 자네가 맡아서 확실히 해결해 주게. 삼 일 안에 꼭 범인이 누구인지 알아내야 하네. 시내에 배치된 군인들 때문에 곳곳에서 불만의 목소리가 쏟아지고 있네. 그때까지 어떻게든 범인의 정체를 알아내야만 하네. 그럼 일단 이쪽은 됐고, 오 일 후 대통령 각하께서 국회의사당에서 대국민 성명을 발표하시기로 했네. 경호에 만전을 기해야 하네.”

“대통령 경호팀뿐만 아니라 수방사 특별경호대가 철통같이 행사장을 지킬 것이며, 11공수부대가 여의도로 통하는 모든 길목에서 검문검색을 벌일 예정입니다. 그리고 707이 움직일 겁니다.”

“707 말인가?”

“사실 707까지 필요할까 생각을 했습니다만 국내외 사정이 어수선하니 혹시 몰라서 그들을 2선에 배치하자는 안건을 경호실장님께 보냈습니다.”

“그 정도면 어느 정도 안심이 되는군. 하지만 경호실장 그놈이 쉽게 그 의견을 받아들일지는 잘 모르겠군. 그놈이 자존심이 보통이 아니라서 말이야. 뭐, 아무튼 삼 일 후 그 미친놈이 누군지만 알아낸다면 이 자리 내놓으라고 떠드는 시끄러운 잡소리들도 어느 정도는 사라지겠지…….”

이만수 원장은 그제야 조금 마음이 놓인다는 듯 의지 깊숙이 몸을 묻고 편안한 미소를 지어 보였다.

*　　　*　　　*

수원시를 빠져나온 유찬이 부산역에 도착한 것은 10월 2일 해질 무렵이었다.

그는 곧 렌터카를 몰며 부산 시내로 접어들어 시가를 가로

지르는 고가도로 위를 한참 달리다가 사하구로 들어가 주유
소에 멈춰 섰다. 기름을 넣는 동안 그는 주유소의 공중전화
부스에 들어가 품속에서 꺼낸 수첩을 뒤적여 번호를 확인한
후 다이얼을 돌렸다.

조 중사의 번호였다.

조 중사는 영등포 사무실을 정리하고 바로 부산으로 내려
와 잠수 중이었다.

"휴식을 취하는 재미가 어떠십니까?"

수화기를 받아 든 조 중사는 무슨 말인가 하려다가 잠깐 멈
칫하더니 전화통이 터져 나가라 고함을 질렀다.

―이 개잡종 같은 놈아! 유탄발사기가 한 정에 얼마나 하는
줄 알아? 가지고 가서 썼으면 곱게 쓰고 가지고 와야지 그걸
날려 버려?!

"죄송하다고 했지 않습니까?"

―미군 애새끼들이 뭐라고 하는 줄 알아? 다시는 나랑 거
래 안 하겠단다!

유찬은 유들유들하게 웃으며 말했다.

"은퇴하실 거 아니었습니까?"

―빌어먹을 놈아, 네놈 일을 마무리 지어줘야 은퇴를 하든
발 뻗고 자든 할 거 아냐? 나 지금 해운대에 있는 호텔에서 묵
고 있으니까 빨리 이리로 와!

"알겠습니다."

조 중사로부터 묵고 있는 호텔과 방 번호를 받아 적은 유찬은 천천히 전화를 끊었다.

잠시 담배를 피던 그는 이내 차로 돌아와 주유소 뒤로 차를 빼내 다시 해운대를 향해 달렸다. 핸들을 잡은 채 그는 코트 주머니에서 p99 자동권총과 양 어깨에 두르는 권총집을 끄집어내서 어깨에 둘렀다. 그러고 몇 차례에 걸쳐 그것을 뽑는 연습을 했다.

"해운대라……. 풍광 좋은 곳에 둥지를 잡으셨구만."

그는 코트를 다시 입으며 투덜거렸다.

그로부터 20분 뒤. 한 대의 렌터카가 해운대가 바로 내려다 보이는 호텔 앞에 멈추어 섰다. 호텔 안으로 들어서자 몇몇 직원들이 다가왔지만 유찬은 그것을 무시하고 계단을 통해 3층으로 올라갔다. 잠시 후 그는 찾던 방 번호를 발견했다.

그가 초인종을 누르자 감시구가 거의 동시에 열렸다. 누군가가 그를 노려보았다. 그리고 연이어 문이 부서져 나갔다.

"야이 잡놈아!"

문을 박차고 튀어나온 조 중사는 대뜸 유찬을 향해 주먹을 날리고 워커발로 차기 시작했다. 하지만 유찬은 여유있게 공격을 피했고, 그것이 더욱 괘씸한지 조 중사의 공격은 더욱 매서워졌다.

"아앗, 조 중사님! 절 죽일 생각이십니까?"

웃으며 그가 말했다.

"지옥으로나 가라, 우라질 놈의 자식아!"

한참을 씩씩거리던 조 중사는 한숨을 쉬며 그를 방 안으로 이끌었다. 냉장고에서 캔맥주를 꺼내 건넨 그는 탁자에서 담뱃갑을 집어 들었다.

'오랫동안 쉬었지만 특전사에서 10년 넘게 구른 실력이 어디로 가는 건 아니군.'

캔맥주를 마시며 곁눈질로 조 중사를 바라본 유찬은 만족스러운 듯 고개를 끄덕였다.

"한바탕, 아주 한바탕 크게 했더군."

"더 큰일을 벌이기 위해서 다시 중사님을 찾아온 게 아닙니까?"

그의 목소리가 점점 낮아졌다. 그는 지그시 조 중사를 바라보았다. 그의 시선을 느꼈는지 담배를 피던 조 중사는 한숨을 쉬더니 한마디 했다.

"너 같은 놈이 아직까지 숨 쉬고 있다는 게……."

"기적 아니겠습니까?"

유찬은 괜스레 너스레를 떨었다.

"도와주기 어렵다면 도와주지 않으셔도 됩니다."

"참 별난 소릴 다 듣겠군. 널 괴물로 만든 게 나야. 그런데 나더러 이제와 발 빼라고?"

조 중사는 분통을 터뜨렸다.

확실히 눈앞에 있는 놈은 화약고나 다름없었다. 이놈과 같이 있다가는 안 그래도 불안불안하고 간당간당한 자신의 삶이 더 빨리 끝날 것 같았다.

생각 같아서는 받아먹은 돈을 당장이라도 되돌려주고 싶었다. 하지만 그럴 수가 없었다. 수원시 사건이 있고 난 뒤 조 중사는 유찬에게 화를 냈고, 그때 유찬은 어렵게 그에게 사연을 털어놓았다.

'차라리 듣지 말걸 그랬어.'

모르면 고개라도 돌리련만 이제는 그럴 수가 없었다.

부대에 있을 때도 유찬은 얼마 되지 않는 월급을 쪼개서 집으로 보내곤 했었다. 그만큼 가족을 끔찍이 생각하던 녀석이 남의 손에 가족을 잃었으니 그 심정이 오죽하겠는가?

"이것은 조 중사님의 싸움이 아니니까 굳이 끼어들 필요는 없습니다."

유찬은 조용히 말했다.

"닥쳐!"

조 중사가 소리쳤다.

"저는 단순히 중사님이……."

"정신 차려! 나, 좆중사야! 싫다는 일을 억지로 하는 거였으면 내가 네놈 목에 총알 먹여줬어! 난 말이야, 특전사에 있을 때만 해도 내가 최고라고 생각했어. 국가와 국민을 위해 이 한목숨 다 바칠 수 있을 거라고 생각했지. 하지만 그것도 젊을 때더라고. 나이 드니까 현실이 보이더군. 그래도 소위 하나 달아보겠다고 그렇게 했는데도 결국에는 그 알량한 계급장 하나 안 주대. 육사 나왔다고 꼴값하는 애들 보기 뭐해서 군복 벗고 난 이후 내 생활이 어땠는지 알아?"

"……."

그는 무엇인가 가슴속에 쌓아 놓은 것이 많은 듯 한참 동안 말을 아끼다가 고개를 숙이고 입을 열었다.

"한마디로 말해서 개좆같았다. 빌어먹을 놈의 세상 같으니라고. 그래도 문어 대가리(전두환)가 집권할 때는 특전사 나왔다고 하니까 알아주더군. 하지만 그것도 잠깐이었어. 전두환이 물러나고 노태우 지나고 나니까 문민정부다 뭐다 군인 보기를 뭐같이 보더군. 내가 명예롭다고 생각했던 이들이 쿠데타다 이러잖아? 그나마 자랑이던 훈장이 영광이 아니라 부끄러운 과오가 되더라고."

문민정부가 들어선 이후 12.12 쿠데타에 참여했다는 이유로 특전사들은 자존심의 상징인 베레모를 착용하고는 시내조차 나다닐 수 없던 시기가 있었다. 명령에 죽고 살았던 특전사 대원들과 예비역들로서는 억울한 일이 아닐 수 없었다.

"다시는 그런 일이 벌어지지 않기를 바라지만 다시 그런 일이 벌어지고 명령이 떨어진다면 후배들은 그 자리에 서겠지요."

"그거야 당연하지, 군인이니까. 그런데 말이야, 너도 생각해 봐. 꼬박 20년을 군에서 사람 죽이는 것만 배운 놈이 사회 나와서 뭘 할 수 있겠냐? 사람들은 특전사 출신이라고 색안경부터 끼고 보지, 노가다에 배달부에… 그래도 살아보겠다고 별짓 다 해봐도 돌 지난 애새끼 먹일 분유 값도 안 나오더라고. 그래서 결국 한다는 게 이 짓이었다.”

조 중사는 무엇인가 생각하는 듯 한참 동안 침묵으로 일관했다.

“너희 같은 애들 세일룬에 팔아먹고, 별 쌩 양아치 같은 새끼들한테 칼자루 쥐어주고. 그러다 보니까 평생 그렇게 한번 달아보고 싶었던 별이 달리대? 그런데 그 별이 정말 좆같은 전과라는 별이더라고. 그렇게 몇 번 들어갔다 나왔나? 네 번째 들어가니까 마누라한테서 이혼장이 날아오더라? 출소한 이후에 자식이라고 딸년한테 갔더니 뭐라고 한 줄 알아?”

“…….”

그는 구석에 놓인 탁자에서 열쇠 꾸러미를 집어 들었다.

그리고 천천히 벽 쪽으로 다가가 호텔 밖을 바라보았다. 해운대의 푸른 물결이 마치 그를 놀리기라도 하듯이 푸르게 물결치고 있었다.

“내가 부끄럽다고 하더라. 아무것도 하지 못하고 범죄자라로 낙인찍힌 아비가 부끄럽대. 그래도 말이야, 나는 살아보려고 했는데, 내 딸자식만큼은 배불리 먹이고 싶었는데 그게 부끄럽대. 범죄자에 무능력자인 아비가 부끄럽대.”

"……."

"그래서 뭔가 보여주려고 해. 이 아비가 뭔가 할 수 있음을, 이 아비도 뭔가 아주 대형사고를 칠 수 있는 인물임을 한 번 보여주려고 한다 말이야. 어차피 세상 살 만큼 살았고, 그래도 하나 있는 딸년한테 결혼 자금 정도는 쥐어줄 수 있으니 말이야. 빠져라 뭐라 개소리 집어치우고 도대체 뭘 할 건지나 알려줘."

테라스를 바라보고 있는 조 중사에게로 다가간 유찬은 벽을 가볍게 걸어차며 말했다.

"하늘을 깰 겁니다."

"하늘이라면?"

"이 나라의 하늘 말입니다. 이 나라의 하늘과 하늘이라고 자부하는 별들을 지울 수 있는 만큼 몽땅 세상에서 지워줄 겁니다."

마치 주머니에서 물건을 꺼내듯 별일 아니라는 듯 말하는 유찬의 바라보며 조 중사는 숨이 콱콱 막혔다.

"그게 가능해?"

"누가 그랬다던가요? 내 사전에 불가능은 없다고. 충분히 한 번은 해볼 만합니다."

하늘은 대통령이고 별은 바로 이 나라를 이끌어가는 지도자들이다.

이 결정을 위해 유찬은 지난 이틀간 서해안 고속 국도를 타고 전라도를 돌아 다시 88고속도로를 통해 경상도로, 강원도로, 전국 팔방 곳곳을 돌아다녔다. 과연 그들에게 복수의 칼을 돌릴 필요가 있는가라는 생각 때문이었다.

매제와 동생을 죽인 직접적인 존재인 조 회장 일가는 이미 죽었다. 그런데 왜 어째서 자신의 피는, 그리고 전투 본능은 아직 끝난 게 아니라고 말하고 있는 걸까?

유찬은 몇 날 며칠을 고민했고, 결국 결론을 얻었다.

그들의 말 한마디가, 그들이 지은 죄가 매제와 동생, 조카들을 죽음에 이르게 했다.

그렇다면 그들 역시도 유찬의 심판을 피해갈 순 없다.

그것이 유찬이 최종적으로 얻은 결론이었다.

"도와주시겠습니까?"

천천히, 하지만 힘있는 동작으로 유찬은 조 중사에게 손을 내밀었다.

내밀어진 손.

그 손을 한참 동안 바라보고 있던 조 중사는 힘있게 유찬의 손을 마주 잡았다. 그들은 손과 손을 마주 잡은 채 서로의 우정을 확인했다. 그들의 입가에 흐뭇한 미소가 번졌다.

"우리는 국가와 국민에게 충성하기로 맹세한 몸이지. 하지만 충성을 바쳐 온 국가가 삐뚤어진 것이라면 제대로 잡아줄 의무도 우리에게 있는 것 아니겠나?"

"진심이십니까?"

"꼭 초를 친다. 그래, 솔직히 좆같아서 한번 뒤집고 싶다.
이제 마음에 드냐?"

"이제야 조 중사님 같습니다."

"분위기도 못 잡아요."

조 중사는 뭐가 마음에 안 드는지 투덜거렸다.

"그래, 작전 개요를 들어볼까?"

"작전명은 파천이고, 10월 10일, 앞으로 5일 후. 장소는 여
의도, 목표는 대통령 성명 발표에 모여 있는 이 나라의 하늘
입니다."

"씨발, 거창하네!"

맥주를 연거푸 들이킨 조 중사는 연신 흘러내리는 식은땀
을 닦아내느라 정신이 없었다. 말이 좋아서 여의도에 모여들
국회의원들과 정부 각료들, 그리고 대통령을 쓸어버린다고
치자. 하지만 그게 말처럼 쉽지가 않았다.

적어도 여의도와 여의도 주위에 배치된 병력은 결코 적지
않았다. 일단 가볍게 생각한다고 수방사 특별경호대, 대통령
경호대, 경찰 102경비대만 해도 천여 명에 이르렀다.

거기다 여의도가 공격받으면 5분 이내에 수방사 헌병대가
들이닥칠 거고, 성남에 주둔 중인 5공수가 먼저 움직일 것이
다. 10분이 지나면 헬기를 타고 부평과 인천에 주둔 중인 다
른 공수 여단이 헬기를 타고 날아들기 시작할 것이다.

이건 글자 그대로 계란으로 바위 치기였다. 무기는 얼추 맞

출 수 있겠지만 이건 쪽수부터가 게임이 안 되는 싸움이었다.

"이건 자살 행위야."

"자살 행위가 안 되기 위해서 조 중사님을 찾은 겁니다."

전통적인 전략 행동에서는 강대한 병력과 무기를 갖고 있는 쪽이 반드시 승리했다. 그러나 우위란 항상 수의 문제라고 단정 지을 수는 없다.

한 개 소대의 정예는 신병뿐인 한 개 중대를 무난히 격파할 수 있으며, 한 대의 탱크는 보병 1개 여단을 무찌를 수 있었다. 대부분 전쟁에서는 화기와 기동성이야말로 전략적 우위성을 결정하는 요소였다. 싸움터에서 살아남는 것이 어떤 것인지 유찬도 잘 알고 있었다.

만일 그가 불리한 위치에 서 있다면 자신을 적과 대등한 곳으로 끌어올릴 수 있는 무엇인가를 갖고 있지 않으면 안 되었다. 이제까지는 그의 작전대로 잘되어 왔었다. 목적했던 바는 이루어졌다. 적어도 적의 정체를 백일하에 드러나게 한 데는 성공한 것이다. 상류사회의 명사라는 사회적인 연막 속에 숨어 있는 적들의 정체를 파악한 것이다.

하지만 지금 그가 상대하려고 하는 대상은 지금까지 그 어떤 전투에서도 상대해 보지 않은 자들이다. 유찬은 그들과 맞설 수 있는 특별한 공격 방법을 찾아내야만 했다.

일단 손이 더 필요했다. 그제야 유찬의 의도를 알아차린 조 중사가 미소 지었다.

"우릴 지원해 줄 병력이 더 필요하겠군."

"물론입니다. 이 좆같은 나라에게 반감이 많은 친구들이 어디 조 중사님과 저뿐이겠습니까? 이 좆같은 세상 때려부수겠다고 하면 나설 친구들 혹시 모르십니까?"

"미친 개 똘아이들은 어디나 있지. 전쟁 병기들이 전쟁을 못하게 되었으니 좀이 쑤실 수밖에. 나나 배남훈이처럼 말이야."

유찬은 눈을 치켜뜨고 조 중사를 똑바로 바로보았다.

"배남훈 상사님과도 만나고 있단 말입니까?"

"물론이지. 그 폭탄마 녀석, 포항에서 공무원 생활 하고 있는데 죽을 지경이라더군. 그래도 그놈은 말똥 직전까지 갔다가 나왔는데 말이야. 우리나라에서 둘째가라면 서러워할 폭탄 전문가가 우두커니 앉아 허송세월만 하니 좀 답답하겠나? 그 외에도 몇 명 더 있어."

"지금 이 싸움에 가담할 사람을 더 확보할 수 있다는 얘기입니까?"

처음 이곳에 내려올 때는 두세 명만 모아도 좋다고 생각했었다.

하지만 그의 생각과는 달리 의외로 더 많은 인원을 구할 수 있을지도 몰랐다. 특히 배남훈 상사 같은 사람이라면 더욱 좋았다. 그는 특전사에 있을 때 폭탄 전문가였다. 아마도 대한민국에서 제일가는 폭탄 기술자일 것이다.

"그들에게 어떤 조건을 내거느냐에 달렸지. 왜냐하면 너에
겐 그것이 절실한 싸움일지라도 다른 사람들에게는 그렇지
않을 수도 있으니까 말이야."

"보수 말이군요?"

"물론이야. 너, 벌어놓은 돈 제법 되는 것 같던데……."

조 중사는 눈을 가늘게 뜨고 유찬의 반응을 기다렸다.

"좋습니다. 어차피 죽으면 가지고 가지도 못할 종이 쪼가
리, 다 써버리죠."

"정말이야?"

조 중사가 재빨리 되물었다. 하지만 이미 유찬은 다음 단계
의 계획을 이야기하고 있었다.

"필요한 인원은 열 명. 그 정도면 충분합니다. 기동성과 단
결력이 생명이니까 그 이상은 오히려 거추장스러울 뿐입니
다. 단, 한 사람 한 사람이 모두 각 분야의 전문가들로 사격수
가 두 명, 또 능수능란한 척후병이 두 명 필요합니다. 폭탄 전
문가는 배 상사님이면 되고, 헬기를 몰 수 있는 파일럿 출신
두 명이 있어야 하고, 중화기를 다룰 사람도 있어야겠습니
다."

"적은 수천, 아니, 수만 명일지도 몰라."

조 중사는 불만스럽다는 듯 말했다.

"그걸로 충분합니다. 전 군대를 바라는 게 아닙니다. 특공
대를 바라는 겁니다. 죽음의 5분 대기조, 바로 그겁니다. 너

무 규모가 크면 다루기 힘들어지니까요. 지휘는 물론 제가 할 겁니다. 제가 팥으로 메주를 쑤라고 명령해도 그들은 팥을 삶으면서 어떤 모양의 메주를 원하느냐고 물어와야 합니다. 언제 공격할 것인지, 어떤 방법을 쓸 것인지도 모두 제가 결정할 겁니다. 그들은 단지 내 지시에 따르기만 하면 됩니다."

"아, 물론 그렇게 해야겠지."

조 중사는 유찬의 말에 동의했다. 이제 어느 정도 갑갑함이 가라앉은 듯했다.

"명령에 불복종하는 사람은 그 자리에서 사살할 겁니다. 이 점은 전 대원이 항상 명심해야 됩니다. 이런 일에는 엄격한 규율이 무엇보다도 중요한 법이니까요."

"잘돼 나갈 거야. 모두들 그걸 받아들일 거고."

"물론 받아들여야지요. 그렇지 않으면 도박 자체가 성립되지 않을 테니까요. 그리고 또 하나, 모두가 알아둬야 할 게 있습니다. 이것은 죽음을 전제로 한 전쟁입니다. 우리가 꿈꾸는 승리는 실현되지 못할지도 모릅니다, 조 중사님."

"바로 그런 점이 해볼 만한 도박이라고 생각하는 놈들만 끌어들이는 것이 포인트야. 안 그래? 너나 나처럼 미친놈들로 말이야."

조 중사의 미소에 유찬은 고개를 몇 번 끄덕여 주고 조용히 말했다.

"이제부터 본격적인 싸움에 돌입합니다. 우리의 적은 이

나라의 하늘입니다. 적의 총탄에 쓰러지는 한이 있어도 한 놈의 피라도, 한 놈의 살이라도 더 씹어 삼킬 겁니다."

조 중사는 좀 멍한 얼굴로 유찬을 바라보았다. 용기와 복수에 불타는 그의 뺨은 붉게 상기되어 있었고, 눈가에는 미세한 경련까지 일었다.

그것은 참으로 결의에 찬 모습이었다. 그 모습을 보면서 조 중사는 자기도 모르게 유찬의 복수 대상이 된 이 나라의 하늘들에게 일종의 연민을 느꼈다. 그는 그동안 유찬에 대해 나름대로 조사를 했다.

무적의 신화를 가진 불패의 용병.

그가 아는 유찬은 어떤 전쟁도, 어떤 전투도 단 한 번도 져본 적이 없었다. 그리고 믿게 되었다. 그라면 이미 무모한 전쟁도 승리로 이끌어줄 것이라고…….

"야, 차를 돌려! 첫 번째 목적지는 포항이다!"

유찬과 조 중사는 일단 차를 몰고 부산을 빠져나갔다 액셀러레이터를 밟는 그의 발에 점점 힘이 가해졌다.

"주사위는 던져졌어."

그는 혼자 중얼거렸다.

*　　　　*　　　　*

배남훈 상사.

대한민국 제일의 폭탄 전문가인 그는 술 냄새를 풀풀 풍기며 비몽사몽간에 버려진 군대에 입대 결정을 했다.

나이는 마흔여섯. 전형적인 경상도 사나이인 그는 조금은 무뚝뚝한 편이었지만 군대에 있을 때 겨울 초번을 서는 후임들을 위해 철제 수통에 뜨거운 물을 받아놓아 따뜻하게 초번을 설 수 있도록 해준 인물이었다.

유찬이 제대한 이후에도 15년이나 더 군대에 머물며 상사가 된 그는 참여정부 시절, 그가 설계한 폭탄이 오발로 터지는 사건으로 인해 불명예 제대하고 말았다. 하지만 그 폭탄은 그가 아닌 중대장인 허 중령이 자기 마음대로 손을 본 것이었지만 허 중령은 모든 책임을 그에게 뒤집어씌웠다. 다행히 양심이 있었는지 공무원 시험에 붙을 수 있도록 특혜를 주었지만 공무원 생활이 영 마음에 안 드는 차였다.

"이래도 한세상, 저래도 한세상. 한번 가보자고."

그가 유찬을 따라 나선 건 우정 때문도, 이상주의자이기 때문도 아니었다. 만년 군인인 그는 산다는 것에 염증을 느끼고 있었다. 직장도 연가와 병가를 마구 써가며 두 달 동안 술과 같이 세월을 보냈다. 그 무력감이 그를 버려진 군대에 입대하게 했다.

그다음 유찬이 찾은 것은 동티모르 평화유지군으로 참전했다 명령불복종으로 불명예 제대한 32수송대대 출신 헬기 조종사 박찬호 소위였다.

박찬호 소위.

그는 동티모르에서 군 생활을 끝낸 인물이었다.

UN 평화유지군으로 동티모르에 갔던 그는 어느 날 UN군의 보호를 받지 못하는 마을을 약탈하는 민병대를 발견하고 본대에 지원 요청을 했다. 하지만 본대에서는 민병대를 뒤에 있는 인도네시아와의 관계를 고려해 그의 요청을 거부하고 본대 복귀 명령을 내렸다.

하지만 민병대의 학살 행위에 흥분할 대로 흥분한 그는 부대로 복귀 이후 AUH-60 전투헬기를 몰고 민병대의 진지로 쳐들어가 헬파이어미사일 8기를 몽땅 쏟아 붓고 2.75인치 로켓탄을 마구 갈겨댔다.

결국 그로 인해 2년간 영창에서 썩어야 했고, 그 뒤로 술과 도박으로 몸을 망쳐 가고 있는 중이었다.

잊혀진 군대에 입대하는 대가로 박 소위는 수천 달러를 받았다. 그리고 그는 그와 같은 실력있는 헬기 조종사를 하나 더 소개했다.

그의 이름은 손민석 소령이었다.

AH-1 코브라 헬리콥터를 전문으로 몰았던 그 역시 동티모르 평화유지군으로 파견됐던 인물로, 민병대의 잔학 행위에 공격으로 맞설 것을 주장했지만 상부에 의해 주장이 묵살되자 AH-1S 코브라에 토우 미사일을 달고 출격, 퇴각 중이던 민병대의 장갑 차량 여러 대를 때려잡아 불명예 예편

되었다.

예편된 이후 평소 검도를 좋아하던 그는 검도 도장을 차리고 아이들을 가르치고 있었다. 잠시 유찬의 이야기를 듣고 있던 그는 선선히 고개를 끄덕였다.

그다음에 그들은 동대구역 아마데우스라는 술집에서 오성수 하사를 찾아냈다.

그들이 술집 문을 열자마자 본 것은 젖가슴을 거의 드러낸 여자들이 술과 안주 접시를 들고 바쁘게 오가는 모습이었다.

오 하사는 그곳에서 지배인 겸 경비원 일을 맡아보고 있었다.

대구 토박이인 그는 서른다섯의 나이에 키가 고작 150㎝밖에 안 되는 조그만 사내였지만 조무래기 건달패들과는 질적으로 달랐다. 그의 육체는 온통 근육으로 덮여 있어 찔러도 피 한 방울 나오지 않을 것 같은 강한 인상을 주었다. 거기다 북파공작대 출신인 그는 백병전과 군격기의 달인이었다.

그는 주의 깊게 버려진 군대에 대한 이야기를 경청하였다. 유찬이 한마디 할 때마다 그는 입술에 침을 바르며 예민한 반응을 보였다. 마지막으로 유찬이 5천 달러를 내놓으며 이야기를 마치자 그는 그 돈을 움켜쥐며 기꺼이 그 제안을 받아들였다.

"아닌 게 아니라 나도 이 생활이 지겨워 미칠 지경이었다고!"

다음으로 그들이 찾아간 사람은 광주에 살고 있는 박영웅 대위였다.

박영웅 대위는 50사단 훈련 교관으로 6년 전 예편했는데, 원래는 1공수와 9공수의 훈련 조교였다가 부당한 이유로 보직 변경당한 뒤 두 달 만에 반 강제로 예편하게 되었다.

그는 우스갯소리로 자신의 장기가 분대 지원 화기인 M60 기관총으로 총검술하기라고 소개하며 유찬의 버려진 군대에 입대했다. 그러면서 그는 자신의 창고에서 일명 득득이라고 불리는 중대 지원 화기 MG36을 목에 걸고 양 어깨에 M1A1 2.36인치 바주카포를 떡하니 들고 나왔다.

"허허, 참."

그 무기들을 어떻게 구하였으며 어떤 경로로 한국으로 들여왔는지는 박영웅 대위 혼자만의 비밀이었다. 하지만 유찬은 한 가지 짐작 가는 부분이 있어 조 중사를 바라보자 조 중사는 그의 시선을 피하기에 바빴다.

'저 인간 정말, K-1 전차와 스커드 미사일 파묻어놓은 거 아니야?'

다음은 대전에 살고 있는 배기욱 원사였다.

그는 일반병에서 하사관으로 올라온 인물이었던 만큼 대한민국 군인으로서 긍지가 높은 인물이었다.

그는 처음 유찬의 이야기를 들었을 때 가만히 고개를 저었다.

만년 군인인 그로서는 국가를 향해 총부리를 겨눈다는 것이 영 마음에 내키지 않았고, 아무리 현재 생활이 별로 만족스럽지 못하다고 해도 매달 국가로부터 연금도 받고 있는 상태에서 국가를 배신할 수 없다는 것이 그의 입장이었다.

하지만 유찬의 끈덕진 설득에 결국 고개를 끄덕였다. 솔직히 그도 정부의 윗대가리들이 하는 행동이 별로 마음에 들지 않았기 때문이다.

"난 이놈이면 되네."

노병은 천천히 K—2 소총을 집어 들고 그를 따라 나왔다.

손현섭은 군대에 있을 때처럼 여전히 차와 함께 있었다. 운전대대 주임상사 출신인 그는 군대에 존재하는 모든 차를 마음대로 몰 수 있었고, 또한 눈치도 빠르고 여러 가지 수완이 좋아서 차 수리뿐만 아니라 도청과 정보 수집에도 일가견이 있었다.

카센터를 차리고 사장님 소리를 듣던 그는 기름기 낀 얼굴로 차 아래서 고개를 내밀었다.

유찬의 이야기를 들은 그는 두말없이 카센터 셔터를 내려 버렸다. 노트북 하나만 달랑 챙겨 유찬의 버려진 군대에 합류했다.

이동명 인민군 소좌는 북한 특수부대 출신으로 공주의 한 공원에서 유찬의 전투원으로 채용되었다.

그가 월남했을 때 한국 정부는 그를 북한이 파견한 간첩으로 오인하고 2년 동안이나 밀착 감시했다. 조 중사의 설명에 의하자면 이동명 소좌는 유찬에 비견될 만큼 명사수였다. 특히 권총을 다루는 솜씨가 귀신같아서 보통 사람들이 상상하는 것보다 훨씬 더 재빠르게 총을 뽑아 발사할 수도 있었다. 그 옛날에 코쟁이들 나라에서 태어났다면 황야를 주름잡고도 남을 만한 솜씨였다.

인민군 출신답게 전투 경험도 많았고, 상황 대처도 다른 이들보다 빨랐다. 또한 부대원들 중 유찬을 제외하고 유일하게 AN과 AK 시리즈의 소총을 능숙하게 다뤘다.

"흥, 남조선이래 나를 받아줘 놓고도 언제나 범죄자 취급했다니끼니? 내가 뭘 잘못했는데? 아직도 나를 요주 감찰 대상으로 하고 있을 끼고만. 확 이따구 남조선 뒤집어 버리고 말 가서야!"

"……."

"이 늙으니, 여기서 또 보네. 어디를 꼬나보네?"

"뭣이라? 이 빨갱이 새끼 어디서 눈을 부라니노! 살푸리 한 번 하까?"

"하고야, 네사 무서워서 몬살 거다. 허리가 다 휜 노친네가 어데서 총부리를 겨누노!"

단지 그의 합류로 부대에는 작은 소란이 일었다. 바로 배기욱 원사와 그의 신경전이었다.

둘의 악역은 조금 오래돼서 그가 귀순했을 당시 수방사에 근무 중이던 배기욱 원사의 부대가 그를 연행하던 도중 작은 충돌이 있었다는 것이다. 그로 인해 배기욱 원사가 두 번이나 징계를 먹었기에 둘은 개와 고양이처럼 서울로 올라오는 동안 끝없이 툭탁거렸다.

미국인 아버지와 한국인 어머니를 둔 혼혈아인 김영수 병장은 미아리의 골목을 지키고 있다 유찬의 제의를 받았고, 동생을 치료할 수 있는 5만 달러를 받고 두말없이 입대를 결정했다.

그는 유능한 의사이기도 했고 대단한 기계 수리공이기도 했다. 해병 수색대 출신인 그는 극한의 환경에서도 작전을 수행할 수 있는 능력을 부여받았다. 그런 그가 탈영이라는 오명을 쓰고 제대한 것은 그의 병약한 동생 때문이었다.

훈련을 마치고 부대에 복귀한 그는 동생이 아프다는 소리를 듣자마자 군대의 담을 넘었다. 결국 두 시간 만에 수색대의 동료들에게 잡혀 들어온 그는 동생의 병원에는 가보지도 못하고 남은 복무 기간 6개월을 군기교육대에서 보냈다. 그 바람에 제때 치료를 받지 못한 동생의 병은 더욱 악화되었고, 그는 마음속에 나라에 대한 불만을 키워가고 있었다.

10월 7일 오후, 유찬의 버려진 군대 대원 전원이 모였다.

부산에서 처음 대원들을 모으기 시작한 지 삼 일 만에 이룬 쾌거였다.

여전히 배기욱 원사와 이동명 소좌는 툭탁거렸고, 운전대를 잡은 손현섭 상사는 폭주를 일삼았으며, 배남훈 상사는 자신의 맥주를 빼앗아 마시는 오성수 하사의 목을 조르기에 여념이 없었고, 그 틈을 타서 점잔을 빼던 손민석 소령이 맥주를 낚아채 가고, 가만히 보고 있던 반찬호 소위가 안주를 싹 쓸이하는 바람에 네 사람의 툭탁거림으로 오프로드의 제왕이라 불리는 랜드로버가 뒤집힐 뻔했다.

결국 참다못한 박영웅 대위가 바주카포를 들이밀고 나서야 겨우 진정되었지만 그런 박영웅 대위의 카리스마도 쏴봐, 쏴봐를 외치며 고개를 들이대는 이동명 소좌 앞에서는 무력할 뿐이었다.

"이 자식들아, 조용 못해!"

"좆 까라 마이싱!"

"카악, 이 쌍눔의 새끼들!"

이 아귀다툼에 조 중사가 끼어드는 소리였다.

"그만 좀 하란 말이다!"

결국 유찬마저 끼어들고 말았다. 오징어 다리 하나를 물고 달리는 차 밖으로 튀어나가려는 손민석 소령과 그런 그를 잡으려는 건지 그의 입에 물린 오징어를 뺏으려는 건지 모를 박찬호 소위, 바주카포를 들이밀며 다 죽여 버리겠어를 외치는 박영웅 대위 앞에서 바주카포 탄구에 머리를 들이밀며 쏴바를 외치는 이동명 소좌와 그 와중에도 묵묵히 맥주를 넘기는 배남훈 상사.

'하하하하!'

유찬은 그들 사이에서 처음으로 마음 편히 웃었다.

죽음을 향해 달려가는 미친 발걸음 속에서 함께할 수 있는 이 순간이 좋았다. 미아리를 벗어난 차는 조 중사가 인천에 마련해 놓은 안가로 방향을 틀었다. 유찬과 그의 부대는 목청이 터져라 군가를 부르며 거리를 질주했다.

겨레의 늠름한 아들로 태어나,

조국을 지키는 보람찬 길에서,

우리는 젊음을 함께 사르며,

깨끗이 피고 질 무궁화 꽃이다.

그리고 그날 저녁 특별 보도를 통해 최근 일어나고 있는 테러 사건의 용의자의 몽타주가 전국으로 방송되었다.

"저거 검거하라는 거냐, 말라는 거냐?"

"크크크, 아마 누구나 야구모자에 회색 코트만 입으면 저 모양일걸?"

"아마 내일이면 뭣 모르는 애새끼들이 저 모습 따라 한다고 난리도 아닐걸?"

그 몽타주를 본 버려진 군대 대원들 대부분은 배를 잡고 웃었다. 언뜻 보기에는 유찬과 비슷한 몽타주였지만 웬만한 사십대 건장한 남자가 야구모자와 회색 코트만 입으면 그게 그

거였다.

오죽 했으면 유찬 자신이 웃음을 터뜨렸겠는가?

그나마 노력의 결과가 보인 곳은 턱 선과 눈매였다. 이 두 곳은 유찬과 상당히 비슷했지만 크게 신경 쓰지 않아도 될 정도였다.

'이쯤 되면 저들도 내 정체를 알고 있으리라 생각했는데, 기우였나?'

유찬은 고개를 갸웃거리며 이번에 사용하기로 한 권총의 상태를 점검했다.

일반 권총보다 두 배는 큰 권총의 무게는 거의 쇳덩어리에 준했다. 그리고 권총의 총구에는 거대한 은빛 독수리가 힘차게 날갯짓하고 있었다.

*　　　*　　　*

국정원 원장실.

원장실로 모인 국정원의 간부들의 고개는 좀처럼 들릴 줄을 몰랐다. 이만수 원장은 그들을 한 번 보고 하늘을 한 번 본 뒤 한숨을 한 번 쉬는 것을 반복했다. 결국 참다못한 그는 맨 앞에서 고개를 숙이고 있는 류형곤 부장에게 화를 냈다.

"삼 일이면 된다고 하지 않았나?"

"……."

그는 침묵으로 일관했다. 입이 열 개라도 할 변명이 없었다.

아니, 있었다. 하지만 믿어줄 것 같지가 않았다.

삼 일을 장담하고 모든 자료를 컴퓨터에 입력시켜 놓았는데, 다음날 컴퓨터를 켠 그는 황당한 일을 겪었다. 하드가 깨끗하게 포맷되어 있는 것이었다. 아무리 뒤져도 모아놓은 자료는 아무것도 없었다. 그나마 그의 머릿속에 남아 있는 자료를 바탕으로 어느 정도 자료들을 복원시켰을 때쯤 더욱 황당한 보고가 날아왔다.

M&S 증권과 M&S 그룹의 거의 모든 컴퓨터들이 이유 모를 바이러스에 걸려 초토화되었다는 것이다. 하드가 다 날아가고 원도우가 뜨지 않고 야한스라는 알 수 없는 운영 체제가 뜬다나 어쩐다나?

한순간 머리가 멍해지는 충격을 받은 그는 그나마 남은 자료라도 얻기 위해 증거물로 수거되었다가 검찰로부터 넘어온 수원시 검시의 살인 사건 자료를 확인하기 위해 파일을 뒤적였다.

하지만…….

"이, 이게 어떻게 된 거야?"

수원시 검시의 사건 파일들이 있어야 할 폴더에는 100% 하드코어 야동이 주르륵 깔려 있었다. 거기다 폴더를 여는 순간 동영상이 자동으로 실행되고 스피커가 최고조로 올라가면서 사무실 전체에는 야릇한 신음성이 퍼져 나갔다.

'뭐 저런 인간이 다 있어!' 라는 여직원들의 시선과 가만히 어깨를 두드리며 욕구불만이시면 오늘 밤 요정에서 한잔 사겠다는 남 직원들의 동정표는 아무것도 아니었다.

불길한 생각에 국정원의 모든 컴퓨터를 확인해 본 그는 그만 거품을 물고 뒤로 넘어가 버렸다. 국정원에 보관된 모든 자료가 그의 컴퓨터에 남아 있던 야동들과 비슷한 자료들로 둔갑해 있었기 때문이다.

이를 부득부득 갈며 컴퓨터 앞에 앉은 정보팀 조대진 팀장은 결국 네 시간 만에 해커의 침입 흔적과 루트를 발견하는 데는 성공했지만 이번에도 추적하는 데는 실패, 하얗게 탄 재가 되어 날려갔다.

하지만 사건은 국정원에서 그친 것이 아니었다. 검찰청과 일선 경찰서 M&S 증권에서는 갑자기 야동으로 둔갑한 수많은 자료들 때문에 때아닌 홍역을 치러야 했다. 답답한 그의 마음을 아는지 모르는지 무정한 시간은 계속해서 흘러서 결국 약속한 3일이 훌쩍 지나 버렸다. 결국 호언장담했던 것과는 달리 3일 후 남은 것이라곤 여전히 정체불명의 몽타주 한 장뿐이었다.

"도대체 이게 말이 된다고 생각하나? 입이 있으면 말들을 좀 해봐, 이것들아!"

결국 참다못한 이만수 원장은 눈앞에 놓인 보고 서류를 류 부장을 향해 집어 던졌다.

*　　　*　　　*

촤아악!

유찬은 준비해 온 지도를 펼쳤다.

거대한 지도에는 국회의사당을 중심으로 서울특별시 영등포구 여의도동의 모든 것이 나타나 있었다.

유찬은 정확히 국회의사당을 향해 나이프를 박아 넣었다.

"우리의 목표는 이곳이며, 이곳에 모인 모든 인물들을 제거하는 것이 미션입니다. 오전 10시 5분 대통령 연설이 시작되고 5분 뒤입니다."

꿀꺽!

다들 예상은 하고 있었지만 막상 유찬의 입에서 국회의사당이 거론되자 모두 긴장된 표정으로 나이프가 뚫고 들어간 국회의사당을 바라보았다.

"결코 쉬운 일은 아닙니다. 하지만 하고자 한다면 못할 것도 없습니다. 일단 계획을 확인한 뒤에 필요한 장비를 확정하기로 하겠습니다. 가장 중요한 것은 여의도를 완전히 고립시키는 것입니다. 그러기 위해서는……."

유찬은 천천히 여의도의 시도를 바라보며 파란 깃발을 꺼내 하나하나 올려놓았다.

파란 깃발이 올라간 곳은 여의도로 통하는 여의하류의 도로들과 여의 2교, 서울교, 여의교, 여의 상류의 도로, 원효대교, 한강철교, 마포대교, 서강대교였다.

"이곳은 작전 시작과 함께 5분 이내에 모두 폭파해야 합니다. 그래야만 육상으로의 지원을 끊을 수 있고, 최소 20여 분 동안은 여의도를 고립시킬 수 있습니다."

"미리 폭탄을 설치하는 건 어떤가?"

"그것은 안 됩니다. 형식적이기는 하지만 당일 경호팀들이 수색을 할 것이 뻔하고, 이 다리들을 폭파한다면 상당한 규모의 화약을 운반해야 하는데, 그러면 너무 눈에 띕니다. 그럼으로 어쩔 수 없이 기동성이 강한 무언가로 해야 한다는 건데……."

그의 시선이 향한 곳에는 손민석 소령과 배찬호 소위가 있었다. 그의 시선을 받은 그들은 고개를 끄덕였다. 잠시 생각을 정리하던 손민석 소령이 입을 열었다.

"토우나 대전차미사일이 달린 전투헬기가 있다면 5분이 아니라 3분 안에 모든 목표를 완전히 파괴할 자신은 있네. 하지만 두 대 모두 다리를 파괴하는 데 나가는 것은 바보 같은 짓일세. 한 사람은 경호부대 중 하나를 쓸어버리고 있어야 할 테니까. 안 그렇겠나?"

"물론입니다."

"내가 알고 있는 바로는 전투 헬기를 상대할 만한 전력이 여의도엔 없으니 그 작전은 순조로울 것 같군. 대신 한 가지 걸리는 것은 성남에서 출동할 공수부대와 특경대다. 그들은 10분 안에 도착할 것이고, 신궁 같은 대공무기를 장비하고 있을 테니 아무리 전투헬기라도 오래 막을 수는 없네. 그리고 15분이면 전투공병대가 도착해서 도강을 시작할 만한 시간이 되지. 특히 셋강 쪽으로 들어오는 부대는 전투공병대를 무시하고 헤엄쳐서 도강을 할 것이네. 전투헬기만 가지고는 그들을 막아낼 수 없네."

그때 가만히 이야기를 듣고 있던 배남훈 상사가 담담한 어조로 입을 열었다.

"도강하는 놈들을 내가 맡지. 뻑적지근한 한 판이 되겠는걸?"

"뭘 어떻게 막는다는 거지? 자네는 폭탄쟁이인 줄 알았는데?"

배기욱 원사가 궁금한 표정으로 말했지만, 대답은 이동명 소좌가 면박으로 대신했다.

"영감쟁이 니는 조용하거래이. 점마 저거 아까 보니까 장난감 배 만지작거리고 있드만 그걸로 뭐 할라카는 갑더라?"

"장난감?"

"와 뭐 무선으로 조종하는 프라모텔인가 프라모델인가 있잖나? 거기다 폭탄 달고 난리 치더만, 본께롱 크레인(크레모아)이랑 뭐랑 많이도 준비했드만 점마 저거 물건이더랑께. 콱 잘못하믄 우리 같은 거 기백은 날려 버릴 놈이드만…….”

그의 이야기를 듣고 있던 배 상사가 뭔가 마음에 안 든다는 듯 툴툴거렸다.

“장난감이 아닙니다. 엄연히 전투병기인 워돌입니다. 보트 타고 넘어 오는 새끼들은 이거하고 수중 잠수함 폭탄으로 갖다 받아버리고, 헤엄쳐서 오는 애새끼들은 수중 지뢰로 날려 버리면 그만입니다.”

배 상사는 가슴을 탕탕 치며 무선으로 조종되는 보트와 잠수함을 꺼내 들었다.

워돌이라고 불리는 이 장난감들은 품속에 강력한 폭탄을 가지고 입력된 패턴대로 일정 지역을 유형하며 접근하는 모든 것들을 대상으로 무차별 자살 공격을 펼쳤다.

배 상사가 흔드는 장난감들의 존재를 확인한 유찬은 고개를 끄덕인 뒤 입을 열었다.

“하지만 그보다 확실한 무언가가 필요한데…….”

“그거라면 내가 계획이 있는데, 들어보겠나?”

“물론입니다.”

무료한 표정으로 과자를 씹던 조 중사가 눈에서 심광(?)을 뿜으며 회의에 끼어들었다.

“혹시 우리나라 신호등을 누가 관리하는 줄 아나?”

모두 뜬금없는 조 중사의 질문에 고개를 갸웃거렸다.

그때 팔짱을 끼고 있던 손현섭 상사가 뭔가 알겠다는 끼어

들었다.

"한국도로공사지요. 대충 뭘 생각하는지 알겠습니다. 제가 도와드리죠."

"역시 손 상사구만. 그래, 우리나라의 모든 신호등은 한국 도로공사에 관리하지. 하지만 모든 시스템을 도로공사에서 관리하는 것은 아니네. 건널목 건널 때 보면 자네들, 봤을 걸세. 거대한 박스같이 생긴 교통 통신 단말기 말이야. 그 단말기를 통해 교통 정보들이 신호등으로 보내지지. 그런데 말이야, 이 단말기라는 녀석이 미쳐서 빨간 불 보내야 할 때 파란 불 보내고 3초도 안 돼서 갑자기 빨간 불로 바뀐다면 어떻게 되겠나?"

"사고가 나지 않겠습니까?"

"만약 서울 시내 전체의 신호등이 이처럼 미쳐서 돌아간다면 어떻게 되겠나?"

만약 그렇게 된다면 서울 시내 전체에서 수십 건의 교통사고가 발생하게 될 것이고, 그로 인해 차량 정체가 일어날 것이다. 한두 건이라면 경찰이 나서서 해결해 보겠지만. 서울 시내에 설치된 신호등 수천, 수만 개에서 동시다발적으로 이런 사건이 터져 나오고, 사고가 일어난다면 경찰이라고 해도 손쓸 방법이 없다.

오히려 교통 정체에 같이 동참하지나 않으면 그나마 다행이다.

　서울에 거주하는 인구는 천만이 넘고, 그들이 가지고 있는 자동차만 수백만에 이르니, 한순간에 서울은 거대한 주차장으로 변하게 되는 것이다. 또한 그로 인해 모든 서울 시내의 도로 교통이 마비되고, 도로가 막힐 것이 뻔했다.

　공수부대가 용빼는 재주가 있다고 해도 서울 시내 전역의 교통 체증을 해소할 수는 없는 일. 탱크로 전부 뭉개 버리고 오지 않는 이상 꼼짝없이 교통 지옥에 내몰리게 되는 것이다.

　"그렇게 되면 최소 20분 정도는 공수부대와 특경대의 진입을 막을 수 있을 걸세."

　"그들이 도착한다고 해도 1차와 2차 저지선을 뚫는 데 20분 이상 걸릴 것이니, 40분 정도의 시간을 벌 수 있습니다."

　"이봐, 서울 근교에 주둔 중인 부대는 그것만이 아니라고. 기계화 사단의 경우에는 헬기 타고 바로 날면 출동 준비 시간을 더한다고 해도 30분 내에 여의도에 떨어진단 말이야. 땅만 막는다고 해서 이야기가 끝나는 건 아냐."

　한쪽 편에 놓여진 붉은색 깃발을 집어 든 박영웅 대위가 수도 근교에 주둔 중인 부대 위에 깃발들을 올려놓았다. 일단 부평에 주둔 중인 7공수를 기점으로 해서 의정부에 주둔 중이 6사단과 구로동의 수방사 파견부, 과천의 수도방위사령부와 수도기계화사단 맹호부대 순으로 수도 근교의 부대 20여 개에 깃발이 올라갔다.

　"현재 한국군이 보유하고 있는 헬기는 AH—1S 코브라 헬기와 AH-1J인터내셔널 코브라로 아마도 6사단에서 대량으로 뜨게 되겠지. 코브라의 초대 시속은 156노트니까 이곳까지 당도하는 데 고작해야 25분이면 충분, 그전에 먼저 500MD는 의정부 쪽에서 뜨는 것을 생각할 때 오차 범위 3분이내에 20분이면 충분히 모습을 드러내. 거기다 최근 공수에 CH-47/LR 롱레인지 치누크 대형 수송 헬기가 보급됐기 때문에 육상을 막는다고 해도 20분에서 30분이면 안에 공수들이 들이닥치게 될 거야."

"헬기들로는 어떻게 안 되는 거요?"

유찬은 침묵을 지키는 손 소령에게 물었다. 손 소령은 어처구니없다는 표정으로 유찬을 바라보았다.

"말이 됩니까? 코브라 같은 거 한 대 몰고 다니면서 아무리 뛰어난 파일럿이라도 잠자리(500MD)를 세 대 이상 감당하기 힘드오!"

"그럼 아파치라면 가능하겠소?"

"혁? 아, 아파치라니? 진심이요? 그거 한 대에 우리 돈으로 800억에 가깝소. 그걸 사 들여오겠단 말입니까? 무슨 수로요?"

"방법은 걱정 마시오. 아파치라면 가능하겠소?"

"저, 정말이오?"

"AH-64D 롱보우 아파치 공격 헬기를 지원하겠소."

손 소령은 입을 떡하니 벌어졌다.

세계에서 가장 강력하고 유명한 공격 헬기인 미 육군 AH—64D 롱보우 아파치는 상부에 롱보우 레이더를 장착해 원거리의 표적을 미리 탐지해서 신속 정확한 공격은 물론, 어떠한 전장 환경에서도 운용할 수 있는 능력을 보유하고 있으며, 대공탄을 막아내는 강력한 방어력과 다양하고 많은 무장을 탑재할 수 있는 매력적인 기체로 공격 헬기 파일럿이라면 누구나 타보고 싶어하는 기체였다.

"그 정도 전력이라면 적어도 잠자리나 코브라 수십 대 정도는 격파할 자신이 있습니다. 하지만 지원이 없는 상태에서는 그리 오래 버틸 거라고는 장담 못하오."

"지원이라면 내가 가능하지!"

박격포를 들어 보인 박영웅 대위가 자신있게 말했다.

유찬이 고개를 끄덕이며 박영웅 대위의 어깨를 두들겼다.

"스팅어 미사일을 얼마 정도 구해주면 되나요?"

"스팅어라… 비호나 천마에 비하자면 아니지만 어쩌면 그게 더 나을 수도 있지.

"천마지대공 미사일이 필요하신 겁니까?"

"뭐 그게 있으면 좋겠지만 스팅어 미사일도 나쁘지는 않지."

스팅어 미사일은 미국의 휴대용 대공유도탄으로 길이 1.52m, 지름 70㎜, 무게 15.8㎏. 어깨에 메고 발사하는 적외선 고체 연료의 신형 유도탄이었다. 제트기, 프로펠러기, 헬리콥터 등을 단거리에서 명중시킬 수 있었다.

중화기를 다루는 데 천재적이라고 할 수 있는 박영웅 대위와 두 대의 아파치 헬기가 연계 공격을 펼친다면 모르긴 해도 수십 대의 한국군 헬기를 잡아낼 수 있으리라!

"최대한 시간을 끌면 얼마나 끌 수 있겠나?"

"4~50분 정도는 가능할 겁니다."

작전 시작 시간은 10:05분, 종료 시간은 길어야 11:00분을 넘기기 힘들었다.

길게 잡아 50분 정도인 작전 시간 내에 모든 수비 병력을 해치우고 대통령을 비롯한 정관계 인사들의 목을 따기 위해서는 신속하고 정확한 공격과 대원들 간의 연계 플레이가 뒷받침되어야 했다.

"제한된 시간 내에 수비 병력 모두를 때려잡아야 하는군. 만약 그렇지 못하면 당하는 쪽은 저쪽이 아니라 이쪽이 될 수도 있겠군."

"아파치 들어올 거라면서? 그냥 헬파이어 미사일로 쓸어버리면 안 되나?"

총기를 손질하고 있던 배기욱 원사가 영점을 조종하며 물었고, 이번에도 그 대답은 이동명 소좌가 했다.

"닝기리 그럼 재미없잖아!"

"니놈은 입 다물고 있어라, 이 빨갱이 쉐끼야!"

"아따, 이 영감쟁이 오늘 함 진짜 뒤지고 잡는 갑네."

　둘 사이가 다시 소란스러워지자 이번에는 유찬이 그들을 말리고 나섰다.

　"자자, 그만 하십시오. 그리고 이 소좌님 말씀대로입니다. 그러면 재미가 없어지지 않겠습니까? 그리고 우리는 단순한 테러리스가 아닙니다. 우리는 군인입니다. 이 나라를 지키는 군대는 아니지만 이 나라 국민의 목소리를 대변하는 군대입니다. 그래서 이후에 권력을 잡을 이들에게 경고하러 갑니다. 국민의 소리를, 국민의 바람을 무시하고 자기 배를 채우면 어떻게 되는지 똑똑히 보여주려고 합니다."

　천천히 자리에서 일어난 유찬은 품속에서 무선통신 PDA를 꺼내 들며 말을 이었다.

　"배 상사님과 조 중사님, 그리고 손 하사님을 1조로 정하겠습니다. 10:00에 원효대교를 통해 1조가 가장 먼저 침투해 주십시오. 그리고 본격적인 공격은 10:05분에 시작됩니다. 1조는 두 개 팀으로 나뉘어서 조 중사님, 손 하사님은 도로공사 쪽을 해킹해 주십시오. 배 상사님은 한강 위쪽에 돌을 뿌려주시고, 만약 5분 이전에 침투하게 되더라도 먼저 작전을 시작해서 안 됩니다. 또한 사전 준비 중 하나라도 실패한다면 역시 작전은 자동 중지되고 다음 기회를 노립니다. 이에 이의있습니까?"

　"그건 걱정 말게."

　"맡겨두라고!"

1조의 조원들은 즉시 고개를 끄덕였다.

"10:05분 본격적으로 작전이 시작되면 2조가 행동에 들어갑니다. 2조는 원효대교에서 날아오를 손 소령님과 박 소위님이십니다. 일단 손 소령님께서는 원효대교부터 시작해서 모든 다리를 폭파해 주십시오. 그리고 박 소위님은 바로 수방사 특경대를 처리해 주십시오. 설마 소총에 맞고 꼬꾸라지시지는 않겠지요?"

"큭, 난 미국 놈들이 아니라고. 우리 한국 공군은 날개 반쪽이 완전히 날아간 F—15로도 착륙하는 놈들이야. 그중에서도 나는 스페셜 중의 스페셜이고."

아파치 헬기가 완전 방탄으로 무장하고 있다고 하지만 워낙 정밀한 기계다 보니 틈이 많이 생기게 마련이다.

특히 롱보우 이전 타입의 경우 걸프전 당시 52대나 추락한 사례가 있었다. 대부분 기체 결함이었지만 몇 대는 재수없게 저공 비행하다가 사막 한가운데서 갑자기 튀어나온 이라크군이 쏴 갈긴 소총탄에 맞고 추락한 멍청이였다. 80억짜리 아파치를 중국에 가면 8천원에 살 수 있는 AK 소총에 의해 어이없이 추락한 것이다.

만약 설상가상으로 이번 작전에서 아파치가 한 대라도 불의에 사고를 당하게 된다면 작전은 시작도 못해보고 끝날 위험이 있었다.

"그리고 한 가지 더 설명드리자면 작전에 투입될 아파치에 미사일은 공대공 미사일인 AIM—7을 장착하겠습니다.”

“헉? AIM—7! 그게 달아지나?”

“공대공 작전을 위해 개조된 아파치가 있는 걸로 알고 있습니다. 여기서 상당히 멀리 있지만 그 시간까지 운반이 가능할 겁니다.”

“으음, 하기야 이번 작전을 위해서는 공대공 미사일 다는 것도 나쁘지는 않겠지. 하지만 그만큼 기체에 부담을 주게 되겠군……”

AIM—7 ‘스패로우’ 미사일은 ‘참새’라는 이름에 걸맞지 않는 고폭발 탄두를 지닌 레이더 유도 방식의 미사일이며, 전천후, 전 방위, 전 고도에서 사용 가능한 고성능 미사일이었다. 하지만 이 미사일은 전투기용 미사일이라 공격 헬기에 탑재된 전례는 없었다.

헬기의 강점이라면 지형에 관계없이 자유 비행과 수직 로터로 이용한 회피 기동, 그리고 수직 강하 등으로 이런 비행 특징 덕에 공대지 전투에 치중하게 될 수밖에 없었다. 그만큼 공대공은 취약하게 마련이다. 헬기가 공대공 전투에서 승리를 좌우하는 것은 헬기 조종사의 실력과 헬기가 탑재하고 있는 체인 건에 있었다.

헬기끼리의 전투에서 공대공 미사일이 등장하게 된다면 뚜껑은 열어보나 마나한 전투. 그때 가만히 이야기를 듣고 있던 박찬호 소위가 말했다.

"그럼 특경대는 어떻게 쓸어버리란 말인가?"

"36연장 히드라 로켓탄 2문으로 체인건 해결을 보셔야 합니다. 전멸이 힘들면 그들이 거치적거리지 않을 수준으로만 정리해 주시면 됩니다. 아, 참고로 손 소령님의 아파치의 경우에는 8발의 헬파이어 미사일과 8발의 AIM-7이 반반씩 장착되어 있을 겁니다."

"전 세계 공군 역사상 처음으로 공격 헬기에 참새 달고 출격하게 됐구만."

손 소령이 생각할 때 이번 작전은 사상 전례가 없을 정도로 황당하고 어처구니없으며 무리한 작전이었다.

아파치 헬기에 AIM-7 스패로우 미사일을 장착하는 것부터 시작해서 히드라 로켓만으로 특경대를 쓸어버리라는 명령까지, 정말 무리한 것만 주문하고 있었다.

하지만 왠지 그런 명령들이 싫지만은 않았다.

'내가 못하면 누가 하겠는가?'

손 소령은 오랜만에 온몸의 피가 후끈 달아오르는 느낌에 주먹을 꾹 말아 쥐었다. 그의 마음은 벌써부터 여의도 상공을 날며 허공을 가득 채운 적군의 헬기들을 향해 공대공 미사일을 발사하고 있었다.

"3조는 박영웅 대위님으로 10:05분에 서울교를 통해 여의도에 진입해 주시고, 10:05분까지 신한증권 뒤쪽 여의도 공원에 자리를 잡아주시기 바랍니다. 60수송 트럭 한 대에 스

팅어 미사일은 꽉꽉 채워서 들를 테니 적의 헬기들을 오는
족족 보내주시기 바랍니다. 최대한 막다가 여의치 않다고 판
단되시면 후퇴하셔도 됩니다. 대신 2조와 3조의 연계는 필수
적입니다. 특히 2조 조원들께서는 최대한 공대공 미사일을
아끼시고 박영웅 대위님 쪽으로 적을 몰아주십시오. 그리고
시간이 남으시면 여의도 공원에 착륙해서 무기를 보급받으
십시오."

"OK."

"이거 손 한번 뻑적지근하게 풀겠군."

박영웅 대위는 벌써부터 몸이 뻐근하다는 듯이 우두둑 소
리가 날 정도로 허리를 돌렸다.

"그다음이 마지막 조인 4조입니다. 4조는 공격조로서 저와
배기욱 원사님, 이동명 소좌님, 김영수 병장, 오성수 하사가
함께하게 됩니다. 10:05분 작전이 시작됨과 동시에 두 개 분
대로 나뉘어서 여의 상류와 여의 2교를 타고 각각 의사당 운
동장과 의원 회관 앞으로 진입하게 됩니다. 일단 그렇게 진입
하게 되면 국회경비대와 부딪치게 될 겁니다. 박격포와 로켓
포를 가지고 그들을 공격하면 어렵지 않게 진입이 가능합니
다. 의사당 운동장을 통해 진입한 1분대는 경비대를 전멸시
킨 뒤 바로 국회로 진입합니다. 그리고 2분대는 일단 의원회
관을 폭파시킨 뒤에 농협을 통해 국회로 치고 올라와 주시기
바랍니다. 그렇게 되면 적은 국회도서관 쪽으로 몰려가게 될

겁니다.”

모두 숨을 죽이고 유찬의 계획에 귀를 기울였다.

“이때쯤 공수부대가 올 겁니다. 조 중사님과 손 상사님께서 서강대교 남단을 점령하시고 봉쇄해 주십시오. 또한 워돌을 투입시키고 나신 뒤 배 상사님도 국회로 치고 올라와 주시기 바랍니다. 그러면 결전은 바로 이곳!”

쾅!

유찬은 대검을 꺼내 어느 한 지점에 박아 넣었다. 모든 시선이 대검이 박힌 곳으로 향했다.

그곳에는…….

“헌정기념관에서 이루어지게 됩니다.”

헌정기념관은 1998. 5. 29 국회개원 50주년 기념 사업의 일환으로 건립한 건물로 대한민국 헌정의 증거물과 같은 건물이었다.

“50주년 헌정을 기념하는 이곳에서 낡고 썩어 빠진 헌정이 사라지는 겁니다. 저희들의 총탄 아래서 말입니다.”

“…….”

모든 대원들이 유찬을 주목했다. 바늘 떨어지는 소리가 천둥치는 소리로 들릴 만큼 무거운 침묵이 장내를 휘감았다.

얼마나 침묵이 계속되었을까?

조 중사가 고개를 좌우로 흔들며 입을 열었다.

“이거 정말 살 떨리는구만. 생각만 해도 온몸의 떨려.”

곧 이곳저곳에서 싫지 않은 투덜거림이 새어 나왔다.

"아무튼 이런 미친 작전에 참여하는 나도 제정신이 아니라니까."

하지만 그것도 잠시.

"니기미, 모 아니면 도 아니겠어? 어차피 인생 한 판이야. 돈도 두둑이 받았겠다, 받은 돈만큼은 해줘야지."

나름대로 전의를 다지는 그들의 모습을 보며 유찬은 만족스러운 미소를 지었다. 모두 인생의 바닥을 경험한 자들이기에 어떤 일에도 두려움이 없었다. 두려움이 없는 군대만큼 무서운 적은 없으리라.

그래서 퇴각 작전은 세워지지 않았다. 죽음을 전재로 한 돌아올 수 없는 작전…….

유찬도 알고 그들도 알았다. 하지만 어느 누구도 그에 대해 묻거나 대답해 주지 않았다.

'불꽃은 사그라지기 전에 가장 밝게 빛난다고 했던가?

그는 다시 한 번 대원들을 훑어본 뒤 자리에서 일어났다.

'하지만 의미없이 꺼지지는 않으리라. 우리가 왜 싸웠는지, 왜 죽음으로 달려가는지 꼭 알려주리라!'

한 시간 뒤 버려진 군대의 대원들은 하나둘 안가를 벗어나 준비된 차를 타고 흩어졌다.

그리고 마지막으로 유찬이 안가를 빠져나왔다. 그런 그의 손에는 방금 전 복사한 CD 한 장이 들려 있었다. 그는 한참

동안이나 담배를 입에 물고 망설인 뒤, 이윽고 서서히 석양이
드리우는 도시의 어둠 속으로 차를 몰아 사라졌다.

　45분 전.
　―…….
　제나는 어이없다는 표정으로 유찬이 요구한 물품 내역서
와 그의 얼굴을 번갈아 바라보며 입을 떡하니 벌렸다.
　물품 내역서에는…….
　공대공 공격용으로 개조된 AH―64D 롱보우 아파치 공격
헬기 2대를 시작으로 수송 장갑차량, 스팅어 미사일, 106㎜
무반동포 탑재 차량, TOW(토우), 크레모아, 판저파우더3,
RPG―7을 비롯하여 수많은 무기의 이름이 나열되어 있었다.
이 많은 물건을 이틀 안에 인천으로 보내달라는 무리한 주문
도 함께였다.
　그때 뭔가를 골똘히 생각하던 유찬이 뭔가 한 가지 더 주문
했다. 그것을 본 제나의 눈이 왕방울만 하게 커졌다.
　―너, 미쳤지?
　"난 정신 멀쩡해. 러시아 쪽에서 BMW 한두 대 값이면 살
수 있잖아. 그리고 우리도 몇 개 정도 가지고 있는 걸로 알
고……."
　―그러니까 미쳤다는 거야! 이걸 가져다가 어디에 쓰려고?
　"묻지 말고 구해주면 안 되겠니?"

─안 물어볼 수가 없잖아!

그녀는 마이크를 잡고 고함을 질렀다.

아파치 헬기에 스팅어 미사일, 소총 같은 것은 시간이 촉박하기는 해도 마음만 먹는다면 못할 것도 없었다. 하지만 중요한 것은 그게 아니었다. 이것들을 주문하는 유찬의 표정에서 무언가 불길함을 읽었기 때문이다. 애써 부정하고 싶었지만 화면 속으로 보이는 유찬의 표정은 그동안 수없이 보아왔던 이들과 너무나도 닮아 있었다.

죽을 줄 알면서도 동료를 위해, 복수를 위해 죽음을 향해 달려나가는 용병들의 얼굴과 유찬의 얼굴이 겹쳐 보였다. 지금까지 단 한 번도 그녀는 유찬의 얼굴에서 그런 모습을 본 적이 없었다.

─도대체 무슨 생각을 하고 있는 거야? 뭘 할 건데?

그가 대답을 하지 않자 더욱 답답해진 제나의 목소리가 더욱 올라갔다.

"아무것도 묻지 말고 그냥 내가 원하는 물건을 보내줬으면 하는데……."

─다른 물건이라면 몰라도 마지막 물건은 절대 안 돼. 어디서 어떻게 터뜨릴지는 모르겠지만 이게 터지면 얼마나 많은 사람이 죽을 거라는 거 생각 안 해봤어?

"그 물건을 쓸 일이 없기를 바라지만 어쩔 수 없을 때는 그 물건을 써야 할지도 몰라서 부탁하는 거잖아."

Tactics atomic bomb.

유찬이 마지막으로 주문한 물품은 바로 전술핵이었다.

핵폭탄은 크게 전술핵과 전략핵으로 나뉘는데, 이중 전략은 핵은 전면전용으로 한 나라를 초토화시켜 버리는 무시무시한 파괴력을 가졌다. 이에 반해 유찬이 주문한 전술핵은 말 그대로 국지전용이고, 한 도시, 한 지역을 날려 버릴 정도였지만 한 발이면 서울시의 90% 이상이 날아가는 무시무시한 폭탄이기는 마찬가지였다.

소련의 붕괴 이후 소련에서 독립한 여러 독립 국가들을 통해 소련이 보유하고 있던 핵무기가 유출되었고, 이렇게 유출된 핵무기들은 미국을 비롯하여 수많은 핵 보유국으로 넘어갔다. 그 틈을 타 세일룬에서는 약 20여 개의 전술핵과 30여 개의 전략핵을 러시아 정부로부터 비밀리에 매입하는 데 성공했다.

─살아 돌아오는 거지?

"……."

─넌 세일룬이 자랑하는 회색 늑대잖아. 그러니까 죽지 않을 거지?

"장담할 수는 없지만 죽지 않도록 노력해 볼게."

죽지 않도록 노력해 본다는 말은 죽을지도 모른다는 말이었다.

그녀는 한참 동안 유찬의 눈동자를 바라보았다. 그녀가 지원해 주지 않는다고 해도 그는 무슨 방법을 써서라도 자신이 필요한 물건들을 구할 것이다. 그녀 이외에도 홍콩, 미얀마, 베트남 등에는 유찬과 친분을 쌓아온 무기상들과 세일룬의 하부 조직들이 널려 있었고, 그들은 유찬이 원한다면 핵 이상의 것도 구해줄 것이 뻔했다.

—알았어. 이틀 후 아침까지 인천공항에서 동북아 무기 수송선 카이저가 입항할 거야. 필요한 물품은 그 안에 차고 넘칠 거니까 다 꺼내 가도 좋아. 그러니까 절대 죽으면 안 돼.

"언제나 죽음을 곁에 두고 살아가는 게 우리잖아. 그러니까 장담을 해줄 수는 없어. 그건 너도 알지?"

—그래도… 그래도…….

결국 그녀는 고개를 떨어뜨렸다.

무정한 사람.

언제나 곁에 있어주고 싶었지만 그것을 거부하던 차가운 눈동자를 가진 사람. 하지만 차가운 가슴만큼이나 넓고 따뜻한 등을 가진 사람. 막을 수만 있다면 지금 그 사람이 가는 길을 막아보고 싶었다.

하지만 누구보다도 그녀는 잘 알고 있었다.

그가 가고자 하는 길은 설령 신이라 해도 막을 수 없음을…….

'내가 할 수 있는 건 언제나 당신이 무사하기를 바라는 것뿐인가요?'

그녀는 한참 동안이나 슬픈 눈으로 유찬을 바라보았다. 그는 애써 그녀의 시선을 무시하고 말을 이었다.

"혹시 말이야, 이걸 넘길 만한 사람을 알고 있나?"

유찬이 꺼내 든 것은 조병철 회장의 집에서 가지고 나온 비리 장부에 관한 것이었다.

모든 문서가 구 '동독'의 기밀 암호로 되어 있어서 풀어내는 데 상당히 힘들었지만 틈나는 대로 코드에 맞춰 풀어내자 엄청난 양의 비밀장부가 모습을 드러냈다. 지방 공무원으로부터 시작한 정경유착의 고리는 권력의 정점인 대통령에게까지 이어졌으며, 현 정계와 재계에서 영향력을 행사한다는 대부분 인사들이 총망라되어 있었다.

―그게 뭔데?

"우리 매제가 궁극적으로 찾아내려고 했던 것, 내가 아무리 M&S의 정보 네트워크를 뒤져도 나오지 않던 것, 바로 조병철 회장의 비밀장부. 이걸 맡길 만한 사람을 알고 있나?"

―나한테 맡기면 안 돼?

"물론 너한테도 백업 본을 보내놓았지. 하지만 만약을 대비해서 이걸 이 나라의 누군가에게, 적어도 아직은 양심이 살아 있는 누군가에게 전하고 싶어. 이왕이면 영향력이 있는 사람으로 말이야."

―흐음, 잠시만.

잠시 무엇인가를 뒤적이던 그녀가 말했다.

―적당한 사람 하나 있어.

"그게 누구지?"

―이종수. 대검찰청 차장검사인데 청백리로 상당히 소문난 사람이야. 그 덕에 진작 청장을 거쳐 장관 자리 하나 해먹었어야 할 사람이 아직도 차장검사로 머물고 있지. 주소랑 자세한 것은 지금 바로 보낼게.

이종수 차장검사에 대한 정보를 넘겨받은 그는 만족한 미소를 지어 보이며 말했다.

"고마워. 잘 있어!"

―잠깐만!

그녀가 무엇인가 말하려고 했지만 이미 그의 캠은 흑색으로 바뀌어 있었다.

멍하니 꺼져 버린 캠을 바라보던 그녀가 분한 듯 소리쳤다.

"나쁜 놈!"

언제나 저 모양이었다.

언제나 그녀는 그의 등만을 바라보아야 했다. 처음 만났을 때도, 그 후에도 전쟁터로 달려가는 무거워 보이는 등만이 그가 그녀에게 허락한 공간이었다.

상처 입고 쓰러진 그녀의 앞에서 바람을 막아주던 넓고 따스한 등, 언젠가는 등이 아니라 저 가슴에 자신을 담으리라

다짐했다. 차가워 보이는 야수의 눈동자 속에 그녀라는 이름의 정렬을 새길 거라고 자신했었다.

하지만 …….

이제 다시는 그 등조차 보지 못할 것만 같은 불길한 예감이 몰려왔다.

"잘 있으라니, 왜 그런 인사를 한 거야?"

*   *   *

이종수 차장검사는 지친 몸을 이끌고 집으로 돌아가는 중이었다.

지난 며칠간 퇴근도 없이 일에만 매달렸다. 하지만 수사는 여전히 답보 상태였다. 이번에도 M&S 그룹을 재조사하겠다는 그의 요구는 새로운 청장에 의해 묵살되었다.

이유는 그전 총장과 같았다.

며칠간 제대로 쉬지 않아 그의 몸은 천근만근 무거웠다. 하지만 집으로 향하는 그의 발걸음은 날아갈 듯 가볍기만 했다. 집에는 그가 이 세상에서 가장 사랑하는 아내와 아이가 있었기 때문이다.

"어머? 당신 왔어요?"

그녀는 그에게로 다가오면서 말했다.

"애들이 아빠 얼굴 잊어먹겠어요. 동가식서가숙하는 것도 아니고 도대체 며칠 만이에요?”

“미안. 하지만 요즘 일이 워낙 바빠서.”

“뉴스에서 떠드는 그 사건 말이지요?”

“그래.”

냉장고를 열어젖힌 그는 냉장고 한편에서 맥주를 꺼내며
말했다.

하지만 그의 뜻대로 맥주 캔을 따지는 못했다. 캔을 따려는
그의 손을 아내가 붙잡았기 때문이다. 시원한 맥주를 마시고
싶었던 그는 난처한 표정이 되어 말했다.

“미안하지만 저기 당신 친구부터 만나보시지 않겠어요?”

“친구?”

이종수 처장검사가 눈살을 찌푸리며 물었다.

“이름이 정유찬이라고, 하는 일이 뭐라 그러던데 그 사람
의 말로는 당신이 그분을 기다리고 있을 거라고…….”

그녀는 남편의 얼굴에 나타나는 표정을 의아하게 바라보
며 말했다.

“친구가 아닌가요? 하지만 당신과 같이 사법고시를 봤다고
하던걸요. 고시원 친구고, 당신이 나온 고시원인 청솔 고시원
도 알고 있던걸요.”

하지만 그때 이미 이종수 차장은 재빨리 복도를 걸어가고
있었다.

거실로 들어선 그는 키가 큰 사내가 등을 돌린 자세로 창가

에서 서 있는 것을 보았고, 그만 입을 떡하니 벌리고 말았다.

철 지난 회색의 롱코트, 그리고 야구모자.

지난 한 달 동안 저 모습을 수백 번, 수천 번 봐왔고, 수백 개의 몽타주를 그렸다. 하지만 지금 눈앞에 있는 사내처럼 저 모습이 잘 어울리는 자는 찾지 못했다.

'그자다.'

본능적으로 왼쪽 가슴에 차고 있는 38구경 리볼버로 손을 가져갔다. 하지만 그는 총을 빼 들지 못했다. 그는 이 차장의 네 살배기 아들 오준과 뒤뜰에 있는 무엇인가를 가리키며 이야기하고 있었다. 그 사내는 이 차장이 다가오자 천천히 돌아섰다. 그는 보일 듯 말 듯 미소를 띠며 말했다.

"서로 얼굴을 보는 건 이번이 처음인 것 같군요. 반갑습니다."

그는 아이의 부드러운 머리카락을 쓰다듬으며 말을 이었다.

"이 귀여운 꼬마에게 참새에 대해서 설명해 주었습니다. 왜 우리나라 참새는 사람을 따르지 않느냐고 묻더군요. 그게 사람들이 워낙 해코지를 해서 그런다고 가르쳤습니다. 프랑스나 미국 같은 데서는 참새도 비둘기처럼 사람들이 주는 먹이를 먹기 위해 공원으로 찾아오곤 하니까요."

평범해 보이는 인상. 하지만 그의 눈에는 보였다, 유찬의 눈동자 속의 뜨거운 불길을. 식은땀이 등줄기를 타고 쉴 새

없이 흘러내렸다.

'확실하다.'

완전한 확신이 들었다.

서울 시내 한복판에 저격을 하고 한국호텔에 불을 질렀으
며, 검시의를 죽이고 조 회장의 저택에서 유탄발사기와 자동
권총을 동원해 여자, 노인, 아이 할 것 없이 학살해서 한국 전
체를 공포에 떨게 하고 있는 희대의 테러리스트.

'그런데……'

그의 이성은 눈앞의 사내가 범인임을 확신하고 있었다.

하지만 그의 감성은 눈앞의 사내가 별로 위험하지 않다고
말하고 있었다. 그의 아들은 아무런 경계심 없이 그 사내의
손을 잡고 다정하게 장난을 하고 있었다. 그는 입 안이 바짝
마르는 것을 느꼈다.

그는 혼란스러운 표정으로 유찬을 바라보다가 아들에게
말했다.

"엄마가 주방에서 기다리고 있으니 이제 그만 놀고 엄마한
테 가보렴."

아이는 잠시 멈칫거리더니 이내 곧 부엌 쪽으로 걸어나갔
다.

"도대체 무엇 때문에 여기 나타난 거지?"

"호오? 제가 누구인지 아신다는 투입니다?"

"내 생각이 맞다면 지금 저 빌어먹을 사건을 일으키고 돌

아다니는 놈이겠지.”

그는 테이블에 놓인 신문을 가르치며 으르렁거렸다. 신문에는 조병철 회장의 저택 전경이 찍힌 사진과 몇 가지 사설들이 실려 있었다.

“딩동댕. 역시 20년 동안 검찰에 몸담고 계신 분답게 감이 뛰어나시군요.”

“무슨 일로 내 집에 왔나?”

생각 같아서는 당장이라도 권총을 꺼내 들고 싶었지만 그는 냉정해지자고 자신을 타이르면서 침착한 목소리로 말했다.

“드릴 말씀이 있어서요. 그전에 통성명부터 하시죠. 제 이름은 정유찬입니다.”

“네놈의 이름 따윈 알고 싶지 않아!”

이 차장은 번개같이 품속으로 손을 집어넣어 권총을 잡았다.

하지만 품속에서 손을 뺄 수 없었다. 유찬의 오른손이 품속으로 들어간 그의 팔꿈치를 잡아 품속에서 나오지 못하게 하고 있었기 때문이다.

“장난감은 꺼내시지 않는 게 좋을 겁니다.”

유찬의 표정이 천천히 굳어갔다.

그리고 왼쪽 코트 부분을 살짝 흘려 품속을 보여주었다. 38구경과는 비교도 되지 않을 만큼 엄청나게 큰 권총 한 자루가 코트 사이로 모습을 드러냈다.

"데져트이글이라는 녀석입니다. 한 번쯤 들어보셨겠죠? 뭐, 굳이 꺼내시겠다면 말리지는 않겠습니다. 이 녀석과 그 녀석의 성능 차이를 몸으로 경험해 보고 싶다면 말이죠."

목이 타는 듯 갈증이 밀려왔다.

놈의 허리에 차여져 있는 저 무식해 보이는 쇳덩어리 권총은 데져트이글이 맞는 것 같았다.

"이것의 파괴력을 시험해 보시겠습니까?"

미쳤는가?

여기서 저것의 파괴력을 시험해 보게?

38구경은 말 그래도 38구경탄, 데져트이글은 45에서 44구경탄이니 대화가 불가능했다. 파워? 말이 좋아 권총이지 저 총은 M4A1이나 AK 같은 소총이라고 봐야 했다.

이종수 차장은 붕붕 소리가 날 정도로 손을 흔들었다.

"좋습니다. 그럼 천천히 손을 빼내십시오. 또 한 가지, 저도 상당한 실력자랍니다. 제 실력을 보시고 싶지 않으시면 장난은 치지 마십시오."

유찬은 부드럽게 타이르듯 말했다.

"당신 집에서 싸울 생각은 조금도 없으니까요."

그리고 그는 시선을 주방 쪽으로 돌렸다. 무언의 협박과 같은 것이었다.

이 차장은 그의 얼굴에 침이라도 뱉고 싶었다. 하지만 지금은 달리 뾰족한 수가 없었다, 천천히 품속에 집어넣는 손을 빼내는 수밖에.

"이제 좀 대화할 분위기가 나는군요."

"네놈은 언젠간 꼭 내 손으로 수갑을 채우고 말겠다."

"그런 날이 오기를 바랍니다."

유찬은 품속에서 CD 한 장을 꺼내 들며 말했다.

"이게 뭔지 아십니까?"

"……."

"이게 말입니다, 상당히 관심을 끄는 물건일 겁니다. 이거는요, 아주 엄청난 거거든요. 조 병철 회장의 서재에서 가지고 나온 거니까요."

"조 회장의 저택에서 가지고 나온 거라고?"

이제까지의 분노에도 불구하고 이 차장은 어떤 흥미를 느끼는 듯했다.

지금 저런 것에 흥미를 느끼면 안 되지만 얼마 전까지 이 나라 정, 재계를 주름잡던 인사의 집에서 가져온 것이라니? 거기다 저 극악무도한 테러리스트가 그 상황에서 가져올 것이라면 보통의 물건이 아니었다.

"여기엔 말입니다, 별의별 이름이 다 있습니다. 뒤에는 말입니다."

유찬은 흔히 돈을 지칭하는 손 모양인 동그라미 모양을 만들어 보여주며 말했다.

"이게 여러 개 붙어 있습니다."

"설마? 비밀 장부인가?"

"딩동댕! 맞습니다."

마치 장난을 치는 어린아이처럼 유찬은 장난스러운 미소를 지어 보였다.

"근데 왜 이것을 나에게 가져왔나?"

"글쎄요, 제가 왜 가져왔을까요?"

"지금 장난하자는 건가?"

유찬의 시선이 다시 주방으로 향했다.

"이종수 현 경찰청 차장, 1987년 서울지방검찰청 검사로 공직에 나서셨고, 1988년에 안기부에서 보내온 사건을 거부하는 바람에 전남 장흥 검찰청으로 보내졌다가 1995년 당시 전남 일대를 공포로 몰아넣은 연쇄 살인 사건을 해결한 공로로 수원 검찰청 부장검사로 취임, 그 이후 몇 번의 좌천과 승진을 하다가 최근에 대검찰청 차장검사가 되셨더군요. 최근에는 보기 드문, 당신은 제법 훌륭하고 깨끗한 공직자라고 알고 있습니다. 물론 이 빌어먹을 CD에도 이름이 없고요."

이 차장의 입술은 격앙된 흥분을 감추기 위한 애처로운 노력에도 불구하고 심하게 떨리고 있었다. 저 CD 안에는 M&S 그룹으로 비자금을 받은 모든 존재들의 이름이 적나라하게 적혀 있을 것이다.

"좋아, 들어보기로 하겠네. 거기 앉고 싶으면 앉게."

"고맙습니다. 그러나 난 서 있어야겠습니다."

유찬은 어둠이 깔린 밖을 바라보다가 CD를 그의 손에 건네주었다.

"이걸 잘 보관하고 계십시오. 언젠가 그걸 열어볼 날이 있을 테니까요."

"단지 보관만 하라는 건가?"

"지금 그 안에 든 자료를 당신이 감당할 수 있을 거라고 보십니까?"

"난 대검찰청 차장검사야. 내가 마음만 먹으면……."

"마음만 먹으면 뭐든지 할 수 있는 대검찰청 차장검사가 고작 다 무너져 가는 M&S 그룹 수사도 못한단 말입니까?"

"그걸 어떻게 알았나?"

지난 몇 달 동안 그는 수십 번씩 M&S 그룹에 관한 조사를 할 수 있도록 부탁했으나, 그때마다 청장들은 윗선의 명령이라며 그의 요구를 묵살했다. 그런데 청장과 자신만이 알고 있을 줄 알았던 일을 그가 알고 있으니…….

그는 마치 뭐에 홀린 듯한 기분이었다.

"검찰청장도 물러나라는 여론이 나오자 어떻게든 M&S 그룹을 수사하려고 했나 보더군요. 그러나 결국 뜻을 이루지 못했습니다. 뭔가 좀 이상해서 뒤를 좀 캐봤더니 후일을 약속받고 검찰청장의 자리에서 물러났더군요."

"그게 말이 된다고 생각하나? 도대체 누가 검찰청장을 묵

살한단 말인가?'

이 나라 사법의 우두머리라는 검찰청장의 의견을 묵살할 수 있는 사람이 몇이나 될까?

그가 아는 한도 내에서는 전무했다. 국회의원, 장관, 어느 누구도, 심지어 대통령이라고 해도 검찰청장의 요청을 무시할 수는 없었다. 유찬은 천천히 CD를 가리키며 말했다.

"그 안에 있는 사람 모두가 묵살했죠. 그 안에는 공무원에서부터 신문사 사주, 국회의원, 대기업 총수와 간부, 그리고 이 나라 권력의 핵심 인사에 심지어 자신까지 끼어 있으니까요."

"그럴 수가?"

커다란 충격을 받은 듯 이종수 차장은 몸을 가누지 못했다.

"아직 여기서 놀라시면 안 되죠."

유찬은 선 채로 MP3 녹음기 하나를 꺼내놓았다.

"난 언제나 내가 무슨 일을 당했는지 알려주기 위해 소형 녹음기를 가지고 다니지요."

그는 녹음기를 바라보면서 천천히 말을 이었다.

"가까이 와서 귀를 곤두세우고 들어야 할 겁니다. 좀 험악한 상황에서 녹음된 거라 잡음이 섞여 있을 테니까요."

그러나 그 작은 MP3는 뜻밖에도 훌륭한 소리를 쏟아놓기 시작했다.

총성과 폭음, 그리고 비명이 한참 동안이나 계속되었다. 마치 무슨 전쟁의 현장을 녹음해 놓은 것 같은 녹음 테이프, 그리고 몇 마디 고함과 함께 누군가의 목소리가 흘러나왔다.

〈일단 자네의 매제에 대해서 나는 자세히 알지 못하네. 내가 기억하기로 자네 매제는 우리 기업을 한참 동안 들쑤시고 다녔네.…(중략)…이리저리 우리를 찌르고 다니던 그 친구가 어디서 냄새를 맡았는지 지난 대선에 관해서 캐고 다니더군.〉

절박한 듯한 음성은 계속해서 이어졌다.

〈그가 중점적으로 캐고 다닌 지역은 전라남도 일대였네. 원래 그곳은 재야 인사들의 표밭이나 다름없는데, 지난 대선…(중략)…그동안 우리한테 돈을 먹은 의원들이 가만히 있어야지. 여야 가릴 것 없이 찾아와서 들들 볶아대더라고. 결국 우리라고……. 〉

이종수 차장의 눈이 번쩍였다.

그는 긴장한 듯 바짝 녹음기에 다가앉았다. 녹음기를 계속 들을수록 그의 얼굴은 딱딱하게 굳었다.

〈어쩔 수 없었네.〉

녹음기 계속해서 돌아갔다.

지독한 총성과 비명 소리, 그리고 은은하게 패트롤카 소리가 들리며 녹음은 끝나 있었다. 이 차장검사는 녹음기에서 떨어져 유찬의 맞은편 의자에 무너지듯 앉았다.

그리고 한참만에 머리를 끄덕이고 또 끄덕였다. 그는 한숨이라도 토하듯 유찬에게 말했다.

"자네 매제가 누군가?"

"김기범. 서울지방검찰청 강력계였다고 하더군요."

이 차장은 그렇게 말하는 유찬을 우두커니 쳐다보았다.

유찬은 조용히 담뱃갑을 꺼내더니 한 개비를 이종수 차장에게 권했다. 하지만 그는 조용히 고개를 흔들어 담배를 거부하고 한숨을 몰아쉬었다. 유찬은 아무렇지도 않은 듯 천천히 담배를 피워 물었다. 그리고 조용히 입을 열었다.

"이런 데도 지금 당신이 이걸 터뜨릴 자신이 있단 건가요?"

감당할 수 있을 리가 없었다.

대통령 한 사람을 궁지로 몰아가는 거라면 얼마든지 가능했다. 대통령 한 사람의 잘못이라면 야당을 부추겨서 탄핵 정국을 만들어 버리는 것도 가능했다. 이미 선례도 있어 어려운 것도 아니었다. 하지만 이건 그 정도 차원이 아니었다. 이 나라 대부분의 고위 공직자들이 연루된 거대한 정격유착의 고리였다. 그 혼자만의 힘으로는 도저히 그 고리를 끊을 방법이 없었다.

지금 그가 가진 모든 인맥을 모두 동원한다고 해도 불가능한 일이었다.

"이걸 나한테 맡기는 이유가 뭔가? 맡기는 이유가 있을 거 아닌가? 단순한 보관인가? 그거라면 나 말고도 많은 사람이 있네."

"물론 단순히 그건 아닙니다. 그리고 당신은 제 매제와 제법 닮았다고 해서 맡기는 겁니다."

"그게……?"

"매제도 상당한 고문관 스타일이었거든요. 당신도 고문관 스타일이고."

그는 바람 빠진 고무 풍선 같은 모습으로 다시 말을 이었다.

"고문관이라서 나를 택했단 말인가?"

"아니, 당신은 하늘이 될 만한 능력이 있어 보여서 말입니다."

"그게 무슨 소린가?"

"지금 당신은 죽었다 깨어나도 그걸 감당하지 못합니다. 하지만 지금의 하늘이 산산이 부서지고 난 이후라면 어떨까요? 당신은 제법 비주류 인사들과 친분이 있어서 정계로 데뷔하기가 수월할 겁니다. 지금 대통령은 그들을 배척해서 대부분 비주류 인사들이 지방으로 내려가 있는 시기지요. 나중에 그들이 올라온다면 중앙은 그들 손에 들어갈 겁니다. 거기다 당신은 신념도 있고 이념도 있다고 봅니다. 그때쯤 되면 그걸 터뜨려도 무난하겠지요?"

"도대체 그게 무슨 소린가?"

이종수 차장검사는 멍한 표정으로 유찬을 올려다보았다.

도대체 무슨 생각을 하고 있는 걸까?

하지만 더 이상 유찬은 더 이상 입을 열지 않았다 대신 품 속에서 비행기 티켓과 카드 한 장, 그리고 통장 하나를 꺼내 놓았다.

"이건 내일 아침 하와이로 떠나는 비행기 표입니다. 그리고 이건 내 스위스 은행 계좌고요. 한 20만 달러 정도 들어 있을 겁니다. 떡값 하기엔 충분할 겁니다."

"도대체 무슨 소릴 하는 건가?"

"잔소리 말고 내일 아침 하와이로 떠나십시오! 이왕이면 친척들이나 장인, 장모한테는 내일 모래 서울에 있지 말라고 전하시는 게 좋을 겁니다. 살고 싶다면 말입니다."

그는 가까운 친구에게 하듯 이종수 차장검사의 어깨를 한 번 툭 치고 이내 문을 빠져나갔다. 그리고 한마디 더 했다.

"아, 당신과 내 매제의 다른 점이라면 당신은 제법 큰 야망도 있다는 겁니다. 큰 야망이 있는 당신이라면 현명한 판단을 하겠지요."

이 차장검사의 등 뒤로 문이 닫히는 소리가 들렸다.

그는 재빨리 일어서서 창문으로 다가갔다. 벌써 유찬은 골목 끝을 벗어나 그의 시야로부터 사라져 가고 있었다. 그의 입술은 바싹바싹 탔다.

'도대체 뭐란 말인가?'

마치 폭풍처럼 나타난 사내, 그는 그가 남기고 간 비행기

표와 통장을 집어 들었다. 20만 달러가 든 통장과 내일 아침 11시발 하와이 여행 비행기표를 바라보던 그는 잠시 망설이다 단골 여행사로 전화를 걸었다.

그의 신분을 알고 있는 여행사는 가족들의 여권과 비자를 내일 아침 10시까지 준비해 주겠다고 알려왔다. 그때 아내가 문을 열고 들어왔다.

"친구 분 가셨군요?"

"아, 그래. 바쁜 모양이야."

"어머, 그래도 좀 붙잡으시지 그랬어요. 이제 곧 저녁 먹을 시간인데……."

그는 목 뒤로 손을 돌려 뻣뻣해진 그 부근의 근육을 주물렀다.

"그 친구, 그럴 여유도 없는 친구야."

"그래요? 그 사건 때문인가 보죠?"

"뭐, 그럴 수도 있고 안 그럴 수도 있고. 그나저나 그 친구가 선물이라고 이걸 주던데."

그는 비행기표를 들어 보이며 말했다. 그녀는 놀란 표정으로 남편을 올려다보며 말했다.

"와우, 하와이네요? 하지만 당신, 바쁘지 않아요? 최근에 일어나는 사건도 있고."

"그 친구한테 맡겨 버렸어……."

"믿을 만한 사람인가 보죠? 당신이 사건을 다 맡기

고……."

"너무 믿을 만해서 탈이지. 그나저나 밥 안 줄 거야? 배가 등가죽에 붙어버렸다고."

"어머, 내 정신 좀 봐. 잠시만 기다려요."

주방을 향해 돌아서는 아내를 바라보던 그는 고급스러워 보이는 담배통을 하나 꺼내 들었다. 그의 서랍에는 고급 라이터와 넥타이 핀 등이 보였는데, 평소 검소한 스타일로 유명한 그와는 어울리지 않는 물건들이었다. 잠시 그것들을 내려다보던 그는 담배에 불을 붙였다.

'제법 큰 야망. 무섭도록 정확히 나를 판단했군. 나에게는 야망이 있지. 갈 수 있다면 가고 싶은 야망이. 이 비밀 장부는 나에게 칼과 방패가 될 것이고… 이제 길은 어떻게 열어줄 텐가? 내가 하늘이 될 수 있는 그 길을……'

뿌연 담배 연기 속에 그는 한참 동안 창문을 바라보며 굳어버린 듯 석양을 받고 있었다.

*   *   *

10월 10일 am 04:00, 인천 항구 6번 부두.

휘잉~!

낮과 밤의 기온 차가 점점 심해지면서 인천 부두의 아침 바람은 싸늘하게 옷깃을 파고들었지만 그는 옷깃을 여밀 생각도 하지 않고 줄담배를 피웠다. 그의 발치 아래는 분명 피고 버린 것이 분명한 담배꽁초와 담뱃갑 몇 개가 아무렇게나 이리저리 굴러다니고 있었다.

'그들이 올까?'

이틀 전, 안가를 벗어나며 유찬은 그들에게 이천만 원씩의 보너스를 한화로 지급했다.

축제를 벌이기 전 마음껏 놀고 오라는 의미도 있었지만 다른 의미에서 보자면 작전에 참여하지 않을 거라면 당장 운용할 수 있는 그 돈을 가지고 어딘가로 도망가서 꼭꼭 숨으라는 뜻이었다.

'그동안 많은 작전을 해보았지만 이렇게 떨리기는 또 처음이군. 이제 30분 남았나?'

4시 30분이 되면 블라디보스톡을 출발해 무기 창고가 있는 요코하마에서 무기를 실은 세일룬 산하 무기 지원선 카이저가 6번 부두에 입항할 것이다. 당연한 이야기겠지만 세관 쪽은 이미 손을 써둔 상태였다.

담배를 한 대 더 물려고 품속을 뒤질 때 누군가 그에게 다가오는 기척이 느껴졌다. 조심스러운 발걸음이었지만 결코 적은 아니었다. 주변을 경계하던 상대는 유찬을 확인했는지 빠른 속도로 다가왔다.

"대장동무, 먼저 나와 있었구만."

"시간 맞춰서 왔네."

먼저 모습을 드러낸 것은 이동명 소좌와 배기욱 원사였다. 그 뒤로 졸린 표정으로 하품을 늘어지게 하며 조 중사가 손을 흔들었다.

"대장동무, 이보라우. 우리가 미리 작전 지역을 답사해 보았다니까 뭔가 눈치를 깠는지 애새끼들 쫙 깔려 있대!"

"닝기리, 이 빨갱이 새끼야! 거기가 얼마나 살벌한 덴데 그렇게 무턱대고 다니노? 심장이 오그라드는 줄 알았다!"

"아, 탐사를 해야 할 거 아냐! 행정 업무나 보다 보니 작전 개념을 상실했나 보지?"

늘 티격태격하면서도 이 둘은 지난 이틀 동안 붙어 있었나 보다.

조 중사는 대전으로 내려가 이틀 동안 딸의 가족들을 멀리서 바라보다가 결국 발길을 돌렸다고 한다. 한번 만나서 따듯한 밥이라도 사주고 잘살라는 말이라도 해주고 싶었지만 마음의 짐을 지우기 싫어 바라보기만 하다 왔다며 쓸쓸한 미소를 지어 보였다.

끼이익~!

연이어 시끄러운 소음과 함께 한 대의 렌터카에서 배남훈 상사와 죽다 살아난 얼굴의 오성수 하사가 굴러 나왔다.

"아, 이런! 빨리 온다고 왔는데!"

"내가 다시는 배 상사님이 운전하는 차량에 타면 권총 물고 자살하고 맙니다!"

“뭐가 어때서?”

“목숨 어디 담보로 맡겨놓으셨습니까? 고속도로에서 시동 꺼진 게 세 번, 차선 침번 일곱 번, 사고 직전까지 간 게 네 번! 면허시험 카트로 봤습니까? 부스터하고 물풍선은 왜 찾는데요?”

오 하사의 절규에 모두 황당하다는 표정으로 배 상사를 바라보았다.

무슨 공포 체험도 아니고, 죽음의 레이스라도 했단 말인가?

그 시선들에 민망해진 배 상사가 한마디 했다.

“듣고 보니 미안하다.”

“다시 한 번 말씀드리지만, 여기까지 무사히 온 게 신기하단 말입니다.”

“그 정도냐?”

“그걸 말이라고 합니까?”

또각또각!

그때 날카로운 구둣발 소리와 함께 손민석 소령과 박찬호 소위가 모습을 드러냈다. 둘 다 공군 제복을 깔끔하게 차려입은 모습이었다. 그 옆에는 이와는 대조적으로 캐주얼한 차림의 박영웅 대위가 발을 맞추고 있었다.

“시끄러운 걸 보니 맞게 온 것 같군! 안 그런가?”

“맞게 온 것 같네요. 그런데 소령님, 꼭 이런 옷 입어야겠습니까?"

"난 죽어도 대한민국의 공군 소령이라고 하지 않았나?"

"뭐, 잘려놓고 대한 공군은 무신 얼어 죽을 대한 공군입니까?"

"난 예편이라니까!"

곧이어 노트북을 들고 나타난 손현섭 상사와 예비군복을 입고 온 오영수 병장이 느긋하게 합류했다.

"어서 오라고."

유찬은 옹기종기 모여 떠들고 있는 버려진 군대를 바라보며 미소 지었다.

그래도 한 사람 정도는 오지 않을 수 있을 거라고 생각했다. 그런데 한 사람도 빠지지 않고 다 모였다. 목숨을 걸어야 하는 일을 너무도 쉽게 수락했던 그들. 그리고 그 약속을 끝까지 지켜준 그들. 만약 용병으로 그들을 만났다면 사상 최고의 팀이 탄생을 했을지도 모른다는 생각을 하며 유찬은 시계를 보았다.

4시 30분!

부웅~!

멀리 기적과 함께 세일룬의 무기 수송선 카이저가 그 모습을 드러냈다.

구축함과 비교해도 조금도 떨어지지 않은 크기의 거대한 수송선 카이저의 위용은 대단했다. 함상에는 세일룬의 동남아 수송대 대장 로스토 보르스키가 나와 있었다.

"어서 오십시오, 정유찬 팀장님."

그는 유창한 한국어 실력을 자랑하며 반갑게 유찬과 그의 팀을 맞았다.

1미터 90의 건장한 체구와는 어울리지 않게 작은 지팡이로 균형을 잡고 불편한 다리를 절며 유찬에게 다가온 그는 천천히 오른손을 내밀었다. 유찬도 반갑게 그의 손을 잡았다.

"로스토, 한 10년 만인가?"

"네, 정확히 11년 전에 시베리아에서 저를 구해주셨지 않습니까?"

11년 전 러시아와 유고슬라비아에서 활동 중이던 세일룬의 팀들을 대표하던 사람이 바로 로스토 보르스키, 설원의 호랑이라고 불리던 그였다. 유찬 이후 최고의 신인으로 주목받던 그는 러시아의 마피아들 간의 싸움에 끼어들며 상당한 실적을 올렸다.

심지어 두 세력을 이간질시키고 이득을 취하기도 했다.

하지만 꼬리가 길면 밟히는 법. 그는 마피아들을 너무 무시했다. 특히 모스크바를 거점으로 천 년 동안 이어온 오라스 패밀리를 건드린 것이 그의 결정적인 패착이었다. 결국 그의 팀은 오라스 패밀리가 파놓은 함정에 빠졌고, 유찬의 그레이 울프가 구원을 위해 러시아로 급파됐을 때는 이미 그의 팀 화이트 타이거는 전멸 직전의 상태였다.

'죄송합니다.'

모스크바에서 차로 일곱 시간이나 떨어진 야산에서 발견된 그는 다리에 관통상을 입고 쓰러져 있었고, 그의 주위에는 사망하거나 죽어가는 팀원들의 시체가 널려 있었다. 그 일로 인해 러시아에 마련해 놓았던 세일룬의 기반 대부분이 날아가고 말았다.

세일룬의 본부가 있는 터키로 옮겨진 그에게 내려진 것은 팀의 해체와 강제 은퇴였다. 어리석은 판단으로 팀을 전멸시킨 팀장에게 내려지는 것치고는 가벼운 처벌이 아닐 수 없었는데, 그것은 살아남은 두 명의 팀원의 눈물겨운 변론과 그동안 세운 공, 그리고 다리를 관통한 총상으로 인해 아킬레스건이 박살 나서 병신이 되어버린 때문이었다.

"다리는 괜찮나?"

"뭐, 현대 의학으로는 고칠 수 없는 거니 저도 반쯤은 포기하고 있습니다. 지금은 이 지팡이를 사용하는 것도 익숙해졌고요."

"소식은 듣고 있었네. 콜롬비아에 무기를 수송해 냈다더군. 대단한 일을 했어."

"죽어간 이들의 몫까지 짊어지고 살아가라고 하지 않으셨습니까? 그러다 보니 더 열심히 하게 되더라고요."

11년 전 모든 것을 한순간에 잃어버린 그는 절망했었다. 절망만 한 것은 아니다. 끊어진 아킬레스건과 박탈당한 용병

자격으로 인해 내부 기술자로 세일룬 본부에서 일하게 된 그는 특유의 수완을 발휘해 빠르게 내부직의 관료로 승진에 승진을 거듭했다.

그리고 하나의 수송대를 이끄는 수송대 캡틴이 되었다. 수송대는 세계 각지에서 활동하는 용병들에게 무기를 전달하기 위해 만들어진 조직이었다. 그들이 무기를 수송하지 못할 경우 작전 중인 팀은 임무를 완수하지 못하고 철수하거나 최악의 경우 전멸할 수도 있었다.

지금으로부터 10년 전 콜롬비아의 정부와 계약을 맺고 3급으로 분류된 용병 천여 명이 파견된 일이 있었다. 강력한 화력과 무기를 믿고 거침없이 밀림을 헤쳐 나가던 용병들은 콜롬비아 마피아들의 게릴라전에 말려 가지고 있는 물자 대부분이 강물에 유실되고 탄약마저 떨어지는 최악의 사태를 맞았다.

세일룬 지도부에서는 구원병을 보내려고 했지만 적당한 팀이 없었고, 작전 중인 팀을 불러들일 수도 그들을 버릴 수도 없는 진퇴양난의 상황에 빠져 버렸다. 하루에 두 번 전해지는 통신에는 보급을 바란다는 다급한 문구들만이 이어졌다.

하지만 어느 수송대도 선뜻 콜롬비아로 날아가려 하지 않았다.

무엇이든 수송하지 못할 것이 없다고 자부하는 수송대라

고 해도 용병들의 위치마저 불분명한 상태에서 중화기로 무장한 마약상들이 우글거리는 콜롬비아 밀림에 대가리를 들이밀 만큼 짱구가 안 돌아가는 팀은 없었기 때문이다.

수송대끼리 서로 눈치만 보던 그때 그의 수송대가 나섰다. 바로 콜롬비아로 날아간 그의 수송대는 마약상으로 위장, 마약상들의 근거지를 두 발로 유유히 통과하여 물건을 수송하는 데 성공했다.

그 이후 그는 용병들이 원하는 곳이라면 세계 어느 곳이든 무기를 날랐다.

인터폴의 추적을 귀신같은 수완으로 따돌리고 경찰들을 비웃으며 공해를 바람처럼 오갔다. 결국 그 공을 인정받아 동북아의 모든 무기 보급을 책임지는 자리에까지 오른 것이다.

'죽지 마라! 살아남아서 네놈 때문에 죽은 팀원들의 몫까지 짊어지고 살아라!'

지금 그를 있게 한 것이 바로 그때의 이 한마디였다.

총탄이 비 오듯 쏟아지던 러시아의 한 야산에서 점점 영원한 잠 속으로 빠져 들어가는 그의 멱살을 붙잡으며 외친 유찬의 한마디가 다시 그를 살게 만들었고, 지금 이 자리에 있을 수 있도록 했다.

"그런데 이들은……."

그는 유찬의 뒤로 늘어선 이들을 바라보며 물었다.

"이번 작전을 같이할 동료들이네."

"그… 그렇습니까?"

아무리 용병이라고 하지만 이건 무슨 야비군들 모아놓은 것처럼 군기라곤 전혀 없는 버려진 군대의 모습을 복잡한 시선으로 바라보던 로스토가 어쩔 수 없다는 듯이 한숨을 쉬며 입을 열었다.

"일단 주문하신 물품들은 모두 이곳에 싣고 왔습니다. 따라오십시오."

그는 카이저 호의 내부로 그들을 이끌었다.

가장 먼저 그들의 눈에 들어온 것은 수십 대의 전차였다. 한국군 주력 전차인 K-1 전차와 미군의 주력 전차인 M-1A2, 독일의 레오파트 2까지 마치 전차 전시장에 온 듯한 느낌이었다.

"이야! 저걸 타고 나갔으면 좋겠군."

"저게 나가는 순간 토우(TOW) 미사일이 날아올걸? 왜, 봉황이나 현무에 쳐 맞고 싶어?"

이때 뒤쪽에서 따라 내려오던 손민석 소령이 무엇인가 발견한 듯 탄성을 질렀다.

"저건 구형 코브라군! 오랜만에 보지 않나, 박 소위?"

"저기 잠자리도 있는데요."

그들의 말대로 전차의 한쪽 편에는 코브라 헬기와 MD500, 통칭 잠자리 헬기가 보였다.

다섯 개의 지역으로 나뉘는 카이저의 내부는 2개 사단을

완전 무장시킬 만큼의 무기들로 꽉 차 있었다. 그 종류도 다
양해서 미국, 프랑스, 독일, 영국, 러시아 무기들이 없는 것 없
이 빼곡히 정리되어 있었다.

제1전구역인 총기 구역에는 대략 3만 4천 정의 총기가 빼
곡히 차 있었다.

이미 데져트이글 두 정을 가지고 있는 유찬이었지만 프랑
스군 제식소총이자 돌격의 로망이라는 FA—MAS 소총을 한
정 집어 들었다. 대원들은 각자 자신에게 맞는 총을 골랐다.

그다음 대원들이 안내받은 곳은 바로 대원들이 발이 될 2관
전차관이었다.

"제 심정은 전차를 내드리고 싶지만 이걸 가지고 작전을
수행하시지는 않을 것 같기에 여러분에게 보급되는 건 이겁
니다."

그들을 이끌고 간 로스트는 일렬로 놓여 있는 몇 대의 차량
을 가리키며 말했다.

"허머입니다. 특수 작전을 수행하기 좋은 차이지요."

AM제너럴이 만든 다목적 군용 차량 험비(Humvee)의 민간
용 버전인 허머는 군수용에서 좌석과 유리 등만 바꾼 것으로
성능의 차이는 거의 없다.

그가 먼저 소개한 것은 제너럴 허머 H2였다.

"모든 것은 험비 그대로입니다. 하지만 여기에 우리 기술
자들이 손을 좀 봤죠."

잠시 일렬로 늘어선 제너럴 허머 H2를 바라보던 그는 품속에서 하나의 리모컨을 꺼내 눌렀다.

위이잉~!

시끄러운 기계 소음과 함께 허머의 뒤쪽 차석 천장이 서서히 열리기 시작하고, 그 안에서 모습을 드러낸 것은 카트링 형식의 20㎜ 기관포였다.

"이것뿐만 아닙니다. 허머를 보호하는 유리는 모두 그냥 유리가 아니라 특수 강화 플라스틱을 사용해서 웬만한 총탄은 뚫지도 못합니다. 또한 험비의 기존 장갑에 내장갑을 하나 더 넣었습니다. 그로 인해 출력이 조금 떨어지기는 했지만 방어력은 기존 험비에 1.5배 정도는 됩니다. 그리고 여기 특별 주문된 차량이 하나 있는데, 보십시오."

그는 허머들 사이에서 거대한 이동 지프차를 지고 있는 모델을 가리키며 리모컨을 눌렀다.

위이잉!

다시 한 번 시끄러운 소음과 함께 거대한 지대공미사일 발사대가 모습을 드러냈다. 바로 8연장 천마지대공 미사일 발사대였다.

"마, 말도 안 돼! 저건 천마잖아!"

"맞았습니다. 저건 천마지대공 미사일입니다. 바로 알아보시는군요."

반동이 심해 장갑차에나 올려놓아야 할 천마지대공 미사

일이 허머 위에서 모습을 드러낸 것이다. 천마지대공 미사일
은 유효 사거리 10㎞ 이내, 고도 5㎞ 안팎에서 날아오는 각종
전투기를 탐지해 10초 이내에 격추할 수 있는 지대공 미사일
이었다.

"저희가 개조하면서 유효 사거리가 7㎞로 떨어졌고, 저희
가 보유한 사격 통제 장치와 기존의 천마 시스템 간의 호환이
문제가 있어서 약간의 오차가 생길 위험이 있지만 말입니
다."

"대단하군!"

"여기서 놀라시면 곤란하죠. 거기다 스팅어 미사일 50기를
실어놓았습니다."

그는 천마지대공 미사일을 올리고 있는 허머로 다가가 문
을 열고 스팅어 미사일 하나를 꺼내 들었다.

"다들 아시고 계시죠? 이건 스팅어 미사일입니다. 피아 식
별 장치가 있어서 피아 식별이 가능하고, 나머지는 다들 아
실 테니 생략하겠습니다. 아무튼 이거 50발이 실려 있습니
다."

차량에 대한 설명을 끝낸 그는 그들을 헬기가 전시되어 있
는 제삼 구역으로 안내했다.

제삼 구역에 전시된 헬기들의 러시아 Ka—52, AH—1 코브
라, 헝가리 Mil Mi—24, 네덜란드 NAH—64D 아파치, 영국
WAH—64D 아파치, 미국 AH—64D 아파치, 그리스 AH—64

아파치까지 그 종류도 다양했다.

그중에서도 특히 세계 각국의 아파치 시리즈가 압도적인 수를 차지했다.

여러 대의 전투 헬기들 사이를 헤치고 가는 동안 손 소령과 박 소위는 정신을 차리지 못했다. 평생 단 한 번만이라도 몰아봤으면 좋겠다고 생각했던 수많은 기체들이 눈앞에 펼쳐져 있었기 때문이다.

"이것 보라고. 이게 영국에서 설계한 WAH—64D 아파치라고. 헬파이어를 열여섯 발이나 들고 있잖아? 기관포 그런 거 필요없다 이거 아냐. 이게 바로 공격 특화라고!"

"아파치가 아무리 좋아도 기동에서는 Ka—52를 따라갈 수가 없죠. 아무리 잘 날면 뭐 합니까? Ka—52가 도망가기로 마음만 먹으면 아파치는 닭 쫓던 개 신세가 되는데 말입니다."

"무슨 소리야? 전투에서 도망이 말이나 되는 거야? 거기다 아무튼 러시아 놈들, 디자인이 이게 뭐냐, 투박하게."

"그건 그렇습니다. 확실히 좀 투박하긴 하죠?"

잠시 걸음을 멈춘 로스토가 그들을 노려보았다. 그 눈빛은 마치 '여기 러시아 놈 하나 있다' 였다. 하지만 유찬의 얼굴을 한번 바라본 그는 묵묵히 걸음을 재촉했고, 곧 두 대의 대형 컨테이너 앞에 멈추어 섰다.

"그다음은 저희가 일본에서 받아온 겁니다. 저도 완전히 파악하지는 못했습니다만 일단 보여 드리겠습니다."

그의 지시에 따라 카이저 호의 승무원들이 능숙한 솜씨로 컨테이너 박스를 해체했다.

이윽고 컨테이너가 열리고 그 안에서 모습을 드러낸 것은 거대한 날개를 반으로 접고 조용히 잠들어 있는 검은색 롱보우 아파치 헬기였다.

하지만 일반 롱보우 아파치와는 뭔가 다른 점이 있었다. 보통 롱보우 아파치가 거대하고 육중한 동체를 자랑하는 반면, 눈앞에 모습을 드러낸 아파치는 육중함과 거대함 대신 날렵하고 늘씬한 몸매를 가지고 있었다.

"특수전을 위해 저희 세일룬에서 개발한 AH-64D-YS 단죄의 천사 사뮤엘입니다."

손 소령과 박 소위가 유찬을 바라보았지만 유찬 역시도 이 모델에 대해서는 아는 것이 없었다. 잠시 사뮤엘을 바라보던 유찬이 물었다.

"사뮤엘이라… 도대체 누가 만든 것인가?"

"예, 일단 이건 일본에서 만들어진 겁니다."

"설마 딸딸이대에서 만들어진 건가?"

"딸딸이대라면? 아! 거기를 딸딸이대라고 표현하시는 겁니까? 풉!"

시종일관 진지함을 읽지 않던 로스토가 결국 미소를 지었다. 일본의 자위대를 한국 군바리 식으로 말하는 말이 바로 DDR부대, 또는 딸딸이대였던 것이다. 다분히 반일 감정이 섞인 말이었지만 웃지 않을 수도 없는 말이었다.

"아, 걱정 마십시오. 거기서 나온 물건은 아닙니다. 아시지 않습니까? 일본 나가사키에 세일룬 동북아 지부 연구소가 있습니다. 그곳에서 만들어진 겁니다."

세일룬의 작전은 일반적인 군대의 작전과는 본질부터가 달랐고, 그 작전들을 수행하기 위해서는 일반적인 무기들로는 어림도 없었다.

그리하여 만들어진 것이 바로 세일룬 산하 10여 개의 다국적 군사 무기 연구소였다. 세일룬에서는 터키에 중앙 연구소를 두고 몇몇 나라들에 작은 연구소를 세워 특화된 무기들을 개발해 냈다.

사뮤엘로 다가간 로스토가 은빛 동체를 쓰다듬으며 말했다.

"일단 보시는 바와 같이 사뮤엘은 일반 롱보우 아파치보다 크기가 많이 줄어들었습니다. 굳이 따지자면 유로콥터 정도라고나 할까요? 아무튼 사뮤엘은 롱보우의 장점은 그대로 가지고 오면서 공격에 맞게 계량된 공격 특화 헬기입니다. 조종은 숙련된 조종사라면 매뉴얼을 잠시 읽는 것만으로도 얼마든지 가능할 겁니다."

AH—64D—YS 사뮤엘.

AH—64D 롱보우 아파치를 바탕으로 만들어진 이 헬기는 크기만 작다 뿐이지 겉보기엔 롱보우 아파치와 똑같았다. 하지만 중요한 것은 기동성이었다.

사뮤엘은 아파치의 최고 시속인 237㎞/h 넘어 타이거 헬리콥터를 뛰어넘는 350㎞/h까지 속도를 낼 수 있을 뿐만 아니라 그 어떤 헬기보다 빠른 방향 전환이 가능했다.

또한 무장 역시 대폭 강화되어, 헬파이어 미사일과 미스트랄 AAM 미사일, AIM−7 공대공 '스패로우' 미사일, 70㎜ 로켓포드, 30㎜ 체이건, 75인치 36연장 히드라 로켓탄, 스팅어 미사일을 탑재한, 그야말로 날아다니는 무기고였다.

"많이도 가져다 붙였군!"

"이걸 다 붙이고 날아다니는 게 신기하군."

매뉴얼을 살펴본 손민석 소령과 박찬호 소위는 혀를 내둘렀다.

크기는 줄어들었지만 중량은 늘어날 대로 늘어서 10톤이나 나가는 괴물이 롱보우 아파치도 보다 빨리 움직일 수 있다니?

사뮤엘에 정신을 못 차리고 있는 버려진 군대 대원들을 잠시 바라보던 로스토가 말했다.

"덕분에 이 기체는 두 시간 이상 날아다닐 수 없습니다. 아까도 말했지만 공격을 특화시키기 위해서는 다른 곳의 무게를 줄이는 수밖에 없었는데, 연료통도 예외는 아니었지요. 만으로 채워도 두 시간 이상 비행은 무립니다. 하지만 뭐 공대공 전투까지 가능한 녀석이니 어쩔 수 없이 이 정도 페널티야

감수해야 하지 않겠습니까? 이제부터는 각자 저희 요원들을 따라가서서 무기들을 인수하시고 확인해 주십시오. 그리고 정 팀장님은 저를 따라오십시오."

"알았네. 그럼 자네들은 각자 더 필요한 무기를 고르기 바라네."

"골라보자! 골라봐!"

"아싸! 난 저기 탱크나 구경 가야겠다."

한바탕 왁자지껄하게 떠든 그들은 카이저 호의 승무원들을 따라 각자 필요한 무기들을 고르기 위해 이곳저곳으로 흩어졌다. 유찬은 로스토를 따라 카이저 호의 중앙으로 향했다.

카이저의 제5구역 동력부. 카이저 호의 동력은 원자로부터 나오고 있었다.

이 원자로는 동력 이외에도 그 자리에서 바로 플루토늄을 추출, 핵탄두를 만들어낼 수 있는 원자로로 카이저 호는 추출한 플루토늄을 이용, 30분 내로 원자탄을 만들어낼 수 있는 생산 라인을 가지고 있었다.

얼마나 걸었을까?

붉은 조명 아래 거대한 철문이 나타났다.

〈암호를 입력하십시오.〉

문으로 다가서자 센서가 작동하며 컴퓨터가 암호를 요구했다. 로스토는 품속에서 붉은 플라스틱 하나를 꺼내 읽어나 갔다.

“델타, 탱고, 감마, 알파, 브라보!”

〈음성 인식 확인. 암호 확인 체크.〉

기이잉~!

거대한 철문이 서서히 올라가고 내부의 모습이 나타났다. 붉은 조명 아래 방사능복을 입은 요원들이 분주하게 오가고 있었다. 그들은 함장인 로스토가 들어오는 데도 고개조차 돌리지 않고 자신의 일에 열중했다. 로스트는 그중 한 사람과 무슨 이야기를 나누더니 거대한 여행 가방 하나를 가지고 나왔다.

“마지막으로 주문하신 물건입니다.”

“에계? 이게 그거란 말인가?”

아무리 봐도 그냥 가방 같은 모습에 유찬이 의아한 표정을 지었다.

“그럼 무슨 스커드 미사일 같은 형태를 바라셨습니까?”

“그건 아니지만 이건 좀…….”

“이래 봬도 100kt입니다. 히로시마를 날려 버렸던 녀석의 다섯 배의 파괴력을 가진 녀석이지요. 절대 쉽게 보셔서는 안 됩니다. 하지만 그리 걱정은 안 하셔도 됩니다. 10톤 트럭이 밟고 지나가도 이상 없도록 설계되어 있으니까요. 거기다 신관이 무선 조종이고, 120㎞ 이내라면 어디서든 작동합니다. 터지는 시간은 30분 후니까 눌러놓고 신나게 도망가면 됩니다. 참고로 억지로 가방을 열어보시진 마십시오. 만약 그랬다가는 바로 평이니까요.”

로스트는 여행 가방을 유찬에게 건네며 말했다.

묵직!

히로시마에 떨어졌던 탄두에 경우 20㎏ 내외였는데, 투하의 결과로 7만 8천 명이 사망하고 1만 명이 실종되었으며, 3만 7천 명이 부상을 입었다.

‘그 다섯 배라……’

유찬은 천천히 자신의 손에 들린 가방을 바라보았다.

‘무겁다.’

손에 들린 여행 가방이 그 어떤 무기보다 무겁게 느껴졌다. 잠시 유찬을 바라보던 로스토는 고개를 갸웃거리며 품속에서 무언가를 꺼내 건네주었다.

“이건 무선 조종 스위치입니다. 120㎞ 밖에서 누르시고 죽을힘을 다해 도망가십시오. 핵폭탄의 피해를 벗어나신다면 일곱 시간 이내에 부산으로 오셔야 합니다. 카이저는 그곳에서 기다리고 있겠습니다.”

“알았네.”

유찬은 떨리는 손으로 무선 조종 스위치를 받아 들었다.

차가운 금속의 감각이 흔들리는 그의 마음을 다잡아주었다. 잠시 스위치를 바라보던 유찬은 코트 속으로 스위치를 집어넣었다.

“제나 팀장님이 전해달랍니다, 사용료는 100만 달러라고.”

“뭐? 공짜 아니었어?”

“빌려 드리는 거라던데요? 100만 달러의 빚이 있으니까 죽지 말라고 하시던데요? 살아서 죽을 때까지 갚으시랍니다.”

‘죽지 마세요.’

말은 저렇게 밉상스럽게 하지만 그 속에 담겨 있는 의미는 저것이리라.

알고 있었다. 단지 모른 척 외면했을 뿐이다.

오래전부터 그녀의 마음을. 하지만 그녀의 마음을 받아줄 만한 자리가 그의 마음속에는 없었다. 언제나 삶과 죽음의 기로에 서야 하는 그에게 한 여자를 사랑한다는 것은 고통과 부담만 될 뿐이라 생각했다.

‘미안하다.’

들리진 않겠지만 유찬은 한참 동안이나 마음속으로 그녀에게 사과했다.

‘살아남는다면, 살아남을 수 있다면 그때는……’

아무도 들어주지 않는 유찬의 독백이 한참 동안이나 이어졌다.

잠시 고개를 숙이고 있던 유찬은 천천히 고개를 들었다. 차갑게 식어버린 두 눈에서는 싸늘하고 차가운 기운이 뿜어져 나왔다.

“결심을 하신 것 같군요.”

“벌써 일곱 시군.”

"어서 가시지요. 카이저도 부지런히 달려야 하니까요."

원자로를 벗어나 카이저 호의 선상 갑판으로 나오자 이미 무기들을 챙긴 버려진 군대 대원들이 나와서 몸을 풀고 있었다.

그들은 카이저 호의 선상에서 서서히 떠오르는 태양을 바라보며 담소를 나누고 있다가 유찬을 보고는 자리에서 일어났다. 잠시 그들을 둘러보던 유찬은 천천히 선상으로 다가가 떠오르는 태양을 향해 두 팔을 벌렸다.

"빌어먹을 하늘아!"

유찬은 하늘을 보며 이렇게 말한 뒤 천천히 카이저 호에서 내려갔다.

부두에는 여섯 대의 허머와 두 대의 컨테이너 운반 차량이 출발을 준비하고 있었다. 천천히 맨 앞의 허머에 올라탄 유찬은 다시 한 번 기본 무장을 확인한 뒤 핵폭탄이 들어 있는 가방을 뒷좌석에 아무렇게나 던져 놓았다.

10월 10일 운명의 그날, 오전 07:25분, 그들은 인천 항구 6번 부두를 벗어나고 있었다.

*   *   *

20XX년 10월 10일 08시 30분.
서울 종로구 대한민국 대통령의 관저 청와대 본관.

차정원 대통령은 청와대 본관에서 측근들과 티타임을 즐기고 있었다. 이 자리에 참석한 사람으로는 이만수 국정원장을 비롯하여, 김갑곤 여당 총재, 정찬용 경호실장, 이수곤 내무부 장관 등으로 그의 지인들이자 이 나라의 실세들이었다.

여당 총재인 김갑곤 의원과 몇 사람의 여당 의원들은 필요에 의해서 손을 잡은 사이였지만 이만수 원장과 정찬용 경호실장의 경우 그가 이름없는 무소속 국회의원일 때부터 그를 위해서라면 견마지로를 다해온 충복 중의 충복들이었다.

최근 일어나고 있는 여러 가지 일로 인해 그들이 규탄을 받고 있는 것을 알면서도 그는 묵묵히 그들을 지원해 왔고, 이번 대테러 특별법 통과와 대국민 성명 역시도 그들을 보호하기 위한 일이었다.

하지만 대국민 성명까지 발표하는 입장에서 기분이 썩 좋을 리가 만무했다.

그것을 잘 알고 있는 이만수 원장은 시종일관 굳은 표정으로 입을 다물고 있었다. 그 모습이 더욱 답답해 보였던지 결국 차정원 대통령이 먼저 입을 열었다.

"이 원장 안색이 별로 안 좋군. 무슨 걱정이라도 있나?"

"아, 아닙니다, 각하."

"이 사람아, 한 번 실수는 병가지상사라 하지 않았나? 그만 잊어버리게. 이제 대충 일은 마무리된 것 같다면서."

"일단은 그런 걸로 생각됩니다. M&S 그룹에 원한이 있었던 자의 소행으로 추정하고 있으니까요. 심려를 끼쳐 드려 죄송합니다, 각하.”

“허허, 이 사람, 신경 쓰지 말라는 데도 그러네.”

과연 끝일까?

이 원장은 스스로에게 물었다.

범인이 원한 것도, 범인의 목적도 아직 모르는 상태에서 너무 이른 판단을 내린 것이 아닌지 걱정이 되었다. 범인이 단순히 M&S 그룹에 원한을 가진 자. 지난번 학살로 모든 은원을 정리했다면 그와 정부의 입장에서는 더할 나위 없이 좋겠지만 만약 그렇지 않다면 더욱 큰 문제로 발전할 수 있었다.

만약 범인이 차후에도 범죄를 저지른다면 대테러 방지법을 통과시켜 놓은 국회와 대국민 성명을 발표한 대통령은 바보가 됨과 동시에 모든 비난의 화살을 맞아야 할 것이다. 상상만 해도 끔찍했다.

‘이렇게 무력하기는 이번이 처음인 것 같군.’

너무나도 정보가 부족했다. 가진 거라고는 부실하기 이를 데 없는 몽타주 하나. 그 몽타주로 범인을 찾으라는 것은 모래사장에서 바늘 찾기보다 힘들었다. 그때 가만히 차를 마시고 있던 이수곤 내무부 장관이 입을 열었다.

“경, 검 두 청장의 사퇴와 각료 몇 명의 사퇴, 각하의 대국민 성명 발표에 대테러 방지 대책까지, 이로써 급한 불을 끄기는 했지만 현 내각이 엄청난 타격을 입은 것은 확실합니다.

두고두고 말들이 많을 겁니다. 그런 일을 막기 위해서라도 범인의 체포가 가장 시급합니다."

"그도 그렇습니다. 범인을 빨리 잡지 못하면 이번 사건이 각하와 내각의 아킬레스건이 될 수 있습니다."

지금까지 가만히 침묵을 지키던 정찬용 경호실장이 맞장구치고 나섰다.

그들의 이야기는 하나도 틀린 것이 없었다.

발 빠른 대처 덕분에 들끓던 여론은 어느 정도 진정되는 듯 보였다. 하지만 그것은 어디까지나 임시 대책에 불과했다. 언제 다시 이 사건을 빌미로 여론이 들끓어오를지 알 수 없는 일이었다.

그런 일을 막기 위해서라도 하루바삐 범인을 검거해야만 했다. 아무 말도 하지 않고 있었지만 차 대통령도 내심 그것을 바라고 있을 것이 뻔했다. 그것을 알고 있기에 이만수 원장의 안색은 더욱더 굳어졌다.

그런 이 원장으로 인해 장내 분위기가 어두워지자 차 대통령이 분위기를 바꾸기 위해 이야기를 다른 쪽으로 돌렸다.

"자, 자, 그런 이야기는 그만들 하고, M&S 그룹이 흔들린다고요?"

"그렇습니다."

"뭐, 예상들은 하고 있던 일 아닙니까? 한순간에 최고 경영자들이 증발해 버렸으니 그룹 자체가 흔들리는 건 당연한 거 아닙니까?"

"그게 좀 심해야 말을 안 하지요. 현재 M&S 그룹은 언제
부서질지 모르는 사상누각이나 다름없습니다. 정말 이러다
가는 공중분해되겠습니다."

최고 경영진들이 한순간에 증발해 버린 M&S 그룹은 처음
며칠간은 전문 경영인들과 원로, 그리고 횡액을 피해간 몇몇
이사들이 나서서 어찌어찌 버티는 듯했다.

하지만 그도 삼 일을 넘기지 못했다.

죽어버린 경영진들의 식구들이 자신의 몫을 찾기 위해 나
서기 시작하면서 M&S 그룹은 남아 있는 경영진들과 구 경영
진의 식구들 간의 치열한 주도권 싸움으로 몸살을 앓고 있었
다.

주가 또한 연일 대폭 하락하면서 정부의 원조에도 불구하
고 재계 서열 4위의 M&S 그룹은 당장이라도 무너질 휘청거
렸다. 재계의 여러 인사들은 M&S 그룹이 무너진다면 지난 한
보 사태보다 더 어마어마한 후폭풍이 몰아칠 것이라고 조심
스럽게 경고하고 있었다.

"어떻게, 지원을 더 해주면 안 되겠나?"

"각하, 이미 M&S 그룹은 회생 가능성이 없습니다. 경영진
들 간의 불화도 불화지만 알아본바에 의하자면 M&S 그룹 자
체가 원래 경영에 커다란 문제를 떠안고 있었습니다, 각하."

"그럼 지금 우리는 M&S가 무너진 뒤를 생각해야 한다는

거군. 테러 사건에 대국민 성명, 거기다 경제 위기라… 최악의 악재들만 연이어 겹치는군."

이만수 원장은 쥐구멍이라도 찾아서 들어가고 싶었다. 잠시 머리를 부여잡고 눈앞에 닥친 악재에 고민하던 차정원 대통령이 기어코 자리에서 일어났다.

"각하!"

"여기서 머리 싸맨다고 뾰족한 수가 있는 것도 아니지 않나. 일단 오늘 있을 대국민 성명부터 넘기고 보세. 자네들을 이곳에서 기다리고 있게. 조금 있다 여의도로 출발해야 하니까."

차정원 대통령은 머리를 좌우로 흔들며 경호원들과 함께 응접실 밖으로 나갔다. 이만수 원장은 응접실에 남은 이들을 쭉 둘러보다가 정찬용 경호실장과 눈이 마주쳤다.

"자네, 각하를 수행해야 하지 않나?"

"이곳은 청와대네. 내가 굳이 수행하지 않아도 이곳에서 각하의 신변에 문제가 생길 일은 없지. 그렇다고 내가 각하에게서 떨어지는 일은 예나 지금이나 없지만, 오늘은 자네에게 할 말이 있어서 말이야."

그의 눈은 차갑게 식어 있었고, 그 눈빛은 정확히 이만수 원장에게로 향하고 있었다.

'젠장, 이 얼음 덩어리가 무슨 말을 하려고……'

정찬용 경호실장과 이만수 원장은 같은 사관학교 동기인

데다 둘 다 철원에서 소위로 처음 임관했으며, 이 원장은 중령으로, 정찬용 경호실장은 대위로 한 달간의 차이를 두고 차정원 대통령의 휘하로 발령을 받았다.

정보부 장교답게 이해타산적인 그와는 달리 정찬용 경호실장은 외골수적인 면이 있어서 자신의 기준에 맞지 않는 일이 생기면 항명도 서슴지 않았다. 덕분에 진급 심사에서 번번이 밀려서 이만수 원장이 중령이 될 동안 대위에 머물러 있을 수밖에 없었다.

그 성격은 차정원 대통령을 따라 예편한 이후에도 계속되었다.

하지만 군에서와는 달리 대통령의 신임을 얻은 건 정 실장이었다. 성격상 전면에 나서는 일은 없었지만 그가 대내외적으로 나서는 거라면 대통령의 의지라고 봐도 무방했다.

"나한테 할 말이 뭔가?"

"제대로 하라는 거네. 자네는 지금까지 각하께 부담이 된 적이 없었네. 그게 각하를 위해서든 자네의 미래를 위해서든……."

그는 잠시 말을 끊고 이 원장을 바라보았다.

"하지만 최근 들어서 자네는 실수가 너무 많아. 이번 사건도 사건이지만 요즘 정관계 인사들과 접촉이 잦더군. 물론 다음 대를 자네가 이어준다면 각하께서도 부담을 덜겠지만 이번 일로 인해서 발생할 레임덕 기간에도 그런 일을 계속한다면 다음 대가 과연 자네의 세상이 될 수 있을까? 썩어도 준치라는 말을 알 텐데?”

이만수 국정원장의 얼굴이 굳어질 대로 굳어졌다.

레임덕 현상은 재선에 실패한 현직 대통령이 남은 임기 동안 마치 뒤뚱거리며 걷는 오리처럼 정책 집행에 일관성이 없다는 데서 생겨난 말이다. 이 사건으로 인해 차 정원 대통령은 크건 작건 레임덕을 겪게 될 것이고, 대통령의 정치적 권력이 약해지는 시기에 맞춰 새로운 권력을 키우려는 야심가들이 생겨나는 것은 어제오늘 일이 아니었다.

그라고 예외는 아니었다. 최악의 경우 국정원장 자리를 내놓고 막후로 숨어들어 천천히 세력을 키울 생각까지 했었으니까.

‘이빨 빠진 호랑이도 호랑이라 이건가?’

하지만 그의 생각과는 달리 이미 대통령이 그런 그의 움직임을 알고 있었다.

아무리 힘이 약해진 대통령이라고 해도 이 나라의 최고 권력자의 눈에 나서는 좋을 것이 없었다. 거기다 다음 대선을 위해서라도 그는 아직 차 대통령이 필요했다.

이만수 원장은 정찬용 경호실장을 잠시 동안 노려보다가 어쩔 수 없다는 듯 말했다.

“걱정 말게. 이 정권이 끝날 때까지 좋든 싫든 내가 배를 갈아타는 일은 없을 테니까.”

"그 말이 진심이길 바라네."

한참 동안이나 이 원장을 노려보던 정 실장은 삐뚤어진 넥타이를 고쳐 매고는 비웃음 비슷한 묘한 웃음을 남긴 채 장내를 빠져나갔다.

'젠장! 빌어먹을! 어떻게 눈치를 챈 거지?

이 원장은 자기 스스로 이런 곤경에 발을 들여놓은 것에 대해 잠시 후회를 했다. 하지만 이미 되돌리기에는 너무 늦어 있었다.

이제 한동안 좋든 싫든 차 대통령에 충성을 다해야 했다

"각하께서 준비가 끝나셨습니다. 곧 출발하신다고 합니다."

후세 사가들은 이때 차정원 대통령이 이만수 원장을 위해 대국민 성명을 발표하지 않고 그를 내쳤으면 어땠을까라는 이야기를 살며시 꺼내놓았다. 하지만 이미 흘러간 운명의 수레바퀴는 누구도 어쩔 수 없었다.

*　　　*　　　*

20XX년 10월 10일 09시 20분.

원효대교 북단 이촌 소방 파출소 앞.

한국 그랜드 오피스텔 앞에 두 대의 컨테이너 차량을 세워

둔 손민석 소령과 박찬호 소위는 원효대교가 바라다 보이는 이촌 소방 파출소 앞까지 걸어나왔다. 그들의 작전 코드명은 사뮤엘 1과 사뮤엘 2였다.

과묵한 손 소령은 물론이거니와 쾌활한 성격인 박 소위마저도 긴장했는지 아무 말이 없었다.

'미친 짓이다.'

이번 작전을 앞두고 둘의 공통적인 생각이었다.

만에 하나 작전이 성공한다고 해도 헬기를 조종하는 그들이 살아날 확률은 다른 팀원들보다 낮았다. 다른 대원들처럼 몸을 숨기고 도망칠 수 있는 것도 아니었고, 착륙하려고 폼만 잡아도 사방에서 미사일이 날아올 게 뻔했다.

손 소령이 글록 17권총을 꺼내 박 소위에게 내밀었다.

"받아."

"……."

"권총 안 챙겼잖아!"

"씨발, 이거 탄창 비어 있는 거 아뇨? 나중에 당겼는데 대갈통 안 날아가면 각오하쇼."

"걱정 마라. 꼭꼭 채웠다."

손 소령이 박 소위에게 준 권총은 적을 쏴서 죽이라는 것이 아니라 자살용이었다. 박 소위는 순순히 권총을 받아 품속으로 집어넣었다.

"지금 심정이 어떠냐?"

"미첼 경폭기에 빗자루 기관총 달고 일본 열도로 날아가는 기분을 온몸으로 느낀다면 이해하시겠습니까?"

"자식, 진주만이냐?"

박 소위는 2차 세계대전 당시 B−25(미첼) 경폭격기를 타고 일본 열도를 폭격하러 가는 미군 조종사들의 심정에 지금의 심정을 비유했다. 잠시 굳은 표정의 박 소위를 바라보던 손 소령이 그의 어깨를 툭툭 쳤다.

"그래도 그놈들보다는 낫다. 우리는 기름 없어서 허덕일 일은 없잖아? 난 솔직히 기름 다 써봤으면 싶다."

"그거 지금 위로라고 하는 겁니까?"

박 소위는 어처구니없다는 표정으로 손 소령을 올려다보았다.

그런 그의 시선을 애써 무시한 손 소령은 손목시계를 바라보다가 품속에서 무전기를 꺼냈다.

"사뮤엘 1, 2종, 전투 태세에 들어간다. 나이트 원, 들리는가?"

〈여기는 나이트 원, 내용 감지했다. 조심하기 바란다.〉

"무훈을 빌어달라!"

무전을 끊은 손 소령은 손에 들고 있던 담배를 튕겨 버리고 돌아서며 말했다.

"가자고."

시계는 오전 9시 50분을 가리키고 있었다. 이미 여의도로 통하는 길목마다 경찰 병력이 배치되어 모든 차들을 검문검색하고 있었다. 하지만 저들은 결코 컨테이너 안에서 조용히 잠들어 있는 단죄의 천사는 막을 수 없을 것이다.

*　　　*　　　*

20XX년 10월 10일 10시 00분.

히드라라는 코드네임을 가진 1조로부터 무전 보고를 받은 유찬은 품속에 잠들어 있는 데져트이글을 만지작거렸다. 무쇠 특유의 차가움이 마음의 긴장을 풀어주었다.

무전 보고와 함께 1조는 원효대교를 통해 이미 여의도로 잠입했다.

검문검색이 있었지만 고급스러워 보이는 허머 차량 앞에 형식적인 검문검색만이 이루어졌다. 작전이 어긋날까 봐 내심 긴장했지만 1조는 별 무리 없이 여의도로 진입했다. 그들로부터 보고를 받자마자 네이쳐보이라는 코드네임을 가진 3조 박영웅 소위와 1조 사뮤엘 팀에게도 연락이 왔다.

그가 이끌고 있는 4조의 식별 코드는 나이트로 그에게는 나이트 원이라는 코드네임이 주어진 상황이었다. 나이트 투 배기욱 원사는 자신의 총기들을 손보다가 능숙한 솜씨로 탄띠에 야삽을 채워 넣고 탄띠를 둘렀다.

'잘하는 행동일까? 과연 이 방법이 정당한가?'

인천을 떠나올 때부터 계속해서 드는 의문들. 과연 지금 그가 선택한 올바른 것인가를 수천, 수백 번도 넘게 생각했다. 하지만 그 어디에도 그 누구도 답을 줄 수 없었다.

거기다 차 뒤에 실려 있는 여행 가방을 볼 때마다 그는 문득문득 섬뜩한 생각이 들었다.

히로시마에 떨어진 원자폭탄은 지금 뒤에 실려 있는 여행 가방에 비하자면 애교 수준에 불과했다.

'멈춰야 하나?'

저 멀리 한강 시민 공원에서 운동을 하고 있는 사람들의 모습이 보였다.

그들에게 오늘은 더없이 평화로운 일상일 것이다. 하지만 작전이 실행된다면 이곳은 가장 먼저 지옥으로 변할 것이다. 그가 스위치를 누르면 핵폭탄의 타이머는 돌기 시작하고 30분 후 서울은 날아간다.

대피?

그건 거의 불가능했다.

왜?

작전이 절묘하게 맞물려 있었기 때문이다.

그들에게 주어진 시간은 30분. 하지만 100만 대 이상의 차량이 얽히고설켜, 교통지옥으로 변해 버린 서울 도로가 그들의 발을 막을 것이다. 거기다 사전 경고도 없을 테고…….

방공호 등지로 피한다고 해도 핵은 일반 폭탄과 다르다. 피

폭과 낙진이 이어질 것이고, 웬만한 방공호는 대부분 파괴되어 나가고, 주요 시설 방공호로 피한 사람들은 죽음의 검은 구름, 낙진의 희생자가 되어 더욱 비참하게 죽어갈 것이다.

한 사람 한 사람 지금까지 전쟁을 하면서 죽였던 이들의 얼굴들이 주마등처럼 스쳐 지나갔다. 전에도 말했지만 용병의 전쟁에서 제네바 협약 따위는 휴지 조각에 불과했다. 아이도 있었고, 노인도 있었으며, 임산부도 있었다.

어디 그뿐인가?

한 번은 게릴라들의 마을을 습격하면서 500명 이상을 죽인 적도 있었다. 그중 게릴라는 고작해야 30여 명, 나머지는 모두 전쟁이 뭔지도 모르는 양민들이었다.

'그때 죄책감을 느꼈던가?'

유찬은 자신에게 물었다.

느낀 적 없었다.

왜 죽어야 하는지도 모르는 사람들을 죽일 때 한 번이라도 죄책감을 느껴보았던가?

죄책감?

참으로 오랜만에 생각하는 단어였다. 처음 아무 잘못도 없는 사람을 증거인멸을 위해 죽였을 때 며칠간 죄책감에 시달려 본 적도 있었다. 하지만 그것도 한두 번이었다. 죽이지 않으면 죽는다.

전쟁과 싸움은 그런 것이다.

한 사람 두 사람 그런 식으로 죽여가는 사람이 늘어날수록 죄책감이라는 감정은 희미해져 갔다. 내가 죽지 않기 위해서 남을 죽인다는 논리에 익숙해져 버렸다.

인간이란 그저 칼슘과 수분, 그리고 단백질로 구성된 고깃덩어리 그 이상도 그 이하도 아니었다. 어차피 썩으면 뼈조차 남지 않는 게 인간이고, 무기를 쥐면 여자든 남자든 아이든 위험하기는 매한가지였다. 결국 유찬은 단순하게 생각하기로 했다.

'숫자가 많아진 것뿐이다.'

수백이든 수천이든 수만이든 유찬과는 관련이 없는 사람들이었다.

그들이 유찬에 의해 죽는다고 해도 그건 그들이 힘이 없었기 때문이다. 그건 부정하려고 해도 부정할 수 없는 진실이었다.

정의는 반드시 악을 이긴다.

개소리였다. 정의가 악보다 힘이 강했기 때문에 악을 이긴 것이다. 잘 생각해 보라. 아무리 강한 악이라고 해도 약점이 있고, 그 약점을 파고든 정의가 결국에는 더 큰 힘으로 악을 이기지 않는가?

정의라는 힘이 악이라는 힘을 이긴 것이지, 정의가 약해 빠졌는데 악이 그냥 진 건 아니지 않는가?

강자존.

강한 자만이 살아남는 것이다. 정의라는 이름도 힘이고 악이라는 이름 역시 힘이다. 두 힘이 부딪쳐 악이라는 힘이 진 것에 불과하다.

어차피 세상은 힘있는 자에 의해서 움직이는 것. 부정하고 싶지만 누구도 부정할 수 없는 명제 중 하나. 그렇게 생각하자 결론은 의외로 간단하게 났다. 나에게는 힘이 있고, 저들에게는 힘이 없다. 그들에게는 힘이 있었고, 동생에게는 힘이 없었다. 그래서 당한 것이다.

이번에는 역으로 그 입장이 바뀐 것뿐이다.

힘과 힘의 충돌 과정에서 생겨나는 피해는 어쩔 수 없는 것. 하나를 죽이든 둘을 죽이든 수백을 죽이든 수만을 죽이든 어차피 피의 무게는 모두 다 같다.

툭.

유찬의 마음속에 무엇인가 끊어져 나가는 소리를 들었다.

동생의 무덤 앞에 했던 맹세가 생각났다.

복수를 하기 전에는 울지 않겠다 했던 맹세, 복수가 끝나기 전에는 그의 의지는 변하지 않을 것이 분명했다. 비록 그 끝에 파멸이 존재할지라도 말이다.

그는 천천히 고개를 돌렸다.

아직도 툭탁거리고 있는 배기욱 원사와 이동명 소좌가 보였다.

저들은 유찬이 준비한 마지막 패를 모르고 있었다. 그들만

이 아니다. 조 중사를 비롯한 버려진 군대 어느 누구도 핵의 존재를 몰랐다. 유찬이 비밀로 했기 때문이다.

비록 국가에 불만이 많았지만 저들은 군인이다.

그것도 엘리트에 속하며 한때 충성심으로 온몸을 무장했던 존재들. 그렇기에 그들은 핵의 존재를 몰라야 했다. 그들은 어느 누구도 조국의 심장부에 핵이라는 물건을 박아 넣을 만큼 모진 이는 없었다.

특히 배기욱 원사와 같은 경우 그가 핵을 터뜨릴 거라는 것을 알았다면 당장 총부리를 그에게 돌렸을 것이다.

'결국 당신들은 도구에 지나지 않는군.'

유찬에게 버려진 군대는 하나의 도구였다.

광기 어린 복수의 마지막을 위해 발판이 되어줄 존재들. 바로 그들이 버려진 군대였다.

'기억한다. 너의 그 눈을……'

아직도 생생히 기억났다. 목이 잘린 동생의 눈에 보였던 허망함.

자신이 왜 죽었는지도 모르게 죽어야만 했던 동생, 그리고 공포와 절망감, 분노로 물든 매제와 조카들의 눈동자. 그들의 모습이 생각날 때마다 저 깊은 곳에서 뭔가 뜨거운 것이 울컥 치밀었다.

'돌려주마. 모두에게 너희가 느꼈던 절망과 공포와 분노를 모두 돌려주마.'

유찬은 천천히 무선 스위치를 꺼내 아랫부분을 열고 무엇인가를 조작했다.

삐익.

조정이 완료되었다는 신호음과 함께 스위치에 빨간 불이 들어오는 것을 확인한 유찬은 만족한 표정으로 스위치를 품속에 넣고 시계를 바라보았다.

디지털 시계는 10시 4분 49초를 알려주고 있었다.

이미 시간을 확인한 이동명 소좌와 배기욱 원사는 허머에 타 있었다. 천천히 허머로 올라온 유찬은 무전기에 대고 소리쳤다.

"작전 스타트!"

"감지!"

심판의 날은 이렇게 시작되었다.

*　　*　　*

20XX년 10월 10일 10시05분 서울특별시 원효대교.

투투투투!!

추진력이 강화된 AH-64D-YS 단죄의 천사 사뮤엘은 일반 아파치보다 두 배나 빠른 속도로 은빛 동체를 띄워 올렸다. 원효대교를 경비하고 있던 경찰들은 갑작스럽게 컨테이너 박스를 박차고 날아오는 두 대의 전투 헬기를 멍청히 바라볼 수밖에 없었다. 한 대는 즉각 원효대교를 향해 날아왔고, 한 대는 기수를 북동쪽으로 돌려 여의도 쪽으로 날아갔다.

'저, 저게 뭐지?

경찰 생활 10년차인 한은실 경사는 멍한 표정으로 자신을 향해 날아오는 헬기를 바라보았다. 그 순간 헬기의 좌측 몸통 부분에서 무엇인가 붉은빛이 번쩍였다.

'미… 미사일?

미사일 아니면 기관총. 헬기에서 나오는 건 이 두 개뿐이다.

콰콰쾅!

화끈한 열기가 한 경사의 머리를 스치고 지나갔다 싶은 순간 원효대교 전체가 흔들렸다. 불길한 예감에 천천히 고개를 돌린 이 경사의 눈앞에 믿을 수 없는 악몽이 펼쳐졌다. 원효대교의 허리 부분이 뚝 끊어져 외곽 쪽부터 서서히 붕괴되고 있었다.

"빌어먹을… 으아아악!"

13번째 한강 교량인 원효대교는 그렇게 무너져 내렸다.

헬파이어 미사일 한 방으로 원효대교를 붕괴시킨 손 소령은 기수를 서쪽으로 틀어 한강철교와 마포대교, 서강대교 등을 차례차례 날려 버렸다.

20XX년 10월 10일 10시 06분 수방사 특별경호대 여의도

주둔지.

한편 사뮤엘을 몰고 여의도 쪽으로 날아간 박찬호 소위는 능숙하게 기체를 움직여 수방사 특별경호대가 머물고 있는 건물을 덮쳤다.

"받아라!"

그의 손가락이 미사일 발사 단추를 스치고 지나갔다.

슉! 슉!

아파치의 기체가 잠시 미세하게 흔들리더니 36연장 히드라 로켓탄 4문이 특별경호대가 주둔 중인 건물을 향해 날아갔다.

쾅!

웬만한 전차도 한 번에 벌집을 만들어 버릴 히드라 로켓탄에 직격당한 건물은 순식간에 흉물스럽게 변해 사방으로 파편을 떨어뜨렸다. 그 충격으로 인해 건물의 20% 정도가 무너져 내리면서 그 아래 있던 경호대 대원 수십 명이 건물 더미에 깔리고 말았다.

투투투투!!

박 소위가 자기 몸처럼 조종하는 사뮤엘은 쉴 새 없이 구석구석에 로켓탄을 펴부었다. 방탄 조끼를 입은 군인 세 명을 관통한다는 30㎜ 체인건도 동시에 불을 뿜었다. 이런 막강한 화력 앞에 경호대 건물의 창을 감싼 강화유리는 아무런 힘을 발휘하지 못했다. 체인건이 지나갈 때마다 유리가 뜯겨져 나갔다.

"크아악!"

"아아악! 살려줘!

아수라장이 되어버린 건물 속에서 살아남은 몇몇 대원들의 고함과 비명이 메아리쳤다.

사뮤엘이 쓸고 지나간 경호대 본부는 한마디로 아비규환이었다. 곳곳에 요원들의 시체가 즐비하게 널려 있었고, 부상자들의 비명이 실내를 가득 메웠다.

"막아!"

"저걸 떨어뜨려!"

살아남은 몇몇 상급자들이 대원들을 향해 소리쳤다. 하지만 그들에게는 뾰족한 방법이 없었다. 테러 전용 총인 mp5 소총과 PGS−1라이플이 전부인 그들로서는 전투헬기를 상대할 방법이 없었다.

몇몇 대원들이 사뮤엘을 향해 총탄을 퍼부었으나 사뮤엘의 방탄 장갑을 뚫기에는 역부족이었다. 일반 소총보다 강한 화력을 자랑하는 PGS−1 저격라이플도 마찬가지였다.

타타타타!

체인건에서 쏟아져 나온 총알들이 옥상에서 진을 치고 저항하던 경호대원들의 몸을 관통하고 지나갔다. 가공할 체인건에 맞은 대원들 중에 부상자는 없었다.

오직 사망자뿐이었다.

몇몇 대원들이 건물을 탈출해 도망가려고 했지만 그들 역시 사뮤엘의 시선을 벗어나진 못했고, 결국 30㎜ 체인건의 제물이 되었다. 하지만 대원들을 포기하지 않았다.

대원들을 훈련받은 대로 흩어져 산발적으로 박 소위의 사뮤엘에 공격을 퍼붓는 한편, 끝없이 무전을 치고 지원을 요청했다.

'지독하군. 이놈들이 반항이라도 했다면 나이트들이 상당히 고전을 면치 못했겠군.'

3층에서 저항 중이던 라이플 대원들을 체인건 수백 발로 박살 낸 박 소위는 죽는 그 순간까지 라이플을 놓지 않는 대원들의 지독함에 치를 부르르 떨었다.

'젠장, 좋다 이거야! 어디 한 번 해보자!'

마음을 굳게 먹은 박 소위는 사뮤엘을 급상승시켰다.

어느 정도 고도를 띄운 박 소위는 기체를 45도 각도로 기울이고 계기판을 조작했다. 동체 아래 매달린 5번 미사일 사출구가 열리면서 그 안에 자리 잡고 있던 헬파이어 미사일이 모습을 드러냈다.

'어차피 지대공은 이번 한 번이다. 받아라!'

콰콰콰!

여덟 발의 헬파이어 미사일이 특경대 본부를 강타했다.

한 방에 전차도 박살 내는 헬파이어 미사일을 한 대도 아닌 여덟 대나 두들겨 맞은 특경대 본부는 순식간에 화염에 휩싸였다.

크크크쿵.

은은한 진동, 그와 함께 위태위태하게 서 있던 5층 건물이 결국은 위층부터 서서히 붕괴되는가 싶더니 결국에는 흙먼지를 뿜어내며 무너져 내렸다.

'동료의 심장에 칼을 꽂은 것과 다를 것이 없다. 아니, 그 이상일지도 모른다. 최소한 저들도 국가에 충성을 다하는 군인이었으니까.'

비록 불명예 예편을 하고 불만이 많았지만 그는 어디까지나 군인이었다.

그래서 그날 동티모르에서 코브라에 올랐다. 아무 죄도 없는 양민들을 학살하는 그들을 향해 망설임없이 미사일의 발사관을 눌렀다. 하지만 이번에는 달랐다. 조국의 심장에 칼을 박아 넣기 위해 후배와 동료일지도 모르는 이들을 향해 총탄을 퍼붓고 미사일을 날렸다.

국가와 나라를 위하고 국민을 지키는 군인, 불타는 특경대의 본부를 바라보며 그는 한참 동안 상념에 젖었다.

'하지만 나는 내 자리에서 최선을 다했다.'

지금 그가 속한 부대는 버려진 부대였다.

그가 죽인 이들은 예전의 동료일지 몰라도 지금은 적이었다. 적과 적으로 만나 한쪽이 죽는 것은 당연한 일이었다. 무너진 특경대의 건물을 잠시 바라보던 그는 오른손을 들어 거수경례를 했다.

"충성!"

잠깐 동안 정지 비행을 하던 사뮤엘은 이윽고 주인의 뜻에 따라 서서히 한강 상류로 향해갔다.

여의 하류를 통해 여의도로 들어온 유찬과 그의 조원들은 의사당 운동장을 지나 신속하게 제1 국회경비대 사무실로 방향을 틀었다.

국회로 들어가기 위해서는 경비대 사무실을 지나서 본청을 통해 들어가는 길이 제일 빠른 길이었기에 경비대와의 충돌은 불가피한 것이었다. 경비대 사무실 근처에 오자 몇몇 경비대원들이 유찬의 차를 막아섰다.

"잠시 검문이 있겠습니다. 신분증 좀 보여주시겠습니까?"

그들은 형식적이고 사무적인 어투로 유찬에게 운전면허증을 요구했다.

쾅!

그 순간 엄청난 폭음이 들려왔다. 손 소령의 사뮤엘이 원효대교를 박살 내는 소리였다.

"무, 무슨 일……?"

투투툭!

하지만 그들의 말이 채 끝나기도 전에 이동명 소좌의 총구가 불을 뿜었다. 사내들의 몸이 썩은 짚단처럼 넘어갔다. 비명 소리가 총성에 말려 길게 여운을 남겼다.

"으아악!"

"커헉!"

이 소좌의 AK74 소총이 다시 불을 뿜었다. 잠시 후, 그들이 완전히 쓰러졌음을 확인한 그는 만족한 미소를 띠었다.

"무슨 일이야?"

"뭐야?"

뒤늦게 총성을 듣고 뛰어나온 다른 경비대원들이 쓰러진 두 명의 경비대원을 보며 정신을 차리지 못하고 비명을 질렀다. 그 순간 허머 위로 고개를 내민 배기욱 원사의 손에는 레드아이 유도탄이 들려 있었다.

쾅!

묵직한 폭음과 함께 레드아이 미사일이 경비대 본부를 강타했다.

그와 함께 허머에서 뛰어내린 유찬과 이 소좌가 일제 사격을 퍼부었다. 혼비백산한 경비대원들은 제대로 된 반항 한 번 해보지 못한 채 유찬과 이 소좌의 밥이 되었다.

'속전속결! 최대한 빠른 시간 안에 끝내야 한다.'

유찬이 가장 걱정하고 있는 부분은 시간이었다.

시간이 지체되어 외부의 병력들이 여의도로 몰려들기 시작하면 아무리 버려진 군대라도 해도 완벽해 막아낸다는 것은 불가능했다. 당장 성남과 부평에서 달려올 공수 여단과 특

경대라면 모를까, 25분 내로 헬기를 타고 떨어질 의정부와 수
방사의 병력들까지 막아낼 수 있을지는 미지수였다.

"종간나 새끼들! 뒈지라우!!"

투투투!

요란한 굉음과 함께 AK74 소총의 탄환을 다 써버린 이 소
좌가 이스라엘제 갈릴 소총을 집어 들며 악다구니를 썼고, 연
이어 능숙하게 허머를 옆으로 주차시킨 배기욱 원사가 든
K—3 기관총이 불을 뿜었다.

투투투!!

유찬의 손에 들린 파마스 소총도 무서운 속도로 탄환을 토
해놓았다. 세 사람의 집중 사격을 받은 경비대는 서서히 무너
지고 있었다.

같은 시간, 여의 2교를 통해 침입한 오성수 하사와 김영수
병장 역시도 전경대를 상대로 일방적인 전투를 펼치고 있었
다. 국회로 진입하려는 그들을 국회경비대 105전경대가 막아
섰기 때문이다. 철제 방패와 진압봉으로 무장한 전경대. 하지
만 30㎜ 체인건과 M60 기관총으로 무장한 오 하사와 김 병장
에게 진압봉과 철제 방패는 휴지 조각에 불과했다.

그들은 막무가내로 허머를 몰고 경비대로 진입해 무차별
사격을 퍼부었다.

"으아아악"

"크아아악!"

부랴부랴 소총을 꺼내 들고 달려나오던 대원 몇 명이 그대로 체인건의 제물이 되고, 그 위를 다시 오성수 하사의 M60 기관총이 훑고 지나갔다. 살아남은 대원들은 엄폐물을 찾아 움직였고, 몇몇은 동료의 시체를 방패 삼아 사격을 가해왔지만 마구잡이로 쏘아대는 사격은 엉뚱한 곳을 두들기기 일쑤였다.

기관총을 갈겨대던 오성수 하사는 바닥에 놓인 레드아이 유도탄을 꺼내 발사했다.

콰앙~!

초소를 방패 삼아 최후까지 버티던 전경대원 10여 명이 공중으로 솟구쳐 오르는 것을 마지막으로 더 이상 전경대의 저항은 없었다.

"OK! 가자고!"

탄환 한 박스를 다 쓸 때까지 사격을 퍼부은 김영수 병장은 M67세열 수류탄 10여 발을 경비대 초소에 던져 놓고 국회로 허머를 몰았다.

쾅!

어마어마한 폭음과 함께 국회의사당 정문이 허공으로 날아갔다. 대한민국 역사상 처음 여의도 국회의사당이 전쟁터로 변해가는 순간이었다.

　　　　*　　　　*　　　　*

빵빵!!

제3공수 여단장 민철재 준장은 멍한 표정으로 눈앞을 바라보고 있었다.

〈여의도가 공격받고 있으니, 여의도로 출동하시오!〉

이 무슨 자다가 봉창 두드리는 소리란 말인가?

여의도가 공격받다니?

하지만 수방사 사령관인 권지혁 중장은 무전기가 터져라 고함을 질러댔고, 출동 명령을 받은 지 3분 만에 그는 3공수 여단을 완전 무장시켜서 출동했다.

하지만 출동 1분 만에 3공수 여단은 서울 시내 한복판에서 발이 묶여 버렸다. 비단 그들만 아니었다. 귀성이라고 불리는 9공수 여단 이원한 준장에게서 날아온 무전에 의하자면 9공수 여단 역시 갈산동에서 오도 가도 못하는 신세가 되었다고 한다.

'이게 어떻게 된 거야?!'

그는 내심 비명을 질렀다.

그의 눈앞에는 수백, 아니, 족히 수천 대는 되어 보이는 차량이 뒤엉켜 있었다.

4차선도 아니고 8차선임에도 차들은 조금도 움직이지 못했다. 신호등이 표시된 곳이면 어김없이 몇 대의 차들이 대가리를 처박고 있었고, 대형 사고가 난 곳도 여러 곳 있었다.

교통 지옥!

이미 도로의 상황은 정체 상황이라고 부를 수 있는 단계는 넘어선 상태였다. 심지어 경찰들마저 교통 지옥에 합류한 상황. 여의도로 가보겠다고 발악하던 여단의 수송 차량 몇 대도 전봇대에 처박히고 죄없는 민간인의 차를 들이박고 있었다.

〈3공수 출동하는 거요?〉

처음 이곳 상황도 모르고 이따위 무전이나 보내던 수도 방위 사령부도 이제는 경찰청과 도로교통공사를 닦달하고 있는 모양이었다.

"모두 하차해서 부대까지 전속력으로 달린다. 부대에 헬기 대기시키라고 그래!"

"하지만 저희 부대에는 여단 전체를 태울 헬기가 없습니다."

"나도 알아! 최정예로 추려서 태워! 1급 비상 사태다! 나머지는 달려오라고 그래!"

버려진 군대에 여의도 공략 작전 시작 13분. 김포 1공수 여단, 송파구 3공수 여단, 부평 9공수 여단에서 일제히 UH-1 다목적 수송 헬기 수십 대가 떠올랐다.

수도방위사령부는 현재 강 건너 불 구경이었다. 수 개의 직할 직능 부대와 제외할 경우 이렇다 할 전투 부대가 없는 수방사는 특전사를 비롯한 여타 전투 부대가 도로에서 손발이 묶인 상황에서 사실상 수도방치 사령부가 되었다.

수도방위사령부 사령관 권지혁 중장이 전화통을 부여잡고 방방 뜨고 있었다.

"도대체 이게 무슨 일이야?!"

쾅!

조금 전까지만 해도 그는 이번에 수방사 예하 부대에 편성된 예산을 검토하고 있었다.

그러나 그의 편안한 일상은 바로 10분 전 여의도에 주둔 중이던 수방사특별경호대로부터 날아온 무전 한 방에 산산이 부서져 나갔다.

〈여의도가 공격당하고 있습니다. 지원을……〉

여의도가 공격당한다.

전쟁이 났다면 모를까, 그게 아니라면 단 한 번도 생각해 본 적 없는, 아니, 상상하기조차 싫은 일이었다. 국회의사당과 총리 공관 등을 비롯하여 수십 개의 국가 시설들이 몰려 있는 곳이었지만 그곳을 직접 공격한단 말인가?

쿠데타!

처음 보고를 받았을 때 그는 누군가 쿠데타를 일으켰다고 생각했다. 12.12라는 선례도 있지 않은가?

하지만 그는 곧 고개를 가로저어야 했다.

현재 군에는 쿠데타를 일으킬 만한 능력을 가진 이가 없었고, 거기다 12.12가 일어났을 때와 지금의 상황은 달라도 너무 달랐다.

북한?

말도 안 되는 소리였다.

김대중 정부와 노무현 정부를 거쳐 오면서 그동안 북한과 화해 모드가 조성된 것은 사실이지만 군은 제1주적을 아직도 북한으로 보고 군사 정보력의 대부분을 북한에 맞춰놓은 상태였다.

만약 북한이 여의도를 들이칠 계획을 가지고 있었다면 적어도 이틀 전에는 그것을 알 수 있었을 것이다.

'도대체 누가 여의도를……'

생각하면 생각할수록 오리무중이었다. 권 중장은 신경질적으로 물었다.

"경호대로부터 연락은 더 이상 없는가?"

"그게… 연락이 두절됐습니다."

통신 담당인 이동진 대령이 고개를 흔들었다.

"휴대폰이나 뭐 그런 걸로는 연락없었어?"

"그게… 연락이 되지 않습니다."

특경대로부터 연락이 끊긴 지 5분. 5분 동안 특경대로부터 연락이 없다는 것은 그들이 전멸했거나 그에 준하는 상황이라는 것이었다.

"공수부대는?"

"도로가 아수라장이 돼서 출동했던 1공수, 3공수, 9공수까지 전원 부대로 복귀 중입니다. 지금 헬기로 여의도로 향한다고 하지만 그 숫자가 대략 천도 되지 않는다고 합니다."

상황은 점입가경이었다. 대한민국 최고의 전투력을 가진 독수리, 비호, 귀성이 날개 한번 펴보지 못하고 본대로 복귀했다는 것이다.

"머저리 같은 새끼들, 여의도를 공격하는 놈들이야! 숫자가 수백이 될지 수천이 될지 알 수가 없는 상태라고! 그런데 고작 수백이 가서 뭘 어쩌겠다는 거야!"

"하지만 지금 서울 시내는 도저히 군이 움직일 상황이 아닙니다."

"튼튼한 다리 뒀다가 뭐 한대. 남아 있는 애들한테 무전 때려서 출동하라고 그래! 이가 없으면 잇몸으로 씹어야 할 거 아냐? 그 새끼들 구호가 안 되면 되게 하라 아니야? 특수부대가 왜 특수부대야? 달려가라고 해! 정 안 되면 탱크로 다 밀어 버려!"

"하지만… 그 거리를……."

"그 새끼들, 천리행군으로 단련된 놈들이야! 그 거리를 못 갈 리가 없잖아! 30분 준다고 그래. 30분 내로 여의도에 집결한다. 헬기 대기시켜!"

"알겠습니다."

"해참, 육참, 공참에 연락 넣고 의정 8포병대대, 훈련 중인 맹호부대, 30사단, 백마부대, 인천항공여단에 알려서 전부 헬기 있는 대로 날리라고 그래! 헬기 탄 놈들은 10분 안에, 달리는 놈들은 30분 안에 여의도 집결이다. 너희들도 모두 완전 무장하고 30분 내로 여의도로! 열외 없다. 뭘 보고 있어! 비상사태다! 달려!"

"알겠습니다! 충성!"

우당탕탕!

회의장을 가득 채우고 있던 수방사의 간부들이 썰물 빠지듯 사라졌고, 남은 것은 민 중장과 그의 수행원들뿐이었다.

'제길, 말년에는 편하게 군 생활 하고 싶었는데.'

민 중장은 천천히 권총집을 차고 제복을 정돈했다.

소총은 언제 잡아본 것인지 기억도 나지 않았다. 대신 손에 닿는 것은 K—5권총의 느낌이 그를 조금이나마 안정시켜 주었다.

철컥!

권총에 실탄을 장전한 그는 수행원들과 함께 천천히 회의실을 나섰다.

수방사의 헬기 비행장에는 20여 대의 수송 헬기와 전투 헬기들이 대기하고 있었고, 수방사 내에 주둔 중이던 수색대, 특수전대, 정찰대, 타격대 등이 완전 무장한 채 수방사를 빠져나가고 있었다. 비단 수방사뿐만 아니었다.

수도 기계화 보병 사단 맹호부대와 101보병 여단, 9사단,

30사단, 1사단, 3군 지사, 3군사령부, 55사단, 52사단 등에서도 수십 대의 헬기가 떠올랐다.

그 시간은 버려진 부대가 여의도를 타격한 지 정확히 15분이 지나던 시점이었고, 의정부에서 출발한 공격 헬기 500MD와 공수부대의 헬기들이 여의도 상공에서 사뮤엘과 첫 대면식을 가지는 순간이기도 했다.

＊　　　＊　　　＊

여의도 상공에 가장 먼저 모습을 드러낸 것은 의정부에서 날아온 일명 잠자리 헬리콥터 500MD 경량 공격 헬기와 특전사들을 실은 UH―1 다목적 수송 헬기였다.

하지만 그들은 마음대로 착륙을 할 수가 없었다.

그들을 맞이한 것이 지금까지 전무후무한 전천후 공격 헬기 사뮤엘이었기 때문이다.

거기다 두 대의 사뮤엘은 로터 소리만을 들려준 채 여의도의 빌딩 숲 속에서 갑자기 튀어나왔기에 그들은 사뮤엘의 사정권 안에 바로 들고 말았다.

"저게 뭐야?"

여의도 상공을 유유히 날아다니며 잠깐 동안의 여유를 만끽하고 있던 손 소령이 어이없다는 표정을 지으며 박 소위에게 물었다.

"잠자린데요."

"큭, 환장하겠구만 거기다 수송기라……. 죽고 싶어 환장한 거야?"

"뭘 바라셨습니까? 왜요. 처음부터 코브라라도 올 줄 아셨습니까?"

그들이 코웃음을 치고 있을 때 의정부에서 여의도까지 뺑이 치며 날아온 500MD와 과중량에 허덕이는 UH-1 다목적 수송 헬기는 패닉 상태에 빠져들었다.

"저, 저건 뭐야?"

의정부에서 떠오른 500MD의 편대장인 정창민 대령은 여의도 북단까지 자신들을 마중 나온 두 대의 공격 헬기를 보며 비명을 질렀다.

공격 헬기라니!

기종을 알 수 없지만 기체로터 아래 날씬한 동체와 그 아래 바리바리 잔뜩 달고 있는 무언가는 전투 헬기의 그것이 분명했다. 거기다 위에 달린 거대한 레이더. 저건 롱보우 아파치에서나 볼 수 있는 것이 아니었던가?

절대 대한민국 상공, 그것도 여의도 상공을 날아다녀서는 안 되는 물건이 눈앞에 나타났으니 당황하는 것은 어쩌면 당연한 일이었다.

〈아파치? 미군인가?〉

수송기에 타고 있던 3공수 여단 민중장이 물었다. 하지만 무전기를 타고 날아온 것은 정 대령의 면박이었다.

〈준장님, 미군이 미치지 않고서야 여의도 상공에 아파치를 띄울 리 없습니다. 거기다가 저건 아파치가 아닙니다.〉

〈뭐야? 그럼 도대체…….〉

〈듣도 보도 못한 기종입니다. 아파치라고 하기에는 너무 날씬합니다. 거기다 미사일 저렇게 많이 싣다니요.〉

하지만 그는 더 이상 말을 잇지 못했다.

손 소령의 사뮤엘이 무서운 속도로 그들을 향해 날아들며 미사일을 뿌렸기 때문이다.

사뮤엘의 오른쪽 동체가 번쩍이면서 스팅어 미사일이 북쪽 하늘로 쏘아져 나갔다. 명중이 확인되지도 않았지만 손 소령은 다음 스팅어 미사일을 연속해서 뿌렸다. 그가 두 발의 스팅어 미사일을 뿌리고 멋지게 선회 비행을 하자마자 연이어 박 소위가 AIM—7 공대공 스패로우 미사일을 발사했다.

두 대의 스팅어 미사일은 한 대의 수송 헬기를 박살 냈고, 스패로우 미사일은 멍하게 서 있던 500MD 하나를 잡았다. 강물 위에 시뻘건 불꽃 두 개가 피었다. 피격당한 수송기가 사방에 파편을 뿌리자 깜짝 놀란 다른 헬기 조종사들이 부랴부랴 편대 대형을 풀었다.

〈도망쳐!〉

〈기수를 틀어!〉

하지만 연이어 AIM—7 공대공 스패로우 미사일이 날아들었다. 미사일의 진로에서 비행하던 500MD 한 대가 허둥대다가 강물 속에 처박혔다.

공격 헬기들이 플레어를 투하하며 동쪽으로 꽁무니를 뺐지만 이미 늦었다.

악착같이 따라붙은 손 소령이 기어코 두 대를 30㎜ 체인건으로 갈아버렸다. 크지 않은 폭발과 함께 한 대는 공중 폭파 당하고 한 대는 로터가 날아가 버렸다.

날개 잃은 500MD 한 대가 공중에서 수평으로 서너 바퀴 빙글빙글 돌더니 강물 속으로 처박혔다. 헬기에서 떨어져 나간 로터 블레이드가 공중제비를 돌며 날아갔다. 로터는 바로 옆에서 급상승하던 수송기의 동체를 뚫고 깊숙이 박혔다. 옆구리에 칼빵을 맞은 수송 헬기 역시 잠시 비틀거리다가 처참한 비명과 함께 강물 속으로 사라졌다.

그 순간 두 대의 500MD가 선회 비행을 하며 토우 대전차 미사일을 뿌렸다. 대전차미사일은 사뮤엘을 스쳐 지나가 렉싱턴 호텔을 박살 내며 어마어마한 폭발을 일으켰다.

"저런 병신 새끼!"

서서히 무너져 내리는 렉싱턴 호텔을 돌아본 박 소위의 사뮤엘이 불을 뿜었다.

무지막지한 30㎜ 체인건의 위력 앞에 두 대의 잠자리 헬기는 그대로 걸레가 되어 날아갔다. 그 순간 지상에 시뻘건 불꽃이 튀어 올랐다. 여의도 한강 둔치에서 대기 중이던 배남훈

상사가 먹잇감을 노리고 있다 쏘아 올린 스팅어 미사일이었
다.

미사일은 손 소령의 사뮤엘을 스치고 지나가 꽁지 빠지게
도망가는 수송헬기 한 대는 잡아먹었다. 시뻘건 화염과 함께
수송 헬기에 타고 있던 공수부대원 몇이 온몸에 불이 붙은 채
한강에 떨어졌다.

사뮤엘의 공격은 신속하고 정확했다. 박 소위의 사뮤엘이
제대로 된 공대공 장비조차 갖추지 못한 500MD들을 체인건
으로 요리하는 동안 손 소령의 사뮤엘은 계속해서 수송 헬기
들을 격파했다.

"강하! 강하해!"

결국 사뮤엘의 추격을 피할 수 없다고 판단한 공수부대 대
장들은 부대원들에게 강하를 명령했다.

"하지만 장비가!"

"밑에는 강이다. 강으로 뛰어들어서 헤엄쳐서 가! 그 정도
도 못한단 말인가?"

쾅!

그 순간 또 한 대의 수송헬기가 터져 나갔다.

다섯 대째 수송 헬기를 날려 버린 손 소령의 사뮤엘은 기수
를 9공수 여단장 이원한 준장이 타고 있는 UH−1로 잡았다.
몇몇 공수 대원들이 창밖으로 몸을 내밀고 K−7소총을 쏘며
저항했지만 소용이 없었다.

이미 먹이를 정한 사뮤엘은 엄청난 속도로 접근해 UH-1 수송 헬기의 정면에서 사격을 퍼부었다. 방탄 유리를 뚫고 들어온 총탄이 동력부를 뚫고 지나갔고, 곧 9공수 여단장 이원한 준장이 탄 UH-1다목적 수송 헬기는 폭음과 함께 강물 속에 처박혔다. 대한민국 특전사 9공수, 귀성의 여단장이 제대로 손도 써보지 못하고 당한 것이었다.

"이 준장!!"

육사 동기인 이 준장의 헬기가 추락하는 것을 본 민철재 준장이 소리쳤다.

그와 함께 사뮤엘의 기수가 자신이 탄 헬기로 향하는 것도 보였다. 그 순간 이 준장은 뒤에 타고 있는 대원들을 향해 소리쳤다.

"뛰어내려!"

그렇게 외친 그는 뒤도 돌아보지 않고 한강 상공에 몸을 맡겼다. 시원한 바람과 한강의 푸른 물결이 그를 맞아주었다.

풍덩!

강물은 기절할 만큼 추웠지만 다른 장교들과는 다르게 꾸준한 운동과 천리행군으로 단련된 이 준장은 어렵지 않게 균형을 잡고 수면 위로 고개를 내밀었다.

3공수 대원들도 하나둘 한강으로 뛰어들었다. 비록 지금은 어찌할 수 없었지만 일단 육지에만 올라서고 나면 지형지물을 이용해 헬기의 공격을 피할 수 있었고, 국회의사당까지 진입이 가능했다.

민 준장은 어금니를 악물고 물살을 가르며 여의도를 향해 나갔다.

"저런!"

공수대원들이 강물로 뛰어드는 것을 확인한 손 소령은 급히 기수를 아래로 내리려고 했다. 손 소령이 막 기수를 아래로 내리려는 순간 공수부대가 뛰어든 한강 곳곳에서 연속적인 폭발이 일어났다. 바로 이 순간만은 기다리고 있던 배남훈 상사가 움직인 것이다. 대한민국 최고의 폭탄 제조 기술자라는 것이 결코 허명이 아니라는 것을 증명하듯 그는 화려한 불꽃을 공수부대원들에게 선사했다.

전쟁용 장난감인 워돌이 그가 특수 개조한 크레모아를 한가득 싣고 공수부대원들에게 카미카제 공격을 퍼부었다.

"크아아악!"

"으아아악!"

크레모아는 그 조그만 내부에 쇠 구슬 등의 파편이 700여 개나 내장되어 있는, 한 번에 수십 명을 전멸시킬 수 있는 무시무시한 무기였다.

무선으로 조종되는 RC 비행기에 실린 크레모아는 무선 조종 뇌관을 통해 폭발했고, 그 살상 범위는 360도 전 방위를 대상으로 무차별적으로 이루어졌다.

특히 공수부대의 진형을 잘 알고 있는 배 상사는 1공수 여단장 조세진 준장과 3공수 민철재 준장을 주 타깃으로 노렸다. 무절서하게 강물로 입수하여 산개한 채 여의도로 향하는 듯 보였지만 실상 공수부대원들은 훈련받은 대로 대장을 중심으로 둔 채 질서정연하게 산개 진영으로 여의도로를 향해 헤엄치고 있었던 것이다.

다른 사람이었다면 수많은 공수부대원들 중에서 조세진 준장과 민철재 준장을 가려내지 못했겠지만 배 상사는 달랐다.

특히 조세진 준장의 위치는 누구보다 그가 잘 알고 있었다.

작전을 수행할 때마다 그를 보호하던 경호대의 팀장을 3년 동안 그가 맡았었기 때문이다. 비록 부대는 달랐지만 3공수 여단장 민철재 준장의 위치 역시 확연히 보였다. 그는 그곳에 망설임없이 대부분의 화력을 집중시켰다.

특전사 대원들이 조 준장과 민 준장 앞을 가로막았으나 무지막지한 크레모아의 공격을 막아내기에는 역부족이었다. 크레모아의 공격은 강물로 몸을 피한 대원들에게도 이어졌다. 악착같이 따라붙은 크레모아의 쇠 구슬은 수십 명의 대원들의 목숨을 더 앗아갔다. 하지만 운이 좋은 몇몇 대원들은 간신히 목숨을 건졌다.

그렇지만 좋아하기는 일렀다.

초소형 C4 폭탄을 장착한 장난감 어뢰정이 크레모아의 공격에서 간신히 살아남은 대원들을 향해 무시무시한 속도로 달려들었다.

쾅!

"크아아악!"

처절한 비명과 폭음, 그 죽음과 같은 사신 불꽃 속에 한강은 대한민국 특전사의 무덤으로 변해갔다.

배 상사가 특공대원들을 처리하는 동안 사뮤엘은 하늘을 종횡무진 날아다니며 헬기 군단을 요리했다.

의정부에서 떠오른 500MD 부대는 이제 10여 대도 남지 않았으며 공수부대원들 강하시켜 놓고 서남쪽으로 죽어라 꽁무니를 빼던 UH-1 다목적 수송 헬기들은 입에 거품 물고 쫓아간 박 소위 때문에 다섯 대만 살아서 겨우 도망쳤다.

그나마 전투 헬기라고 500MD들이 기관포와 토우 미사일을 앞세워서 결사적으로 저항했지만 사뮤엘의 장갑 하나 뚫지 못했다. 대신 무차별적으로 쏘아댄 토우 미사일이 한강과 한강 근교의 시설물들에 떨어져 어마어마한 피해를 냈다. 국회 의사당 역시 토우 미사일을 정통으로 얻어맞고 검은 연기를 뿜어내고 있었다.

"너무 싱겁군!"

결사적으로 저항하던 500MD를 한 대를 잠재운 손 소령은 다른 먹이를 찾아 기수를 돌렸다. 그 순간 여의도 공원에 대기 중이던 박 대위의 다급한 목소리가 무전을 타고 날아들었다.

〈비상이다!〉

〈무슨 소리야?〉

〈밑에 좀 봐라. 아무래도 저놈들 인천항공단에서 떠오른 놈들 같다!〉

인천항공단이라면 코브라였다.

〈알았다!〉

손 소령과 박 소위는 신나게 추격하던 수송 헬기와 500MD들을 내버려 두고 기수를 남단으로 틀었다. 인천 제8항공단에서 떠오른 코브라 AH—1S/F 전투 헬기 30여 대가 빠른 속도로 여의도로 접근 중이었다.

지휘자는 8항 공단 소속 강석우 대령이 맡고 있었다. 코브라는 500MD와는 그 격부터가 달랐다. 비록 무장이나 성능에서 사뮤엘이 월등히 뛰어난 것은 사실이었지만 수 차이가 너무나 압도적이었다.

지상에서 천마 지대공 미사일과 스팅어가 지원을 한다고 해도 승부를 장담할 수는 없었다.

〈모두 정신 바짝 차려! 지금부터가 본격적인 싸움이다!〉

〈상대는 코브라! 잠자리와 비교하면 안 되지!〉

손 소령과 박 소위가 스패로우 미사일을 장전시키며 63빌딩을 돌아 전면으로 나섰다. 천마 지대공 미사일을 조준한 박영웅 대위가 배남훈 상사에게로 무전을 날렸다.

〈배 상사! 지원 가능해?!〉

〈혹시 몰라서 신궁 두 발을 넣어두었고, 스팅어도 세 발 가지고 있다. 코브라가 이걸 호락호락하게 맞아줄지 어쩔지는 모르지만 말이야.〉

허머를 몰아 여의도 공원까지 내려온 배 상사가 어깨에 스팅어를 걸치며 말했다.

"한번 해보는 거다."

천마 지대공 미사일의 포탑을 좌현으로 30도나 돌린 박 대위가 기운차게 말했다.

투투투!

심판의 천사, 두 대의 사뮤엘이 스패로우 미사일을 쏘며 기수를 좌현으로 틀었다. 그 순간 천마 지대공 미사일과 배 상사의 스팅어가 회색의 궤적을 그리며 명멸해 갔다.

손 소령과 박 소위가 스패로우 미사일을 발사하고 선회 비행을 하며 코브라들을 상대하고 있을 때 유찬은 헌정기념관 앞에 서 있었다.

헌정기념관 앞을 막고 경호원들을 지휘하며 항전하던 정찬용 경호실장은 복부에 총탄을 맞고 주저앉아 있었다. 하지만 한쪽 무릎을 바닥에 댄 그는 끝까지 쓰러지지 않았다. 잠시 그를 내려다보던 유찬은 손에 들린 두 자루의 p99 자동권총을 버리고 품속에서 데져트이글 EA를 꺼내 들었다.

철컹!

데져트이글, 특유의 묵직한 무게가 양손으로 전해졌다.

국회의사당에 진입한 유찬과 그의 군대는 경호원들의 격렬한 저항에 부딪쳤다. 군부 출신인 정찬용 경호실장이 이끄는 경호원들은 대부분 전직 경호부대 출신들로 그 어떤 정권의 경호원들보다 막강한 전투력을 가지고 있었다.

베레타 권총으로 무장한 그들은 일사불란하게 움직이며 유찬과 그의 군의 발길을 막았다. 하지만 화력 차이가 너무 났다.

단 3분 만에 정찬용 경호실장이 이끄는 경호원들은 국회를 내주고 헌정기념관까지 밀려났다. 요인들을 헌정기념관으로 대피시킨 그는 그곳에 배수진을 치고 경호원들을 독려하며 버려진 군대를 막아섰다.

하지만 이마저도 30㎜ 체인건과 M60 기관총 앞에서는 추풍낙엽처럼 무너져 내렸다.

결국 최후까지 헌정기념관 앞을 막아서던 정찬용 경호실장의 복부에 총탄을 맞고 주저앉자 더 이상 경호원들의 저항도 총성도 들려오지 않았다. 단지 죽음보다 무거운 침묵이 헌정 기념관을 내리누를 뿐이었다.

"이, 이상은……."

잠시 정 실장을 바라보던 유찬은 고개를 흔들었다. 복부에서 배어 나오는 피가 검은 것으로 보아 간이 관통당한 것 같았다. 치명상. 이미 그는 유부에 한 발을 걸쳐 놓은 상태인 것이다. 정 실장이 버티는 것은 길어야 1,2분에 불과했다.

"더 이상 말하지 마라. 이 이상 말하면 바로 죽는다."

하지만 정 실장은 말을 멈추지 않았다.

"이… 곳은… 이… 나라의… 국부가……."

"알고 있다. 그래서 더욱 가려 한다. 그에게 해줄 말이 있으니까."

정 실장의 눈동자가 서서히 회색으로 물들었다.

잠시 정 실장의 시체를 내려다보던 유찬은 천천히 헌정기념관 안쪽으로 발길을 돌렸다.

유찬은 잠시 헌정기념관 안을 둘러보다가 이동명 소좌의 AK 소총을 빼앗아 허공에 대고 갈겼다.

"나와라!!"

투투투투!

AK 소총에서 발사된 총탄은 헌정기념관의 천장에 틀어박히며 돌가루를 사방으로 휘날렸다.

*　　*　　*

'빌어먹을!'

이만수 원장은 당장이라도 뛰쳐나갈 것 같은 차정원 대통령을 몸으로 감싸며 이를 악물었다. 그들이 피해 있는 곳은 역대 국회의장 전시실이었다.

그의 주위로는 농림부 장관 김동목과 국방부 장관 김갑곤, 국회의장 이동렬 등을 비롯하여 현 정부의 실세들이 몰려 있었다. 거기다 촬영을 위해 여의도에 왔다 미처 도망치지 못한 SOS, YBS, MWC 기자들과 카메라맨도 들어와 있었다.

그들을 따라 이곳으로 도망 온 기자와 카메라맨들은 이 상황에서도 카메라를 들고 그들의 모습을 찍고 있었다. 생각 같아서는 카메라를 빼앗아 부숴 버리고 싶었지만 지금은 그럴 여유조차 없었다.

"젠장!"

이만수 원장은 이를 악물었다. 뭐가 뭔지 도통 정신이 없었다.

알카에다?

북한의 특수공작부대?

수많은 생각들이 머리를 스치고 지나갔다.

하지만 이렇다 할 답은 나오지 않았다. 처음 버려진 군대의 공격이 시작됐을 때 요인들은 신속히 국회의사당 안으로 대피했다. 하지만 설상가상으로 사뮤엘과 전투를 벌이던 500MD에서 발사한 토우 미사일이 국회의사당에 직격하고 말았다.

그 뒤로부터는 일대 혼란의 장이었다.

토우 미사일의 충격으로 국회의사당이 흔들리고 돌가루가

떨어져 내리자 당황한 대다수의 요인들이 뿔뿔이 흩어져 도
망가기 시작했다. 경호원들이 어떻게든 그들을 막아보려 했
지만 소용없었다.

"비켜! 내가 누구인지 알아!"

"나와! 나오란 말이야!"

몇몇을 제외하고는 대부분 자기도 살아보겠다고 도망치는
혼란 통에서 대통령과 측근들만을 겨우 수습해 헌정기념관
쪽으로 대피했지만 이미 많은 요인들이 무리하게 도망가다
희생되었다. 테러리스트들을 막겠다며 경호원들을 이끌고
나간 정찬용 경호실장과의 연락도 조금 전 외마디 비명과 함
께 끊겨 버렸다.

'죽었군.'

인정하고 싶지는 않았지만 정 실장과 경호대가 전멸한 듯
했다.

이만수 원장은 이를 악물었다.

총소리가 1층 복도를 울리며 점점 가까워지고 있었다. 가
끔 수류탄 폭발음이 크게 울리며 천장에서 먼지가 우수수 떨
어져 내렸다. 결국 놈들은 대통령이 나오지 않자 찾아 나선
것이 분명했다. 고함 소리와 총성, 그리고 갑자기 쏟아진 먼
지를 뒤집어쓴 이들이 공포에 질려 비명을 내질렀다.

'저런 병신들! 아주 여기 있다고 광고를 해라, 광고를!'

이 원장은 잔뜩 긴장하며 출입문 쪽을 향한 권총을 쥔 손에

힘이 잔뜩 들어갔다.

"이제 이곳만 남은 모양입니다, 각하."

"혹시 조용히 있으면 우리가 여기 있는 걸 모르지 않겠소?"

이만수 원장은 고개를 가로저었다. 저들의 목표는 대통령이 틀림없었다.

저들은 대통령을 찾을 때까지 물러가지 않을 것이다. 이 원장은 자신들을 지키고 있는 이들을 둘러보았다.

이미 경호원들은 모두 정 실장을 따라 나간 상태였고, 지금 이곳에 남아 있는 이들 중 싸울 수 있는 인원은 그가 개인적으로 데려온 국정원의 요원들이 전부였다. 그 숫자는 모두 여섯. 모두 글록 23권총과 방탄조끼 등으로 무장하고 있었고, 그가 고르고 고른 국정원 최정예 요원들이라 실력도 믿을 만했다.

하지만 상대는 순식간에 여의도의 대부분 병력들을 괴멸시켜 버린 존재들. 저들만으로 막아낼 수 없는 존재들이었다. 처음부터 질 싸움이라는 것을 알고 있었다. 하지만 물러날 곳도 없었다.

"이 원장, 저들이 노리는 것이 정말 나일 것 같나?"

대통령이 불안한 표정으로 물었다. 바로 대답을 하지 못하고 입술을 깨물던 이 원장이 어렵게 입을 노렸다.

"저놈들의 목적이 어디 있겠습니까? "

"그렇겠지?"

"작심하고 각하와 여의도를 노린 놈들입니다. 하지만 걱정 마십시오. 제가 목숨을 걸고 지켜 드리겠습니다."

잠시 차정원 대통령을 바라보던 그는 천천히 자리에서 일어나 좌측에 있던 요원 둘에게 신호를 보냈다. 그의 신호를 확인한 요원들을 빠른 속도로 그에게 다가왔다.

"경호원들은 전멸한 것 같다. 이제 우리밖에 남지 않았다. 모두 끝까지 각하를 보호하라!"

이 원장은 권총을 빼 들고 요원 두 명과 함께 문가에 기대고 섰다.

하지만 그들은 침입자들을 막을 수 있다는 희망 같은 것은 애초부터 품지 않았다.

"수도방위사령부는 뭐 하고 있는 거야, 여의도가 이 지경이 되고 있는데?!"

이 원장이 수도방위사령부를 수도방치사령부라고 원망하고 있을 때, 갑자기 출입문이 날아가며 엄청난 폭풍과 굉음이 국회의장 전시실을 휩쓸었다. 이 원장은 뒤로 엉덩방아를 찧는 데 그쳤지만 출입문 바로 앞에 있던 요원 두 명은 반대쪽 벽까지 날아가서 다시는 일어나지 못했다. 충격파에 의해 기절한 것이다.

"공격해!"

누군가의 명령에 정신을 차린 나머지 요원 네 명이 박살 난

문을 향해 일제 사격을 퍼부으려고 했다. 하지만 그보다 먼저 부서진 문틈으로 버려진 군대 대원들이 뛰어들었다.

투투투!

그들의 손에 들린 소총이 화염을 뿜어냈다.

미처 글록의 방아쇠를 당겨보지도 못하고 네 명의 요원이 피를 뿌리며 쓰러졌다. 버려진 군대 대원들은 시야를 가리는 먼지 속에서도 정확히 총을 겨누고 있는 네 명의 요원을 구분해 사격을 가했다. 요원들을 가볍게 제압한 버려진 군대 대원들은 두려움에 오들오들 떨고 있는 요인들을 향해 총을 겨누었다.

"으아아악!"

"꺄아아악!"

눈앞에서 머리가 깨지고 팔다리가 날아간 시신들을 본 정부 요인들은 한꺼번에 비명을 질렀다. 거기다 연이어 겨누어진 소총과 레이저에이머는 그들을 공포의 도가니로 몰아넣었다.

"시끄럽군!"

천천히 의장실로 들어선 유찬은 패닉 상태에 빠져 비명을 지르고 있는 정부 요인들을 바라보며 인상을 찌푸린 뒤 천천히 데져트이글을 뽑아 들어 머리 위로 들어 올렸다.

타~앙!

한 발의 총성 앞에 장내는 순식간에 조용해졌다.

총을 품속으로 집어넣은 유찬은 천천히 요인들을 둘러보았다. TV에서나 볼 수 있는 정계의 거물들이 모두 모여 있었다. 유찬은 마치 기억이라도 하듯이 그들의 얼굴을 하나하나 바라보았다. 아니, 유찬은 그들의 내면에 비친 공포를 바라보고 있었다.

두려움. 저들은 지금 자신에게 두려움을 느끼고 있었다. 마음속에 두려움과 공포의 그림자가 드리운 순간, 저들은 이미 그의 상대가 아니었다.

'상대할 가치도 없는 것들……'

잡은 먹이를 가지고 노는 고양이처럼 그는 서두르지 않기로 마음먹었다. 천천히 그들에게 충분한 공포를 주고 싶었다. 동생이 느꼈을 죽음의 공포를 그대로 똑같이 되돌려 주고 싶었다. 잠시 그들을 바라보던 그는 흔들림없는 눈으로 자신을 바라보고 있는 차정원 대통령을 향해 다가갔다.

그가 다가오는 것을 느낀 차 대통령은 천천히 자리에서 일어나 그를 똑바로 노려보았다.

잠깐 동안 둘 사이에 묘한 대치가 이어졌다.

"차정원 대통령이시지요? 만나고 싶었습니다."

유찬은 마치 오랜만에 만난 친구를 대하듯 사람 좋은 웃음을 지으며 차 대통령에 다가갔다. 차 대통령은 말이 없었다. 아니, 정확히 말해서 기가 막혀서 말이 안 나왔다. 만나고 싶었단다.

단지 자신을 만나기 위해 이런 짓을 벌였단 말인가?

"귀한 분이신데 험한 꼴을 보셨군요. 그래도 양해 좀 해주십시오. 저희들이 워낙 배운 게 없어서 거칠고, 저 같은 사람이 당신 같은 높으신 사람들을 만나려면 이런 방법밖에 없더라고요."

"그… 그 런……."

유찬은 품속에서 담배를 하나 꺼내 물었다.

"한 대 피우시겠습니까? "

"아니, 사양하지."

차정원 대통령은 유찬을 노려보며 말했다.

"왜 이런 짓을 벌인 건가? 나를 죽이기 위해선가? 아니, 그보다 자네들은 누군가? 설마 북한의 공작원들인가?"

"큭."

담배를 입가로 가져가던 유찬은 저도 모르게 실소를 흘리고 말았다.

유찬과 함께 온 버려진 군대 대원들도 어이없다는 표정을 지었다. 담배 한 모금을 빨아들인 그는 무겁게 입을 열었다.

"대한민국 육군 특전사 1공수 여단 예비역 하사 정유찬이라고 합니다, 대통령 각하! 저희 중에 북한 출신은 저기 보이는 저 사람밖에 없습니다."

"뭐라고?"

차정원 대통령은 도저히 믿을 수 없다는 표정을 지었다. 여

의도가 공격받았을 때 가장 먼저 떠오른 것이 바로 북한의 특
작부대들이었다. 비록 화친정책으로 많은 친분을 쌓았다고
는 하지만 북한은 아직까지 적화통일을 외치고 있지 않은가.

그들의 마지막 발악이나 다른 테러 조직의 행각이라고 생
각했지 같은 나라 군인들의 소행이라고는 생각조차 하지 않
았다.

"왜 이런 짓을 하는지 모르겠다는 표정이로군요? 그건 걱
정 마십시오. 하나하나 알려 드릴 테니까요."

"뭘… 말인가?"

"방아쇠를 당기는 데는 1초면 충분하다는 말을 아십니까?
그리 조급해하지 마십시오. 그전에 한 가지 물어볼 게 있습니
다."

"그… 그게 뭔가?"

"지금 당신의 자리, 그러니까 대통령 자리 말입니다. 당신
이 어울린다고 생각하십니까?"

차 대통령은 조금 의아한 표정을 지으며 유찬을 올려다보
았다.

"그리 어려운 질문은 아닙니다. 단순하게 생각하시면 됩니
다. 지금 당신이 앉아 있는 대통령이라는 자리가 정당한 방법
으로 앉은 것인지 물어보고 있는 겁니다."

"……?"

차정원 대통령은 여전히 무슨 말을 하는지 모르겠다는 표

정을 지었다.

잠시 차 대통령을 바라보던 유찬은 마음에 안 든다는 표정으로 고개를 돌렸다. 그 순간 유찬의 눈에 들어오는 이들이 있었다. 그들은 오늘 대통령 담화문을 생중계로 보도하다 미처 도망가지 못한 각 방송사 기자들과 카메라맨들이었다.

"좋습니다. 그럼 다른 쪽부터 시작하죠. 거기 기자 여러분, 그거 생중계됩니까?"

"예? 예! 물론 생중계가 가능합니다."

유찬의 질문을 받은 카메라 기사는 얼른 대답했다. 그의 대답에 만족한 미소를 지어 보인 유찬은 밝은 표정으로 말을 이었다.

"그럼 특종을 드리죠. 세상에 단 한 번 희대의 사건을 독점 생중계를 할 수 있는 영광을 가져 보시지 않겠습니까?"

하지만 기자들은 상황을 제대로 파악하지 못하고 두려운 눈으로 유찬을 바라보고만 있었다.

그런 기자들을 보며 유찬이 한숨을 쉬려 할 때 한 기자가 앞으로 나서며 말했다.

"저… SOS 사회부의 권오성이라고 합니다. 그게 무슨 말씀이시죠?"

"무슨 말이겠습니까? 여의도를 공격하고 대통령을 인질로 잡은 테러리스트들의 대장과 대통령과의 1:1회담을 생중계하는 겁니다. 이만한 특종도 없지요."

"그… 그런……."

SOS 사회부 7년차 베테랑 기자인 권오성 기자는 직감했다.

이건 특종이었다. 그냥 특종이 아닌 특종 중의 특종. 일생일대의 빅특종.

지금까지 수많은 테러가 그러했든 이유가 없는 테러는 존재하지 않았다. 나라를 위해서는 자기 자신의 영달을 위해서든 종교를 위해서든 테러리스트에게는 언제나 이유가 있어왔다. 눈앞에 있는 테러리스트들도 같다. 그들에게도 이유가 있을 것이다.

테러의 이유.

언제나 그랬듯 테러가 일어나면 사람들은 그 이유에 관심을 보였다.

권 기자는 주먹을 불끈 쥐었다. 여의도 테러라는 사상 최대의 테러를 자행한 이들의 이유. 그 이유가 대통령과의 회담에서 밝혀질 거다. 이만한 특종은 아마 그의 평생 다시없을 것이 뻔했다. 이미 특종의 냄새를 맡은 다른 방송의 기자들도 카메라맨에게 신호를 보내고 있었다. 권 기자도 즉시 카메라맨에게 카메라를 켜라고 지시했다.

욕망.

유찬은 권오성 기자의 눈가에서 욕망을 읽었다. 아마도 기자라는 직업에서 오는 특종에 대한 열망이리라. 순수한 욕망에 불타는 모습. 그 모습은 참 보기 좋았다. 그리고…….

고개를 돌린 곳에는 대통령이 있었다.

만인지상에 자리에 있는 자. 비록 5년이라는 임기를 가지고 있었지만 어떤 욕망의 정점이라 부를 수 있는 자리에 선 자. 그에게서 느껴지는 것은 역겨운 욕망의 찌꺼기뿐이다. 순수한 욕망과 타락한 욕망의 대조. 쓰디쓴 미소가 입가로 번져갔다.

자신은 어떠한가?

그에게는 순수한 욕망도 그렇다고 타락한 욕망도 없었다. 어쩌면 이 자리에 있는 것도 유희에 불과할지도 모른다. 이제는 분노라는 감정마저 희미해져 버렸다.

'스스로 죽을 용기조차 없어 죽을 자리를 찾는 비겁자일지도……'

생에 가장 소중히 여겼던 것들은 이미 다 잃었고, 마지막 하나 남은 것을 파괴하기 위해 떠도는 존재가 바로 자신이었다. 필터밖에 남지 않은 담배가 유찬을 상념 속에서 불러낼 동안 죽음과 같은 침묵이 의장전시실을 내리눌렀다.

"이런이런……"

담배꽁초를 아무렇게나 발로 비벼 끈 그는 천천히 탁자로 다가가 품속 넣어두었던 데져트이글 두 정을 꺼내놓았다. 그리고 의자 두 개를 빼서 하나는 대통령에 권하고 대통령이 앉는 것도 확인하지 않고 다른 하나의 의자에 주저앉듯 몸을 묻었다.

"자, 이제 테러리스트와 대통령에 1:1 회담을 해볼까요? 기자님들, 준비됐습니까?"

"준비됐습니다."

"준비 완료했습니다."

각 방송국의 카메라가 일제히 유찬과 천천히 자리에 앉는 대통령에게로 향했다.

"스탠바이!"

"큐!"

곧 큐 사인이 떨어졌다. 잠시 카메라를 바라보던 유찬은 한 정의 데져트이글을 대통령 앞으로 밀었다. 차정원 대통령은 눈앞에 놓인 권총을 물끄러미 바라보았다. 마치 이것을 왜 자신의 앞에 밀어놓느냐는 듯한 눈빛이었다.

"아, 너무 긴장하지 마십시오. 워낙 인생을 험하게 살다 보니 자제력이라는 것이 약해져서 말입니다. 제가 감정이 격해져서 회담을 하던 도중 각하의 머리에 바람 구멍을 내버리려고 하면 그걸로 방어하셔도 된다는 의미에서 드리는 겁니다."

대통령은 무거운 신색으로 유찬을 바라보고 있었다.

'도대체 저자는 뭘 하고 싶은 건가?'

이런 미친 짓을 벌여놓고 자신과 대담을 벌인다. 그것도 모자라서 생중계로?

"궁금해 미치겠다는 표정이군요. 뭐, 좋습니다. 그럼 궁금증을 하나하나 풀어드리지요? 그전에 제 이야기를 들어주십시오."

목이 탄다는 듯 잠시 입맛을 다신 유찬이 잠깐의 시간을 두고 입을 열었다.

"한 사내가 있었습니다. 부모님과 동생, 뭐, 특별할 것 없는 그저 그런 가정에서 자랐습니다. 대학에 들어가고 나니까 집안 사정이 어려워지더군요. 결국 사내는 집에 조금이라도 보탬이 되고자 하사관에 지원했고, 특전사에 들어갔습니다. '보아라, 장한 모습……' 군인 출신이시니 잘 아시죠? 뭐, 사나이들의 세계, 시큼한 땀 냄새와 전우애. 여자들은 야만적이라고 하지만 이 얼마나 낭만적인 세계입니까? 아무튼 사내는 군대가 마음에 들었습니다. 하지만 사내는 공부도 더하고 싶었고, 사회에 대한 미련이 남아 있었습니다. 그래서 복무 기간을 다 채우고 군을 전역을 했습니다. 그런데 막상 나오고 나니까 막막하더라 이겁니다. 집안 사정은 갈수록 더 안 좋아졌고, 사내는 복학도 포기하고 신문 배달에 막노동, 목욕탕 때밀이까지 사내는 별의별 일 다해봤습니다. 하지만 집안 사정은 발버둥치면 발버둥칠수록 더 어려워지기만 했습니다. 돈이 돈을 버는 시대에 서민들이 별수있겠습니까?"

유찬은 잠시 말을 끊고 차 대통령을 바라보았다. 차 대통령은 묵묵히 그의 말을 듣고만 있었다. 그도 군인 출신인지라 어느 정도는 공감하는 눈치였다.

"결국 사내는 군에서 배운 걸 가지고 국제 용병이 됐습니다. 전쟁터란 전쟁터는 다 뛰어다니며 목숨 걸고 싸웠단 말입니다. 그에겐 꿈이 있었습니다. 고고학자가 되어서 여러 유적을 발굴하고 여우 같은 마누라, 토끼 같은 자식들 낳고 사는 꿈 말입니다. 하지만 포기했습니다. 누구를 위해서? 굳이 이유를 대자면 가족을 위해서 아니겠습니까?"

유찬은 품속에서 담배를 하나 꺼내 물었다.

"시리아, 블라디보스토크, 콩고, 발칸 반도, 이란, 이라크, 사우디아라비아, 타이완, 홍콩… 이곳저곳 돌아다니면서 많이도 죽였습니다. 칼로 찔러 죽이고, 손으로 때려죽이고, 총으로 쏴 죽이고, 목 졸라 죽이고……. 몇 명을 죽였는지는 기억도 나지 않습니다. 한 육백까지 세다가 포기했습니다. 아무튼 그렇게 미친 듯이 싸울 수 있었던 것은 '언젠가 가족과 같이 좋은 집에서 살 수 있을 것이다' 라는 꿈이 있었기 때문입니다. 피 묻은 손으로 돌아갈 자리는 애초에 없는 것인데 말입니다. 그러는 사이 부모님들이 돌아가시고 여동생은 공무원 시험에 합격하더니 대한민국 검사의 마누라가 되었습니다. 참 대견하지 않습니까?"

"으음……."

이쯤 이야기가 이어지자 차정원 대통령도 눈앞의 사내가 하고 있는 이야기가 그의 이야기라는 것을 눈치 챘다. 하지만 도대체 왜 자신의 과거를 이야기하는지는 여전히 알 수 없는 일이었다.

"사내의 매제 이놈도 물건이었습니다. 대한민국 검사쯤 되면 뇌물도 받고 그래야 하는데, 이놈은 단 한 푼의 뇌물도 받지 않고 법 앞에서 맹세한 자신의 신념을 지켰으니까요. 동생을 고생시키는 놈이라 패주고 싶을 때도 있었지만 얼마나 멋있습니까? 자신을 길을 똑바로 보고 자신의 신념을 지키는 모습이 말입니다. 그런데 말입니다."

유찬은 한참 동안 말을 잇지 못했다.

처음 그 소식을 접한 순간 느꼈던 절망과 슬픔이 다시 한 번 더 온몸을 덮치며 꺼져 가던 분노의 감정에 불을 질렀다. 당장이라도 대통령의 이마에 바람 구멍을 만들어주고 싶은 것을 꾹꾹 참고 그는 계속 말을 이었다.

"어느 날 매제와 동생이 죽었다더군요. 차 사고로 죽었다고. 오랜만에 가족 나들이를 나갔는데 하필 10톤 트럭이 매제와 가족들이 탄 차를 덮쳤다고 하더군요. 이제 좀 살 만했는데, 지지리도 복도 없지요. 그런데 말입니다, 뭔가 석연치가 않았어요. 그 트럭 운전자도 죄책감에 자살을 했다 하고 그래도 명색이 대한민국 검사인데 마치 뭔가를 감추려는 듯 모든 게 구렁이 담 넘어가듯 처리됐습니다. 사내는 수없이 전쟁터를 돌아다녔고, 수많은 음모의 한가운데 서 있었던 적도 있습니다. 그러다 보니 눈에 보이지 않는 뭐라 말할 수 없는 것들을 보는 직감이라는 것이 유난히 발달하게 되었습니다. 그런데 이번에도 그 빌어먹을 직감이라는 놈이 말하더군요. 이건 뭔가 냄새가 난다고요."

대통령의 눈동자가 약간 흔들리는 듯했다.

뭔가 안개 속에 가려 잘 알 수는 없었지만 저 사건의 어딘가에 자신이 관련되어 있을 것 같다는 묘한 불안감이 덮쳐 왔다. 겨우 정신을 차린 이만수 원장 역시도 언뜻 스치는 불안감에 얼른 권총을 손에 쥐려고 했다. 하지만 ……'

"이런 개밥당 같은 새끼!"

퍽!

막 땅에 떨어진 자신의 권총을 잡아가는 이원장의 얼굴을 이동명 소좌가 군화발로 쳐 올리며 AN94 소총을 들이밀었다.

"쏘, 쏘지 마!"

"이런 반동 놈의 새끼, 조금만 움직여 보라우! 마빡에 바람 구멍을 내줄 테니 끼니!"

AN94 소총의 총구가 이 원장의 이마를 정확히 찍어눌렀다. 잠시 그들을 바라보던 유찬은 다시 의미를 알 수 없는 묘한 미소를 지으며 말했다.

"자, 이야기를 이어볼까요? 사내는 이상함을 느꼈지요. 그래서 검시의를 찾아갔습니다. 그런데 검시의가 놀라운 사진을 내놓더군. 바로 사내의 가족이 살해됐다는 증거 사진을 말입니다. 사내는 단번에 알았습니다. 킬러의 솜씨라는 것과 모 대기업의 누군가가 살해를 청부했다는 것도 말입니다. 탕탕탕 검시의는 죽었습니다."

"그, 그럼 수원시에서 있었던 검시의 살해 사건의 범인이
자네라는 건가?"

"의사로서 한 맹세를 져버리고 억울한 사람을 만들어내는
녀석이, 히포크라테스 선서를 미친년 밑구멍 닦는 종잇조각
정도로 여기는 그런 작자가 의사란 말입니까? 그런 놈은 골백
번도 죽어도 쌉니다. 오히려 너무 편하게 보내준 게 아닌가
하고 후회를 하기도 한답니다."

그는 마치 비웃듯이 차 대통령을 바라보며 말했다. 잠시 동
안 말이 없던 차 대통령이 결국 고함을 질렀다.

"그런 말로 자신의 살인을 정당화시키겠다는 건가?"

하지만 그는 오히려 가소롭다는 듯이 말했다.

"당신한테 그런 소리를 들을 이유는 없다고 생각하지만,
그렇다고 살인을 정당화시킬 생각도 없습니다. 어차피 짐승
이나 사람이나 구성물은 거의 똑같거든요. 단지 뇌가 좀 크다
는 걸 빼면 말입니다. 나라는 포식자에게 그 검시의 녀석은
뇌가 좀 큰 짐승에 불과했으니까요."

"이, 이놈!"

"아무리 그래도 눈앞에 사람 놔두고 이놈저놈 하면 그건
아니지요. 지금 상황을 파악 못하시나 본데요?"

유찬은 번개같이 손을 움직여 차 대통령의 목을 움켜쥐었
다.

"컥?"

"내 앞에서 그 잘난 대통령이라는 이름이 통할 줄 아나? 조금은 자각을 해달라고. 지금 당신은 대통령이기 이전에 테러리스트에게 붙잡힌 인질이란 사실을 말이야!"

"크윽!"

유찬은 차 대통령의 목을 그대로 움켜쥔 체 말을 이어나갔다. 어느새 그는 자연스럽게 반말을 내뱉고 있었다.

"사내가 다음으로 찾아간 곳은 바로 동생 가족을 죽인 킬러가 묵고 있는 호텔이었어. 사람을 죽이고 그 돈으로 살아간다. 약간의 동질감이 들었고, 강했지. 하지만 사내를 어떻게 하진 못했어. 그래서 킬러도 죽었지. 거기서 사내가 죽었다면 아주 좋았을 텐데 말이야. 그다음이 바로 동생의 청부한 청부자 놈들이었어. 저격 라이플을 든 사내는 놈들을 향해 탕탕탕 탕탕 정확히 다섯 발을 갈겼지. 오페라 마탄의 사수에서 자신을 음모로 몰아넣은 친구의 가슴에 화살을 날린 사냥꾼 막스처럼 말이야. 한 방에 한 명씩 정확히 지옥으로 보냈지. 그걸로 복수는 끝났다고 할 수는 있었어, 적어도 직접적으로 동생 일가의 죽음에 관련된 자들은 모두 죽었으니까. 하지만 문득 한 가지 의문이 사내의 뇌리를 스치고 지나갔어. 그게 뭔지 아나?"

유찬의 입가에 매달린 장난스러운 미소는 어느새 사라지고 싸늘하고 차가운 늑대의 미소가 입가에 맴돌았다.

"바로 왜일까라는 거였어?"

"왜… 왜라니?"

"그래, 왜, 어째서, 그들이 매제와 동생, 그리고 어린아이들까지 몰살시켰을까? 그 이유가 뭘까? 무엇인가 더 있다. 빌어먹을 직감이 그렇게 말했어. 그리고 그것이 알고 싶어지더군. 그래서 사내는 그 회사의 간부들이 싹 다 모이는 곳에 갔어."

"서… 설마!"

"그래. 아마 그 설마일 거야."

차 대통령 뿐만 아니라 정관계 신료들의 얼굴이 순식간에 굳어졌다.

유찬은 그들을 바라보며 지옥의 사신처럼 웃었다.

검게 죽어가는 그들의 얼굴이 그들이 지금까지 저질러 온 죄악을 말해주고 있었다. 유찬은 천천히 그들을 바라보았다. 그들의 눈에 비친 공포와 두려움, 그것이 마음에 들었다. 동생이 느꼈을 공포와 두려움만큼 그들에게 똑같이 느끼게 해주고 싶었다.

"뭔가 이제 감이 오는 표정이군요."

"으음……."

"듣기 싫은가? 싫겠지? 하지만 들어야 할 거야. 사내는 그곳에서 그들 모두를 죽였어. 그리고 아주 재미있는 것을 발견했지. 아, 그전에 먼저 그 기업의 회장이 말해주더군. 왜 그들이 죽어야만 했는지, 궁극적으로 그들의 죽음을 원한 이들이 누군지!"

유찬의 목소리가 커졌다.

유찬은 그들을 향해 마음속에 삭여두었던 분노를 거침없이 폭발시켰다. 지독한 살기가 그들 하나하나에게 쏟아졌다. 잠시 그들을 싸늘한 시선으로 바라보던 유찬은 품속에서 서류 몇 장을 꺼냈다.

"이게 뭔 줄 아나?"

그는 신경질적으로 손에 들린 서류를 흔들었다.

"M&S 그룹이 저지른 정관계 로비에 관련한 X파일이지. 하나 읽어볼까? 20XX년 X월 X일 스위스 은행. XXXXX─YYY─TTTTT계좌로 300억 송금. 일주일 후 같은 계좌로 200억 송금. 이 계좌의 주인, 바로 저기 있는 이만수 원장이지, 그리고 이 돈은 고스란히 당시 한국당 정당 후보였던 당신에게 들어갔지. 당시 군부 출신으로 지지 기반이 약했고, 국부 독재에 반감이 남아 있는 국민들로 인해 당신은 민정당 대통령 후보였던 최대훈 후보에게 30%나 지지도가 밀리고 있었어. 어떻게든 지지도를 만회해 보려던 당신은 이 돈을 지방 유력인사들에게 뿌리며 지지를 호소했지만 그게 쉽게 되지 않았지. 그래서 당신은 M&S 그룹의 또 다른 힘인 조직폭력배를 움직였지."

"무슨 말도 안 되는 말을 하는 건가?"

처음으로 차 대통령이 고함을 쳤다.

지금까지 차분한 신색을 유지하던 것과는 다르게 감정이 매우 격해진 듯했다.

"사실을 이야기하는 거 아닌가? 당신은 M&S 그룹을 통해 암흑자금을 움직이는 한편 물밑에서 상대 후보에 대한 유언비어를 퍼뜨렸지? 어떻던가? 겉으로는 정정당한 척하면서 뒤로는 더러운 짓을 하면서 지지도가 서서히 역전되어 갈 때 느끼는 짜릿함이 말이야. 대답을 해보라고, 잘난 대통령씨!"

유찬은 천천히 차 대통령을 압박해 들어가기 시작했다.

"왜 말을 못해? 그때 느꼈던 기분을 말해보란 말이야. 사채 빚을 갚지 못한 사람들을 협박해서 자신에게 투표하게 하고, 온갖 추잡한 짓으로 그 자리에 올라 결국 그 자리를 유지하기 위해 내 동생과 가족을 죽음으로 내몰아 넣고, 여전히 그 자리에서 마치 신이라도 된 듯 아래를 내려다보는 기분이 어떠냔 말이야!"

차정원 대통령은 아무 말도 하지 못했다. 아니, 아무 대답도 하고 싶지 않았다.

하지만 말해야 했다.

지금 이곳의 상황은 전파를 타고 그대로 국민들에게 생중계되고 있었다. 자신의 한마디 한마디를 국민들이 다 듣고 있다는 것이다. 잠시 고심을 하던 차 대통령이 입을 열었다.

"나는 모르는 일이다."

차 대통령은 당당하게 고개를 들고 말했다. 목이 칼이 들어

와도 모른다고 잡아떼면 그만이었다. 물론 속으로는 설마 대통령인 자신을 어쩌기야 하겠냐는 믿음도 있었다.

"하하하하!"

유찬은 웃음을 터뜨렸다.

"모른다라… 그러시겠지? 당신이 모른다면 저자는 어떨까?"

유찬은 천천히 손을 들어 이만수 원장을 가리켰다. 그와 함께 이동명 소좌가 AN94 소총을 거꾸로 고쳐 잡았다.

"저자를 잘 알고 있지. 당장이라도 씹어 먹고 싶으니까. 이만수 원장. 당신의 수족이자 당신의 충견 중 한 마리지. 그런데 과연 저자도 당신처럼 모를까?"

차 대통령은 살짝 고개를 돌려 이 원장을 바라보았다.

짧은 순간이었지만 수년간 호흡을 맞춰온 만큼 두 사람은 눈빛으로 많은 이야기를 주고받았고, 이 원장은 무겁게 입을 닫는 것으로 대답을 대신했다.

"이 원장도 모르는 일이네."

"그래? 그럼 어디 한 번 물어볼까? 국정원장 나리, 당신도 몰랐나?"

"모르는 일이다. 각하께서는 정정당당하게 지금의 자리에 오르셨다."

"그래?"

유찬은 복잡한 시선으로 이 원장을 바라보았다.

매제가 대선 당시 일어난 비리를 파고들자 직접으로 M&S 그룹을 압박하고 죽음을 사주했던 자, 당장이라도 달려들어 단매에 때려죽여 가족들의 원한을 풀고 싶었다. 하지만 유찬은 초인적인 인내로 살인 충동을 참아냈다. 아직은 저자를 죽일 수는 없었다.

'대통령을 잡으려면 이만수 원장이라는 미끼가 꼭 필요하지. 대어를 잡고 나면……'

저자를 죽이는 것은 저들이 쓰고 있는 두껍고 무거운 가면을 벗겨내고 마음껏 비웃어준 뒤에 해도 늦지 않았다.

'하지만 조금쯤 고통을 주는 건 나쁘지 않겠지.'

생각을 정리한 유찬은 이동명 소좌를 바라보았다. 이동명 소좌 역시 유찬을 바라보고 있다가 소총의 개머리판을 고쳐 잡았다. AN94 소총 특유의 검고 묵직해 보이는 개머리판이 위협적으로 빛났다. 유찬은 천천히 고개를 끄덕였다.

"우라차!"

우드득!

"크아아악!"

소총의 개머리판이 그대로 이 원장의 오른쪽 어깨를 내리찍었다. 뼈가 부서지는 섬뜩한 파골음과 함께 이 원장의 처절한 비명이 뒤를 이었다. 다른 이들은 눈앞에서 벌어진 사태에 놀라 입만 뻥긋거리고 있었다. 하지만 놀라움을 거기서 끝이 아니었다.

바닥을 데굴데굴 구르며 고통을 호소하는 이 원장의 가슴
을 워커발로 눌러 움직이지 못하게 한 이동명 소좌가 다시 한
번 개머리판을 들어 올리며 소리쳤기 때문이다.

"동무 디지고 싶네? 좀 가만히 있으라우! 잘못 맞으면 가니
끼니!"

"으아아악! 사… 살려줘! 으으윽!"

"나도 보내고 싶어야. 근디 대장동무가 보내면 안 된다잖
여! 이것 맞는다고 안 죽어, 병신만 되니께 참드라고!"

위로인지 협박인지 모를 험악한 말을 해댄 이동명 소좌는 어
떻게든 빠져나가려는 이 원장의 가슴팍을 부서져라 짓밟았다.

"그만!!"

결국 참다못한 차정원 대통령이 자리를 박차고 일어났다.

몹시 흥분한 듯 붉어진 얼굴로 이동명 소좌와 유찬을 바라
보며 말했다.

"지금 뭐 하는 짓인가? 왜 이 원장에게 이러는 건가? 애초
부터 그는 모른다고 하지 않았나?"

"모른다고? 이 나라의 모든 정보를 관장하는 국정원장이
모르면 누가 알까? 나는 거짓말하는 사람을 싫어하거든. 그
리고 당신은 대통령이 아니라 인질이라고 했을 텐데? 한 번만
더 자신의 처지를 망각하면 내가 영원히 앉아 있게 해줄 수도
있어! 보는 눈이 많을 테니 그 방법은 될 수 있으면 사용하고
싶지 않군."

"이… 이잇……."

"큭, 분하신가? 분하시겠지. 나라는 힘 앞에서 무력한 자신이 억울하실 테지. 하지만 지금 당신은 약한 자야. 그럼 약자답게 굴어야지."

유찬은 천천히 오른손을 흔들었다.

그 순간 기다렸다는 듯이 이 소좌의 개머리판이 그대로 이 원장의 왼쪽 어깨를 내리찍었다. 다시 한 번 처절한 이 원장의 비명이 울려 퍼졌다. 차 대통령은 바닥을 데굴데굴 구르는 이만수 원장을 안타까운 시선으로 바라볼 뿐이었다.

두 어깨가 탈골된 이 원장은 아픈 어깨를 감싸 쥐지도 못한 채 애처로운 비명만을 내질렀다. 하지만 고통으로 붉게 충혈된 두 눈만은 유찬을 똑바로 노려보고 있었다. 유찬 역시 그를 바라보았다.

순간 유찬의 입가에 미소가 걸렸다.

'으윽, 저… 저게 사람이란 말인가?'

그동안 수많은 사람을 상대해 본 이 원장이었다.

국정원장을 하면서 죽음조차 두려워하지 않는 세계적인 스파이를 비롯해서 수많은 사람들을 만났었다. 하지만 단언하건대 유찬과 같은 사람을 만나지 못했다. 고통에 몸부림치는 자신을 바라보며 아이같이 천진한 미소를 짓다니.

이 원장의 눈에는 이미 유찬이 사람으로 보이지 않았다. 그리고 또 하나…….

‘정말로 죽을지도 모른다.’

이 원장은 유찬의 미소에서 죽음을 보았다. 다른 누구의 죽음도 아닌 자신의 죽음을 다른 누군가를 통해서 본다. 그것은 끔찍한 악몽이 아닐 수 없었다.

언제부터인가 두 어깨의 고통 역시 전해지지 않았다. 단지 죽음이라는 막연한 공포의 대상만이 그의 머리를 지배했다. 유찬의 미소는 원하는 답을 달라고 요구하고 있었고, 원하는 답을 주지 않았을 때는 상상조차 하기 싫게 만들었다.

이 원장은 차 대통령을 바라보았다.

지금 대통령이 앉아 있는 저 자리, 바로 저 자리가 바로 자신이 원한 자리였다. 그것을 위해 지난 수년간 가시밭길을 걸어오지 않았던가?

‘모든 것을 말하게 되면 내 정치 생명이 끝날지도 모른다. 하지만 말하지 않는다면…….’

말하지 않는다면 뒷일은 불을 보듯 뻔했다. 그는 계산이 빠른 자였다.

‘살아남아야 무슨 일이라도 도모할 수 있다. 죽는다면 아무것도 할 수 없다.’

그가 잠깐 망설이는 사이 이동명 소좌가 개머리판을 들어올렸고, 그는 다급한 목소리로 외쳤다.

“그만! 말하겠소! 모든 걸 말하겠소!”

“이 원장!”

대통령이 놀라서 소리쳤다. 하지만 이미 이만수 원장은 결심을 한 상태였다.

"죄송합니다, 각하. 하지만 어쩔 수가 없습니다. 이미 틀렸습니다."

이만수 원장은 모든 것을 포기한 표정으로 천천히 입을 열었다.

"알고 싶은 게 뭔가?"

그는 마치 모든 것을 체념한 듯 말했다. 하지만 그를 바라보는 유찬의 눈은 싸늘하기만 했다. 대통령이라는 대어를 잡기 위한 미끼에 불과했지만 그 역시 대어였다.

'뭐, 교활한 여우는 계산도 빠른 법이니까.'

그는 머릿속에서 모든 것을 계산하고 있었다. 어차피 밝혀질 내용이라면 다른 사람이 밝히기 전에 자기 입으로 모든 것을 말함으로써 얻어지는 이득, 자신에게 불리한 내용을 축소한다거나 은근슬쩍 넘어간다든지의 이득을 취하려는 속셈이었다.

하지만 그것만으로도 유찬은 충분했다. 아무리 대어라도 눈앞에 있는 차정원 대통령에 비하자면 이 원장은 잡어, 즉 미끼에 불과했으니까.

"내가 알고 싶은 건 말이지요. 한국당 공천 때부터 지금까지 당신들이 저질렀던 비리입니다. 아무리 파격적인 인사였다고는 하지만 당에 입당한 지 이제 5년도 되지 않았던 차 대

통령께서 어떻게 공천 후보가 될 수 있었는지 그게 알고 싶군
요.”

“그건……..”

지난 며칠, 남는 시간 동안 유찬은 차정원 대통령에 대해
조사했다.

뒤가 구린 인물답게 걸리는 게 한두 가지가 아니었다.
M&S 그룹은 물론이거니와 각 그룹으로부터 돈을 받아 정치
자금을 만드는 것은 물론이거니와 그의 정계 진출과 대통령
당선까지 뭔가 석연치 않은 점들이 많았다.

“그… 그러니까……..”

이 원장은 차 대통령이 뿌린 막대한 로비 자금과 군에서 빼
돌린 불법 자금, 거기다 아직까지 이어져 있는 몇몇 로비 루
트에 대해서도 털어놓았다.

한번 말문이 터지자 그의 입에서 모든 것이 술술 쏟아져 나
왔다. 국회의원이 되는 과정에서 지역구에 뿌린 불법선거 자
금에서부터 그동안 차 대통령과 그 일당들이 저질러 온 별의
별 불법들이 그의 입을 통해 쏟아져 나왔다.

그리고 그 광경은 공중파를 타고 여과없이 그대로 국민들
에게 전해졌다. 이야기는 거기서 끝나지 않았다. 마치 작심이
라도 한 듯 그는 물어보지 않은 사실들까지 말했다.

그는 내친김에 여야 정치인과 정부 행정 관료들의 이름까
지 상세하게 거론해 가며 그들의 부정부패를 하나하나 까발

렸다. 장장 5분 동안 그의 이야기는 계속되었고, 장내 정관계 인사들의 얼굴을 흙빛으로 변해갔다. 몇몇 인사들이 중간에 호통을 치며 끼어들려고 했지만 그들에게 돌아온 것은 무지막지한 발길질뿐이었다.

이야기를 듣고 있는 중간중간 몇 번이나 총구가 지목된 대상자들을 향해 돌아가는 것을 참느라 버려진 군대의 대원들은 곤욕을 치렀다. 당장 총살해도 뭐라 하지 않을 만큼 그들의 죄질은 악질이었다. 그의 이야기가 모두 끝났을 때 아무도 말이 없었다.

너무나도 충격적인 이야기들의 연속. 유찬 역시도 이 정도일 줄은 몰랐다.

대한민국을 움직이는 자들은 썩을 대로 썩어 악취가 진동했다. 국정원장인 그가 모르는 부분까지 더한다면 이 나라는 그 뿌리까지 썩었다고 봐도 무방했다.

철컥!

"이 종간나 새끼들!"

결국 탄창을 새로 끼워 놓은 이동명 소좌가 요인들을 향해 총구를 겨눴다.

철컥!

"개새끼들!"

"오냐! 네놈들 다 죽여주마!"

버려진 군대 대원들 일제히 탄창을 새로 교환하고 총구를 그들에게 돌렸다. 그들은 금방이라도 소총에 방아쇠를 당길 것만 같았다. 하지만 그런 그들을 유찬이 말렸다.

"그만!"

"대장, 말리지 마십시오!"

"대장!"

흥분할 대로 흥분한 대원들은 그의 제지에 거세게 반항했다.

손을 들어 그들을 제지하려던 유찬은 결국 고개를 돌려 차가운 눈으로 대원들 쏘아보며 말했다.

"누가 내 사냥에 방해하는가? 내 사냥에 함부로 끼어들지 마라! 저런 잔챙이들은 대어를 낚고 나서 입질해도 늦지 않다. 내 사냥을 망치면 아무리 너희들이라도 용서하지 않는다."

"……."

버려진 군대 대원들은 천천히 총을 거두었다. 그들이 총구를 거두는 것을 확인한 유찬은 다시 고개를 돌려 정면을 바라보았다. 그곳에 그가 낚고 싶은 대어가 있었다. 바로 이 나라의 대통령, 이 나라 권력의 핵심이자 부정과 부패의 정점이 말이다.

"자, 이제 말해보실까, 당신이 이 나라의 대통령으로서 정당하다고 생각하는지?"

"……."

그는 말이 없었다. 이미 모든 것은 끝났다. 국민들은 그가 저지른 모든 비리에 대해 알았을 것이고, 그를 더 이상 이 나라의 대통령으로 인정하려 하지 않을 것이다. 또한 정부 역시 그 신뢰를 잃었고, 국회의원과 재계의 인사들 역시 마찬가지였다.

검찰과 경찰 고위층들의 비리까지 전부 까발려졌으니 이 나라는 극도의 혼란에 휩싸일 것이 분명했다. 지금 그의 머릿속에는 수많은 생각들이 얽히고설켜 헝클어진 실타래처럼 되어 있었다. 하지만 그의 눈빛만은 여전히 독기를 머금은 채 살아 있었다.

"이렇게 해서 자네가 얻는 게 뭔가?"

"얻는 거라… 애초에 얻을 게 없었으니 얻는 것도 없겠지. 아, 악명은 얻으려나? 뭐, 굳이 명분을 내세우려면 내 동생의 복수라고나 할까?"

"단순한 복수 때문이라… 자네의 그 단순한 복수 때문에 얼마나 많은 사람이 다칠지, 얼마나 많은 사람이 희생될지 생각이나 해보았나?"

"그럼 당신은 당신이 부른 야욕에 억울하게 희생된 이들을 생각해 보았나?"

차 대통령은 이번에도 아무 말도 할 수 없었다. 대신 주먹을 불끈 쥐고 유찬을 쏘아보는 것으로 대답을 대신했다.

"나는 늑대지. 사람이 아니라 늑대이기에 다른 이들을 돌아보지 않아. 왜 그런지 알아?"

유찬은 차가운 눈으로 그를 바라보며 계속 말을 이어나갔다.

"늑대는 말이야, 평생 한 마리의 암컷과 사랑을 하고, 포식자 중 유일하게 자신의 암컷을 위해 죽을 때까지 싸우고, 또한 자신의 새끼를 위해 목숨까지 바쳐 싸워. 상대가 강하든 약하든 늑대에게는 상관없어. 몇 가지 더 알려줄까? 늑대는 사냥을 하면 암컷과 새끼에게 먼저 음식을 양보하고, 제일 약한 상대가 아닌 제일 강한 상대를 선택해 사냥하며, 독립한 후에도 종종 부모를 찾아와 인사를 하고, 인간이 먼저 그들을 괴롭혀도 인간을 먼저 공격하지 않지. 하지만 가족이 죽는다면 결코 복수를 멈추지 않아. 심장 멈추는 그 순간까지 원수의 살을 씹고 또 씹어서 그 영혼까지 갈아 마신 후에야……."

유찬은 차 대통령의 귀에 대고 작은 목소리로 속삭였다.

"비로소 영원의 안식을 얻지. 그렇기에 다른 건 생각하지 않아. 이 가슴속에 분노가 너무 커서 다른 건 생각할 수 없어! 알겠나?"

차 대통령은 흠칫 놀라며 뒤로 물러섰다.

'이자는…….'

그는 유찬이 죽음을 각오하고 있음을 알았다. 사람은 누구나 막연한 존재인 죽음을 두려워하게 마련이었다. 하지만 눈앞의 상대는 그런 일반 사람들과는 달랐다.

그는 죽음을 두려워하지도 않았고, 오히려 죽음을 향해 달려가고 있었다.

마치 죽을 줄 알면서 불꽃 속으로 달려드는 한 마리 불나방 같은 존재, 잃은 것도 지킬 것도 없는 존재, 그래서 더욱 무서운 존재. 차 대통령은 두 눈을 질끈 감았다 뜨며 소리쳤다.

"나는 언제나 국민들을 위하는 대통령이 되고자 했고, 그 방법에 문제가 있었을지 몰라도 대통령이 된 이후에는 국민들을 위해 열심히 봉사했네."

"그래서?"

"비록 내가 죄를 지었을지 모르나, 내 죗값은 그걸로 충분히 치렀다고 생각하네. 또한 자네 동생의 일은 안타깝게 생각하지만 나는 모르는 일이네."

"계속 지껄여 보시지!"

"나와 자네가 무엇이 다를 것이 있나? 자네는 이곳에 오기 위해 많은 사람들을 죽였어. 그것은 살인이 아닌가? 자네 동생의 죽음을 보상받을 방법은 이런 극단적인 방법 말고도 얼마든지 있었어! 안 그런가? 생각을 해봐! 이런다고 자네 동생이 기뻐할 것 같은가?"

그가 아무 말도 없자 차 대통령은 혀에 기름칠이라도 한 듯 더욱 신이 나서 떠들어댔다.

"잘 생각해 보게. 자네의 지금 결정으로 많은 사람들이 고통을 받을 수 있네. 여기 있는 사람들 모두를 쏴 죽이고 나면 뭐가 남겠나? 이 사람들은 이 나라를 움직이는 사람들이야. 이들이 없다면 이 나라에는 남는 것은 오직 혼란뿐일세. 그렇게 되면 수많은 사람들이 죽거나 다칠 걸세. 폭동이 일어날지도 모르지. 아니, 폭동은 작은 것이지. 북한이 가만히 있을 거라고 생각하나? 아마 그들은 옳구나 하고 당장 전쟁을 일으킬 걸. 군에 명령을 내릴 이들이 없는데 군이 있다고 해서 그들을 막을 수 있을 것 같나? 자네가 이럼으로써 수천 수만이 죽을 수도 있어. 자네가 원한다면 내 목숨은 주지. 그러니 이들의 목숨을 살려주게. 설마 자네가 원하는 복수에 저들마저 들어가 있는 것은 아니겠지?"

그는 마치 선거 유세라도 하듯이 열변을 토해놓았고, 유찬은 그의 열변을 묵묵히 듣고만 있었다. 그의 말속에는 힘이 있었고, 사람을 끌어들이는 묘한 매력이 있었다. 벌써 몇몇 국회의원들 중에는 고개를 숙이고 통한의 눈물을 흘리는 이들까지 있을 정도였다. 대통령의 일장 연설에 고무된 몇몇 의원들과 정관계 인사들이 아드레날린 과다 분비로 겁대가리를 상실, 발작을 일으켰다.

"저희들은 죽어도 됩니다, 각하!"

"이 새끼들이!"

대원들이 총을 들어 올렸지만 이번엔 아주 작심을 한 듯 그들은 가슴을 펴고 소리쳤다.

"쏴라, 쏴보란 말이다! 각하!"

"앉아! 쏴버리기 전에! 대장!"

조 중사가 당황한 표정으로 유찬을 불렀다. 잠시 고개를 돌린 유찬은 입꼬리를 살짝 올려 발악하는 국회의원들을 향해 비웃음을 날려주고 말했다.

"죽은 사람 소원도 들어준다는데 산 사람 소원이라고 들어주지 못하겠습니까? 쏴달라는 데 쏴주십시오."

"대장?"

"진심인가, 대장?"

조 중사가 유찬을 돌아보며 재차 확인하듯 물었다.

"죽고 싶은 게 소원이라면 죽여주십시오!"

버려진 군대원들은 기다렸다는 듯이 총구를 들어 올려 그들을 겨누었다.

"이, 이봐! 우리를 죽이면……."

"각하!"

총구가 자신들을 향해 돌아서자 그들의 태도는 바로 돌변했다. 그들 중 몇몇은 기겁을 하며 뒤로 물러섰고, 몇 명은 당황한 표정으로 차정원 대통령을 바라보았다.

"흥! 어서 쏴봐라!"

"나, 독재 치하에서 그 혹독한 고문도 견뎌낸 민주 투사야! 쏠 테면 쏴라!"

하지만 개중 몇은 분위기 파악 못하고 '설마 쏘겠어' 라는 표정으로 가슴을 내밀었다.

탕!

"크아아악!"

한 발의 총성과 함께 비명이 장내를 울렸다.

조금 전까지 가슴을 내밀고 쏠 테면 쏴보라고 버티던 국회 의원 한 명이 가슴에서 피분수를 뿌리며 널브러졌다. 총을 발사한 조 중사는 미련없이 총구를 다른 의원들에게로 돌렸다. 조 중사가 발사하자 망설이던 버려진 군대 대원들도 총구를 끌어올리며 가늠좌를 겨눴다.

"멈춰! 멈추란 말이야!"

놀란 차정원 대통령이 자리를 박차고 일어나며 소리쳤지만 소용없었다.

타타탕!

그를 힐긋 바라본 버려진 군대 대원들은 여봐란 듯이 방아쇠를 당겼다.

몇 발의 총성이 더 울렸고, 몇몇 의원들이 피를 뿌리며 쓰러졌다. 장내는 부상당한 이들의 비명과 진한 피비린내, 그리고 남은 이들이 공포에 질려 지리는 비명으로 가득 찼다.

"이… 이럴 수가?"

차 대통령은 두 다리에 힘이 풀린 듯 털썩 주저앉았다. 그때 그런 그를 향해 유찬의 싸늘한 조소가 날아들었다.

"인간은 말이야, 말로 해서는 말을 잘 안 듣더군."

"이, 잇!"

"당신의 같지도 않은 연설, 잘 들었어. 다른 사람이었다면 당장에 일어나서 박수라도 쳤을 거야. 하기야 그랬으니 대선에서 승리했겠지. 그런데 이걸 어쩌나, 이번에는 상대를 잘못 골라도 한참 잘못 골랐으니 말이야. 상식이 통하는 상대를 고르셨어야지. 그리고 당신만큼이나 저들도 운이 없군. 만용은 상대를 봐가며 부려야지. 여의도까지 오면서 수백 명을 죽였는데, 한둘 더 죽이는 걸 망설일 사람들 같았나 보지? 미련한 작자들 같으니……."

그들은 눈앞에 있는 이들이 누구인지, 자신의 처지가 어떤지 아직도 이해하지 못하고 있었다. 죽어간 이들은 이를테면 본보기에 해당했다. 자신들이 처한 상황을 이해할 수 있도록, 패배감과 무기력감을 뼈저리게 느끼게 하기 위해서.

"살인자 놈!"

차 대통령이 일갈했다. 하지만 유찬은 한 겹 차가운 얼굴 뒤에 조소를 베어 물뿐이었다.

"아, 하도 많이 들어서 말이야, 이제는 별로 감흥도 없어."

"어떻게 사람을 이렇게 아무렇지도 않게……."

"아무렇지도 않게 죽일 수 있냐고? 얼마든지 죽일 수 있어. 죽으면 말이야, 사람이나 동물이나 그게 그거야. 사람도 70% 의 수분과 단백질 등으로 이루어진 고기니까."

"개자식!"

그는 10여 년 만에 처음으로 쌍욕을 퍼부으며 탁자에 놓인 데져트이글 권총을 잡아갔다.

'하지만…….'

"헉?"

한 손으로 권총을 잡고 들어 올리려던 그는 통짜 쇠를 들어 올리는 듯 한 엄청난 무게에 그만 총을 놓쳐 버렸다. 그 순간 유찬이 두 자루 데져트이글을 번개같이 회수해 한 자루는 품속에 넣고 한 자루는 그를 향해 겨누었다.

"이런, 이 총은 아무나 사용할 수 있는 게 아니야."

유찬은 명백히 그를 조롱하고 하고 야유와 비웃음을 섞어 가며 점점 더 대통령을 압박해 들어갔다. 그 순간 조 중사의 손에 들린 무전기가 시끄럽게 울어댔다. 헌정기념관 앞에서 경계를 서고 있던 오성수 하사의 다급한 음성이 무전기를 타고 날아들었다.

〈나 오성수야! 큰일났다! 국회의사당 쪽에서 일단의 부대 출현!〉

"뭐? 여의도엔 부대가 없을 텐데?"

사뮤엘과 저지조는 여의도 상공에서 적을 맞아 아직까지는 그런대로 잘 버텨주고 있었고, 여의도에 주둔 중이던 부대는 그들이 깨끗이 정리하지 않았던가?

그때 다시 한 번 비명 같은 오성수 하사의 무전이 들려왔다.

〈젠장, 식별 코드는 백호! 다시 말한다! 식별 코드는 백호!〉

"뭐라고? 백호라고? 확실한가, 오 하사?!"

조 중사에게 무전기를 빼앗아 든 유찬이 다급하게 소리쳤다.

〈확실하다! 백호가 틀림없다!〉

"이런, 젠장!"

유찬은 무전기를 내려놓고 버려진 군대원들을 바라보았다. 그들의 안색 역시도 눈에 띄게 굳어 있었다.

식별 코드 백호.

대한민국에서 백호를 식별 코드로 쓸 군대는 오직 하나뿐이었다.

707특임대대!

특수부대 안의 특수부대라고 불리는 대한민국 최고의 특수부대. 그 팀 하나하나는 1개 사단과 맞바꿀 수 없다고 할 정도로 막강한 전투력을 자랑했다.

'그들이 진입한다면.'

그렇게 된다면 승리를 장담하기 어려웠다.

개개인의 전투력을 놓고 봤을 때 버려진 군대의 능력은 특임대보다 뛰어나면 뛰어났지 모자라지는 않았다. 하지만 특임대의 전력은 개개인의 전투 능력이 아니었다.

그들의 힘은 10년 이상 한솥밥을 먹으며 다져온 탄탄한 팀워크에 있었다. 집중적 반복 훈련과 베테랑 선배들의 1대 1 교육은 효과 면에서 사회의 특수교육기관을 능가했다. 개개인의 능력이 아무리 뛰어나다고 해도 잘 훈련된 데다가 탄탄한 팀워크를 바탕으로 밀고 들어오는 특임대대를 상대할 하는 것은 급조된 버려진 군대에게는 어려운 일이다.

"숫자는?"

〈대략 50명 정도입니다.〉

버려진 군대 대원 전원이 나간다고 해도 승리를 장담할 수 없는 숫자였다.

"무장은?"

〈K-7과 수류탄 정도밖에 안 보인다.〉

"불행 중 다행이군."

아무리 특임대대라고 해도 이쪽의 무장이 월등히 앞섰다. 막강한 화력을 이용해 화력전을 한다면 충분히 승산이 있었다. 가장 먼저 이동명 소좌가 달려나갔다.

"닝기리, 내가 막아볼 테니 빨랑 대통령 모가지나 따불드라고!"

"저도 가겠습니다."

그 뒤를 김영수 병장이 따라나섰다.

그들의 뒷모습을 바라보던 나머지 버려진 군대의 대원들은 자신들의 무기를 간단하게 확인하고 유찬에게 가볍게 고개를 숙여 보이며 밖으로 향했다. 그들의 뒷모습을 지켜보던 유찬은 품속에서 핵폭탄의 무선 조종 스위치를 꺼내 들며 말했다.

"좀 더 길게 이야기를 하고 싶었는데 예상치 못한 변수가 끼어들어 아쉽지만 여기서 이야기를 끝내야 할 것 같군, 아, 그렇다고 저들이 당신들을 구해줄 거란 상상은 하지 말아. 방아쇠를 당기는 것은 1초면 충분하니까."

유찬은 장난스럽게 핵폭탄의 스위치를 손가락 사이에서 돌리며 말했다.

"이건 말이야, 아주 재미있는 물건이야. 이를테면 판도라의 상자를 여는 단추라고나 할까? 이걸 당신에게 주지."

유찬은 핵폭탄의 무선 조종 스위치를 차 대통령의 손에 쥐어주었다. 스위치를 받아 든 차 대통령은 의아한 표정으로 유찬을 바라보았다.

그런 그의 시선을 외면한 채 유찬은 생각에 잠겼다.

'유미야, 오빠가 가고 있는 길이 틀린 길일까, 아니면 옳은 길일까? 너는 알고 있니?

하지만 더 이상 동생은 그의 곁에 없었다.

그리고 문득 동생이 원하는 길이 이 길이 맞을까라는 생각이 들었다.

화단의 잡초 하나 함부로 뽑지 못했던 동생이 모든 것을 파멸로 몰고 가는 복수를 좋아할까라는 의문이 뇌를 스치고 지나갔다.

'그래, 좋아. 마지막으로 기회를 주지.'

생각을 정리한 그는 데져트이글의 총구를 차 대통령의 이

마를 향해 겨누며 말했다.

모든 것은 잘못의 시발점이었던 그가 끝내야 했다.

"이제 결정을 할 시간이야."

"뭘 말인가?"

"내 귀엔 가식적인 위선자의 말처럼 들리긴 했지만 언제나 국민들을 위하는 대통령이 되고자 했다고 했지?"

"그랬네."

차 대통령은 긴장한 표정으로 유찬을 바라보았다. 유찬은 사형선고를 내리는 판사처럼 근엄한 표정을 지어 보이며 말했다.

"그러면 말이야, 그걸 증명해 보이라고. 그럼 나는 조용히 물러날 테니까."

"어떻게 말인가?"

"당신의 손에 들린 그 스위치로 말이야. 거기 보면 위에 빨간 단추가 있을 거야. 그걸 누르느냐 마느냐 하는 문제지. 아주 간단하지만 그 무게는 결코 가볍지 않아."

"설마 그게 다는 아니겠지?"

"물론이지. 몇 가지 알아두셔야 할 게 있어. 그 단추를 누르면 당신과 저기 있는 이들은 살아남지만 수천의 국민들이 죽어. 대신 그 단추를 누르지 않게 되면 당신과 저기 있는 사람들은 죽겠지만 수천의 국민들이 살아남겠지."

"뭐? 뭐라고?"

그는 마치 흥미로운 게임을 하듯이 빙글빙글 웃고 있었다.

"도대체 이건 뭔가?"

"아, 그걸 알려주면 재미없지. 자, 이제 시간이 얼마 남지 않았어. 3분 주지. 3분이 지난 순간 한 사람씩 처형한다."

"이봐!"

"난 말을 길게 하는 사람이 아닙니다."

유찬은 데져트이글의 총구를 차 대통령이 아닌 정부 요인들 쪽으로 돌렸다.

하지만 눈은 여전히 차 대통령을 바라보고 있었다. 차 대통령의 눈은 끝없이 갈등하는 그의 내면을 비춰주는 창이 되어 유찬에게 자신의 속내를 볼 수 있도록 해주었다. 단추를 누르면 수백의 국민이 죽는다. 하지만 자신은 살아남는다. 반면 누르지 않으면 자신은 죽고 수백의 국민은 살아남는다.

시간은 3분. 그 안에 그는 결정을 내려야 한다. 살 것인가 죽을 것인가의 결정. 살아가면서 겪는 수많은 결정의 순간, 단언하건대 차 대통령은 그 수많은 결정 중에서 가장 힘겨운 결정을 내려야 할 순간을 맞고 있었다.

마치 '사느냐 죽느냐, 그것이 문제로다' 를 외쳤던 셰익스피어의 아름다운 비극의 주인공 햄릿이 된 기분이었다. 거기다 지금 그의 모습을 전 국민이 지켜보고 있었다. 마치 교수형장에선 죄수가 목이 매이는 순간을 지켜보기 위해 모인 참관인들처럼 브라운관에 머리를 박은 채 말이다.

‘이걸 누르면 수백, 수천의 국민이 죽는다고······?’

믿기 힘든 이야기였지만 믿지 않을 수도 없었다. 수백, 수천의 목숨과 그와 정부 요인 수십의 목숨, 대통령이라면 주저 없이 목숨을 포기할 법도 하건만 그는 그럴 수가 없었다.

그는 세차게 고개를 저었다. 그때 가만히 그를 지켜보고 있던 정부요인들이 소리쳤다.

“각하, 누르십시오. 각하께서 무사하시다면 이 나라는 다시 일어설 수 있습니다.”

“각하!”

차정원 대통령은 그들을 바라보았다.

삶에 대한 집착과 욕망으로 가득 찬 그들은 유찬이 겨눈 총구가 아니라면 당장이라도 달려들어 스위치를 빼앗아 누를 기세였다.

그는 한참을 망설였다. 유찬은 그런 차 대통령을 보며 싸늘한 조소를 베어 물었다.

‘위선자.’

눈앞에 있는 자는 대인의 가면을 쓰고 살아오던 위선자에 불과했다.

거기다 정부 요인들의 독촉이 계속되자 그의 눈빛은 심하게 흔들렸다. 만약 지금 이곳의 모습이 전국에 보도되고 있지만 않다면 그는 벌써 수십 번도 넘게 스위치를 눌렀을 것이다.

‘이 순간까지도 가면을 벗지 않으려는 건가?

그는 지금 이 상황에도 계산을 하고 있었다. 언제 어떻게 스위치를 눌러야 국민들에게 좋은 인상을 심어줄까를…….’

끝없이 생각하고 끝없이 계산하고, 눈앞의 대통령은 그런 자였고, 유찬은 세상에서 그런 자들을 제일 경멸했다. 대의와 명분 뒤에 숨어 자신의 욕심을 채우고 깨끗한 척하는 무리들, 세상에서 사라져야 할 쓰레기 중의 쓰레기들, 경멸과 냉소조차 아까운 자들…….

어느 누구도 폭력 앞에 부당하다 당당히 맞서지 않았으며, 대신 국민들을 죽이고 자신들이 살겠다고 악다구니를 쓰고 있었다. 그들에게 국민은 보호해야 할 대상이 아니라 자신들을 위해 희생시킬 수 있는 희생양에 불과했다. 그것은 대통령이라고 해서 다를 것이 없었다.

‘지금 이 상태로 이 단추를 누르면 나는…….’

차 대통령은 애가 탔다.

생각 같아서는 빨리 단추를 눌러 버리고 싶었다. 하지만 그러기에는 두 가지가 걸렸다.

첫째, 이 단추를 누르고도 유찬이 과연 살려줄까라는 것이었다. 그리고 또 한 가지는 지금 단추를 누르게 되면 당장 이곳에서 살아 나간다고 해도 국민들이 그를 용서하지 하지 않을 것이다. 최악의 경우, 분노한 국민들이 던진 돌멩이에 맞아 죽을 위험이 있었다. 그것은 살쾡이를 피하려다 범을 만나는 격이었다.

최선의 방법은 유찬으로부터 확실히 살려준다는 약속과 함께, 국민들에게 어쩔 수 없이 누를 수밖에 없었다는 인식을 심어주어야 했다.

'끝까지 지저분하게 노는군. 하지만 지금은 연극대로 놀아줄 수밖에⋯⋯.'

노련한 유찬이 차정원 대통령의 생각을 모를 리 없었다. 지금 차 대통령은 단추를 누를 적절한 시기를 기다리고 있는 것이었다. 시간이 넉넉했다면 그가 마지막으로 뒤집어쓴 가면마저 철저히 벗겨주겠지만 지금은 그럴 만한 시간적 여유가 없었다.

지금은 707 특임대대가 코앞까지 진입한 상황이었다.

초반엔 버려진 군대가 압도적인 화력으로 얼마 정도 우위를 점해 시간을 벌 수 있겠지만 그리 긴 시간은 아닐 것이다.

"시간이 얼마 남지 않았군요."

손목시계의 시간을 확인한 그는 방아쇠에 힘을 주었다. 데져트이글이 발사됐을 때 느껴지는 살인적인 반동을 견뎌내기 위해 본능적으로 양 손목에 힘이 들어갔다.

하지만 차 대통령은 여전히 요지부동이었다.

'훗, 무서운 영감!'

방아쇠를 잡은 손에 더욱 힘이 들어갔다.

"시간이 지났어!"

탕!

"크아아악!"

순식간에 두 명의 국회의원이 피를 뿌리며 쓰러졌다. 총탄의 파워가 너무 강해서 한 명을 관통하고 뒤에 있던 이까지 날려 버린 것이다.

"이… 이럴 수가!"

"각하, 살려주십시오!"

정부 인사들은 살기 위해 괴성을 질러댔다.

"시간이 없군. 이제부터는 10초당 한 명이다."

비명을 지르는 그들의 머리 위로 청천벽력과도 같은 말이 떨어졌다.

"이보게!"

"10초."

"뭐?"

탕!

앞으로 나서서 뭔가 말하려던 이의 가슴에 커다란 구멍이 뚫리며 피 분수가 솟구쳤다. 그리고 그의 시체가 쓰러지기도 전에 다시 한 발의 총성이 울렸다. 그리고 또 한 발, 또 한 발, 또 한 발, 총 일곱 발의 총성이 연달아 울렸고, 10여 명의 인사가 쓰러졌다.

터져 나간 머리에서 흘러나온 뇌수와 박살 난 내장, 그리고 낭자한 선혈, 그리고 부상당한 이들의 비명과 신음만이 장내를 가득 채웠다.

"끄아악!"

"크아아악!"

다행히 죽음을 피해간 멀쩡한 이들은 눈앞에서 벌어진 살육에 할 말조차 잃어버린 듯 입만 크게 벌리고 공포에 질린 눈으로 유찬을 바라볼 뿐이었다.

사신의 낫과 같은 총구는 여전히 그들을 향해 있었다.

철컥!

공이가 빈 약실을 치며 총신이 뒤로 밀려났다. 탄창에 있던 탄약이 다 떨어진 것이었다.

그제야 그들은 겨우 안도하는 듯했다. 하지만 그런 그들을 비웃기라도 하듯 유찬은 품속에서 또 한 자루의 데져트이글을 꺼내 들었다.

"죄송하지만 아직 끝난 게 아닙니다."

"잠깐만!"

그때 차 대통령이 상기된 표정으로 손에 들린 무선 조종 스위치를 들어 올렸다.

"이걸 누르면 정말 나와 이들을 살려줄 텐가?"

"물론. 하지만 그걸 누르면 당신과 여기 있는 사람들은 살고 수백, 아니, 혹은 수천의 국민이 죽어. 잘 생각해서 신중하게 판단해."

"우리를 살려준다는 말을 어떻게 믿나?"

"다른 길은 없을 텐데. 어차피 그걸 누르지 않아도 당신은 죽어. 잊었나 보지?"

그는 다시 총구를 정부 인사들을 향해 겨누었다. 차 대통령의 표정이 한껏 일그러졌다. 잠깐 동안 다시 고심하는 듯하던 그는 마침내 결정을 내린 듯 말했다.

"총을 치우게. 누르겠네."

"정말?"

"물론일세."

"그럼 눌러! 그때 총을 치우지!"

그 말이 떨어지기가 무섭게 차 대통령은 무선 조종 스위치의 단추로 손가락을 가져갔다.

꾹!

결국 두 눈을 질끈 감은 그는 무선조종 스위치의 단추를 눌러 버렸다. 그 모습을 유찬은 하나도 빼놓지 않고 지켜보고 보았다. 그가 스위치로 손가락을 가져가서 누르는 그 순간을 마치 영원히 기억하기라도 할 것처럼 지켜보았다.

그가 스위치를 누르는 것을 확인한 유찬은 미련없이 총구를 거둬들이고 대통령의 손에서 무선 조종 스위치를 빼앗아 품속으로 집어넣고는 몸을 돌려 의장실을 빠져나갔다.

그런 그의 등을 향해 차 대통령이 물었다.

"도대체 뭔가, 그 스위치는?"

"그걸 말해줄 수는 없지. 아, 한 가지 알려주자면 당신은 이 나라의 대통령이기 이전에 이 나라의 국민이라는 것 정도?
당신은 대통령이 아닌 국민으로 죽게 될 거야. 당신 같은 사
람에게는 국민으로서 죽게 해주는 것은 과분한 영광을 주는
건지도 모르겠지만 말이야."

"그게 무슨……?"

하지만 차 대통령은 더 이상 그의 말을 들을 수 없었다. 그
는 이미 헌정기념관의 중앙 복도를 걷고 있었기 때문이다. 그
는 대통령으로서 그를 죽이지 않았다. 하지만 그가 누른 핵은
그를 이 나라의 국민으로 죽게 할 것이다.

복도를 걸으면서 그는 품속에 넣어둔 무선 조종 스위치를
꺼내 뚜껑을 열었다.

03:45.

타이머의 붉은 숫자는 종말의 시간의 시간을 예고하기라
도 하듯 점점 줄어들고 있었다. 유찬은 약해지는 마음을 다잡
으며 스위치를 움켜쥐었다.

"혹시 폭탄이 발견돼서 폭파가 되기 전에 해체가 될 것 같으면
말입니다. 스위치를 열어보시면 파란 단추가 보이실 겁니다. 그걸
로 폭파 시간을 컨트롤할 수 있습니다. 초 단위로 조종이 가능하
니 원하는 시간 원하는 곳에서 터뜨릴 수 있을 겁니다."

한강 둔치에서 유찬은 핵폭탄의 폭파 시간을 바꿔 버렸다.

어차피 죽음을 각오한 돌격이었다. 더 이상 사랑할 사람이 없는 세상, 더 이상 복수해야 할 사람이 없는 세상에 살아갈 이유는 없었기 때문이다.

하지만 왜일까? 마지막 순간 약해지려 하는 마음은?

헌정기념관 밖은 아수라장이었다.

버려진 군대와 707특임대대 간의 전투는 치열하게 진행되고 있었다. 수적 우위를 점하고 있는 특임대대였지만 그들의 무장은 변변치 못했다.

대부분 대원들이 수류탄과 K-7소음 기관단총 이외에는 특별한 무장을 하지 않았기에 머신건과 로켓런쳐, 그리고 분대 지원 화기 등을 동원, 엄청난 화력적 우세를 점하고 있는 버려진 군대 앞에 맥을 못 추고 있었다.

"죽어라!"

투투투투!

"범인들을 사살하고 요인들을 구하라!"

"닥치라우! 간나 새끼들아! 이거나 처먹어라!"

콰콰쾅!

각종 화기가 토해놓는 총성과 폭음, 처절한 비명성과 고함 소리, 반평생을 살아온 고향과도 같은 전장이 눈앞에 펼쳐져 있었지만 왠지 그곳으로 돌아가기 싫었다.

'아름답다.'

욕설과 총성이 난무하고 있었지만 유찬은 그들의 모습을

바라보며 아름답다고 느꼈다. 죽음을 향해 달려가는 마지막 날갯짓인지도 모르고 상대를 향해 총탄을 뿌려대는 그들의 표정 하나하나에서 나름의 신념과 살아가는 의미가 느껴졌다.

순간의 시간에 충실한 그들의 모습, 지금까지 그에게 그런 모습을 보여주었던 이들을 하나하나 생각하며 담뱃갑을 뒤졌다.

하지만 평소에는 잘 잡히던 담배가 오늘은 제대로 잡히지 않았다.

그것이 눈앞을 가린 뿌연 무언가 때문이 아니라 위로하며 겨우 찾아낸 담배 한 대를 입에 물었다.

죽이고 죽임을 당하고 너무나도 익숙한 광경들. 그곳은 고향 같은 전쟁터의 모습이었다. 하지만 유찬은 그저 바라보고만 있었다.

너무나도 익숙한 곳이었지만 막상 그의 자리는 없는 듯 보였다.

단지 지켜보는 것만으로도 살아 있다는 생각이 들었다. 치열하게, 때론 처절하게, 그렇게 살아온 삶의 모습들. 버려진 군대도, 그리고 특임대대도 주어진 자리에서 살아남기 위해 최선을 다해 움직이고 있었다. 그들의 움직임 하나하나가 역동적이고 생기가 넘쳐흘렀다. 마치 나는 살아 있다고 외치는 것만 같았다.

'이제 곧 재가 되어 휘날리겠지만.'

핵폭탄이 터지면 저들은 가장 먼저 죽게 될 것이다.

고통을 느낄 시간도 저들에게는 주어지지 않을 것이다. 어쩌면 죽는다는 느낌도 없을 것이다. 눈이 멀어버릴 만큼 강한 섬광과 함께 육신은 가루가 되어 휘날리게 될 것이다. 이제 몇십 초 후면 사라질 저들의 모습을 기억이라도 하려는 듯 유찬은 그들에게서 눈을 떼지 않고 있었다.

'과연 나는 무엇을 위해 살았고, 무엇을 위해 이런 짓을 하는 걸까?'

문득 이런 의문이 들었다.

평생을 전쟁터에서 보냈다.

무엇을 위해서? 누구를 위해서?

처음에는 절박하게 돈을 벌어야 할 이유라도 있었다. 하지만 나중에는 돈을 벌어야 할 이유도 없었고, 번 돈을 쓸 곳도 없었다. 그럼에도 그곳을 벗어나지 못했다.

운명이라고 생각했다.

누군가를 죽이고 그렇게 살아가는 것이 운명이라고 순응해 버렸다. 복수 역시 마찬가지다.

사라져 버린 삶의 이유를 복수라는 명제에 걸었고, 결국에는 복수라는 이름의 탈을 뒤집어쓴 살육의 광기에 사로잡혀 어쩌면 최악의 선택을 했는지도 모른다.

00:10.

어느덧 시간은 10초를 가리키고 있었다.

10초 후면 서울은 세상에서 완전히 지워지게 될 것이다. 서울이 사라지고 나면 대한민국은 더 이상 국가로서 존속할 수 없을지도 모른다. 아니, 지금 그가 알고 있는 국제 정세라면 대한민국은 분명 국가로 존속할 수 없을 것이다. 하지만 그 이전에 수백만이 죽을 것이다.

아무 죄도 없고, 아무 잘못도 없이 하루하루를 치열하게 살아가던 사람들이 말이다.

머리로는 수백 번 멈춰야 한다고 생각했다. 하지만 그럴 수가 없었다.

머리가 이해한다고 해도 가슴속에서 끓어오르는 분노가 그것을 막았다.

'이만 하면 되지 않았을까?

5초.

찰나의 순간이기는 했지만 잘못된 선택을 되돌리고, 모든 운명을 바꿔놓기에 부족함이 없는 시간이었다.

'충분히 많은 사람을 죽였고, 죄없는 이들이 희생되었다. 이게 터지면 얼마나 많은 사람이 죽을지 모른다. 나에겐 그들의 삶을 결정할 그 어떤 권리 권한도 없다. 모든 것은 그들이 판단하고 그들이 결정해야 할 일……'

그는 피가 나도록 움켜쥐고 있던 무선 조종 스위치를 들어 올렸다. 마지막으로 로스토가 했던 말을 떠올리면서……

"혹시라도 기폭 장치를 누르신 후라도 마음이 변하시면 이 밑의 뚜껑을 열고 파란 단추를 빠르게 세 번 누르십시오. 그러면 타이머가 멈추게 되어 있습니다."

결심을 한 유찬은 빠르게 무선 조종 스위치의 아래 부분을 열었다. 로스토의 설명대로 파란 단추가 그 안에 있었다.
00:03.
유찬은 파란 단추를 향해 손을 가져갔다.
삑!
한 번!
삑!
두 번, 이제 마지막 한 번만 더 누르면 이 세상의 운명은 다시 한 번 바뀌는 것이다.
탕!
그 순간 한 발의 총성이 울렸다.
왼쪽 가슴에 화끈한 통증이 느껴짐과 동시에 온몸의 힘이 빠져나갔다. 치솟는 피분수가 남의 것인 양 낯설었다. 손에 힘이 빠지면서 막 누르려던 무선 조종 스위치가 손아귀를 빠져나갔다.
'안 돼!'
탕!
다시 한 발의 총성. 그리고 무선 스위치를 잡아가던 유찬의 왼손이 기이한 각도로 꺾여 버렸다. 몸은 유찬의 의지를 벗어나 바닥으로 무너져 내렸다.

"대장!"

그제야 총성을 듣고 고개를 돌리던 버려진 군대 대원들이 고함을 질렀다.

'누가?'

유찬은 마지막 힘을 향해 고개를 돌렸다. 그곳에는 이만수 원장이 부러진 팔로 권총을 부여잡고 있었고, 그 뒤에는 차정원 대통령의 모습도 보였다.

'어리석은……'

어떻게든 스위치를 잡아야 한다고 생각했지만 손에 힘이 모이지 않았다.

'안 돼. 저걸 잡아야 해!'

탕!

다시 한 발의 총성이 울렸다.

'빌어먹을 하늘!'

스위치를 잡아가던 그의 손은 더 이상 움직이지 않았다. 안타까운 눈으로 스위치를 바라보는 그의 눈만이 그가 아직 살아 있다는 것을 말해줄 뿐이었다. 그리고 그의 눈이 완전히 감기려는 순간 모든 것을 날려 버리는 빛이 그의 육신을 뒤덮었다.

國士無雙

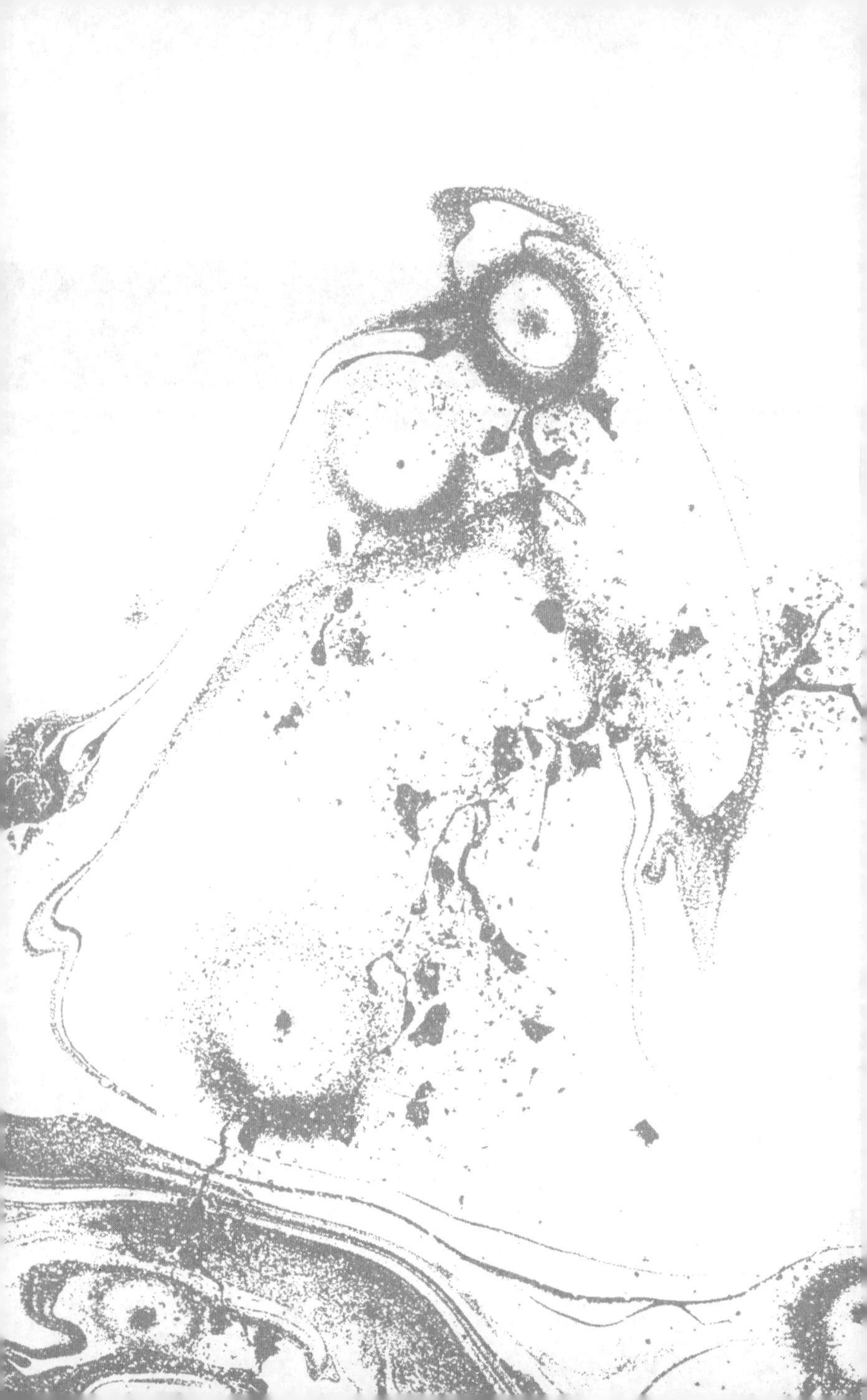

저지먼트 데이.

심판의 날이라고 불린 이날, 여의도 한복판에서 히로시마에 떨어졌던 핵폭탄의 다섯 배에 달하는 100kt짜리 핵폭탄이 터졌다. 여의도를 중심으로 반지름 약 5km의 거리의 모든 건물과 사람이 폭발과 동시에 증발해 버렸다.

금천구, 서초구, 강남구, 성북구, 종로구, 중구, 마포구, 양천구뿐만 아니라 강북구와 북한산 국립공원 일부가 태양의 약 천 배의 열을 가진 빛의 방출로 불에 타는 것이 아니라 순식간에 사라져 버렸다.

피해자들은 밝은 빛이 카메라 플래시 터지듯 반짝한 것과 동시에 삶의 끈을 놓쳐 버렸다.

또한 약 15㎞ 떨어져 있는 부천시, 광명시, 과천시, 광진구, 중랑구, 노원구, 김포에서는 폭발과 함께 일어난 엄청난 열로 인해 가연성 물질들이 타기 시작하면서 주위의 모든 사람들도 같이 타 들어가기 시작했다

이 지역의 사람들은 3도 화상을 입었고, 누출 부위가 25%가 넘는 사람들은 몇 초 뒤 절명했다. 이 지역의 대부분인 운 나쁜, 노출 부위 25%미만의 사람들은 약 1분 뒤 후폭풍이 몰려올 때까지 고통 속에서 죽음을 기다려야 했다. 폭심지부터 약 5㎞의 불덩이가 생기며 엄청난 양의 산소를 태우고 나머지 타지 않는 기체는 가열되어 고속 대류 상승 현상을 일으켰다.

불타고 있는 폭심지 주변의 건물들이 과열된 화구의 고속 대류 상승에 의해 빈자리로 산소가 빨려 들어가는 속도에 못 견디고 대부분 폭심지 안쪽을 향해 붕괴되었으며, 엄청난 속도로 상승했던 대류는 몇 초 뒤 시속 1,000㎞로 산소를 팽창시켜 사방으로 퍼져 나갔다.

그것이 바로 후폭풍이었다.

후폭풍은 약 진도 7의 지진의 파괴력으로 도시를 덮쳐 무참히 파괴하며 지나갔다.

지상의 모든 90% 이상의 건물은 이 충격으로 파괴되고 모든 건물파편이나 유리파편은 조각조각나 사람들의 몸을 총알

처럼 관통했다. 바람은 사람의 몸을 그대로 두 동강 내버리며 지나갔다. 후폭풍은 인천과 수원까지 도달하여 건물을 파괴하고 나서야 겨우 멈췄다.

하지만 모든 것이 끝난 것이 아니었다. 가장 무서운 공포가 그 뒤를 이어 서서히 죽음의 마수를 뻗어왔다. 낙진이 죽음의 재가 되어 휘날리기 시작한 것이다.

인천, 안산, 수원, 용인, 동두천, 심지어 강화도까지 선 낙진이 날아들었다.

이 죽음의 재에는 엄청난 방사능을 띤 오염 물질들이 있어서 열복사 내지 선 낙진에 노출된 사람은 2주 내지, 길게는 6개월 안에 사망했다. 작고 가벼운 먼지 크기의 재는 후낙진으로, 선 낙진보다 더 높이 올라가 바람을 타고 더 멀리 뿌려지게 되어 전국적으로 엄청난 희생자를 초래했다.

1차 열복사 및 2차 후폭풍에 의해 서울의 모든 80~90%의 건물이 파괴되었고, 서울 인구 천 4백만 명 중 약 5백만 명은 그 자리에서 즉사, 약 4백만 명은 고통 속에서 몸부림치다 사망, 그리고 약 300만 명은 2주 내지 6개월 안에 사망했으며, 교통 마비, 수돗물 중단, 전기 중단, 의료 기관 및 의료 요원의 부족 속에서 두 달 동안 사망자는 집계를 할 수 없을 정도로 계속해서 늘어났다.

하지만 문제는 단순히 대한민국에만 국한되지 않았다.

낙진은 북한에까지 영향을 미쳤고, 대부분의 병력을 휴전선에 집결시켜 놓은 북한은 낙진으로 인해 휴전선 집결 병력 중 30%가 사망하고 개성을 비롯한 주요 대도시에 낙진이 날리면서 피해가 속출했다.

거기다 북한의 고질적인 의료 시설 및 대피 시설의 낙후와 식량 난등으로 인하여 얼마 뒤 불어닥친 겨울에는 사람이 사람을 잡아먹는 끔찍한 참상이 곳곳에서 벌어졌다. 그해가 넘어가기 이전에 북한에서는 추가적으로 300백만의 사망자가 생겨났다.

북한은 낙진으로 죽은 사람도 있었지만 그로 인해 생긴 공백들로 인해 굶어 죽거나 질병으로 죽은 사람들도 많았다. 하지만 북한은 낙진의 피해 속에서도 남한 정부의 붕괴를 좋아하며 적화통일을 위해 군대를 남쪽으로 내려보내려고 했다. 전력은 50% 이상이 증발해 버린 국군으로서는 막아낼 방법이 없었다. 하지만 이런 북한의 계획은 뜻하지 않은 곳에서 제동이 걸렸다.

바로 일본의 자위대가 북한 해역까지 이지스 함을 배치하며 한동안 인민군의 남하를 저지한 것이다. 일본 자위대가 시간을 버는 사이 일본과 미국이 UN 안정보장이사회의 동의를 얻어 자국의 군대를 한반도에 파견했다.

미군 2만 5천, 일본군 자위대 9만이 2월 28일 부산항에 들어왔다.

미군은 미8군 생존자들과 자국민들을 보호, 본국 이송이 목적이었고, 일본군은 미군을 지원한다는 명분을 내걸었다. 하지만 일본군은 한국에 들어옴과 동시에 한국을 장악해 들어가기 시작했고, 이를 관리하고 감독해야 할 미군은 말도 안 되는 핑계를 대며 4개월 만에 군을 철수시켰다. 미국은 급속도로 성장해 나가기 시작하는 중국의 국력을 두려워했고, 이를 견제할 동남아시아의 교두보를 확보하기 위해 일본과 암묵적인 계약을 맺고 그들의 노골적인 침략 행위를 묵인해 준 것이다.

이에 중국 역시 자위권을 발동, 같은 해 5월 무력으로 북한 정부를 굴복시킨 뒤 북로군정서 소속 10만 대군을 보내 압록강을 넘어 휴전선 일대까지 밀고 내려왔다. 또한 그들은 북한 정부를 압박하여 중국의 의지대로 따르도록 압력을 행사했다. 이에 일본 정부는 대한민국을 보호한다는 명목으로 2차 파견군 15만을 증파했다.

부산에 수도를 둔 대한민국 임시정부는 남아 있던 2군과 강원도 등에 주둔하고 있어 피해를 입지 않은 부대를 모두 국경으로 보내는 대안을 내놓으며 자위대의 증파를 막아보려 했지만 쉽지 않았다. 또한 이 시기 일본의 행사를 침략 행위라 규탄하던 인사들이 하나둘씩 의문의 죽임을 당했다.

일본군의 증파로 인해 당장이라도 싸움이 붙을 것 같던 중국과 일본, 일촉즉발의 상황에서 미국이 중재에 나섰다. 미국의 중재 하에 하나의 조약을 채결하고 4년 이후 남한과 북한

이 어느 정도 안정이 되면 물러간다는 조건을 내걸었다.

베이징 조약.

제2의 강화도조약이라고 불리게 되는 이 조약으로 인해 일본과 중국은 한국과 북한을 합법적으로 점거할 수 있게 되었다. 이 조약 체결에 참석했다 나온 UN사무총장 권영숙 외교통상부 장관은 비분강개하여 호텔에서 목을 매 자살했다.

하지만 베이징 조약은 예정대로 발효되었고, 약속된 4년이 지난 후에도 그들은 물러가지 않고 차일피일 군대의 철수를 미루었다. 중국은 북한의 국가 주석 김정일을 유폐시키고 리상훈이라는 인물을 내세워 노골적으로 북한을 속국화하려는 움직임을 보였다.

일본은 한국 정부가 제 기능을 못하는 사이 독도를 자신의 영토로 편입시키는 한편, 김현준이라는 인물을 내세워 동양토지신탁을 설립, 터무니없는 가격에 토지들을 매입했음은 물론, 한편으로는 귀화정책을 써서 일본인 국적을 취득한 사람들에게 많은 특혜를 주고 일본인으로 귀화하도록 애썼다.

이미 한 번 실패를 경험한 그들은 지속적인 회유를 통해 교묘히 대한의 민족정신을 말살하고, 그들의 사상을 서서히 주입시키면서 한반도를 좀 먹어가기 시작했다.

그러나 그들은 뿌리 깊숙이 자리 잡고 있는 대한의 혼만은 어쩔 수 없었다.

민족의 미래를 걱정한 인사들이 프랑스 파리에서 한얼회

라는 조직을 만들어 자주 민족독립을 부르짖었고, 한때 북한의 고위층이었던 인사들이 여기에 가세하면서 김정일 국가 주석의 비밀 자금들이 한얼회에 지원되었다.

대규모 자금 지원을 받은 한얼회는 세계 각국에서 지지를 얻어내고 민주독립에 기치를 휘날렸다. 그들의 깃발은 결국 부산에까지 전해져 8.13 민족운동으로 이어졌다.

같은 시기 평양에서는 옛 인민 무력부 산하 장성들이 유폐된 김정일 국가 주석의 복위를 부르짖으며 일어섰다. 이 일로 인해 위협을 느낀 일본은 섣불리 국군의 폐지를 추진하다가 이 일이 사전에 탄로나면서 반일 감정이 극대화되었다.

이 모든 일에 뒤에는 한얼회가 있었고, 그 한얼회에 중심에는 이종수 박사가 있었다.

한때 대검찰청 차장검사를 지냈던 이종수 박사는 한얼회를 조직하고 세계 각국의 민주 투사들과 연계하여 조국 독립에 힘썼다.

결국 미국에 횡포에 염증을 느끼고 있던 영국과 프랑스를 비롯한 유럽 여러 나라들의 지지를 얻어 결국 일본을 그들이 맺었던 베이징 조약대로 대한민국 땅에서 몰아내고, 그의 나이 고희에 해방 제2 대한민국의 초대 대통령으로 당선되었다.

대한민국의 새로운 수도가 된 옛 충청도의 충주 국회의사당 앞에서 선서를 하기 위해선 이종수 대통령은 단 위로 올라서기 전 저 먼 하늘을 바라보았다.
　회색의 롱코트가 유난히 어울리던 사내, 푸른 하늘 아래 이
대통령은 그의 모습을 그려보았다.

〈1권 끝〉